되찾은 시대—중세 프랑스 문학 입문

Introduction à la littérature française du Moyen Âge
by Michel Zink

INSTITUT FRANÇAIS 주한 프랑스문화원

Cet ouvrage, publié dans le cadre du Programme d'aide à la Publication Sejong, a bénéficié du soutien de l'Institut français de Corée du Sud.
이 책은 주한 프랑스문화원의 세종 출판 번역 지원프로그램의 도움으로 출간되었습니다.

EX CULTURA 엑스쿨투라 09

되찾은 시대—중세 프랑스 문학 입문

미셸 잼크 지음 | 김지현 옮김

문학동네

차례

제3부 프랑스 문학의 확립

제4부 중세의 끝

머리말

프랑스 문학은 중세에 출현한다. 중간에 낀 시대, 과도기에 불과한 시대, 이처럼 고유의 정체성을 갖기보다 고대와 근대를 가르는 시기로서 소극적으로 정의되지만, 사실 '중세'는 여러 면에서 시작의 시대다. 통용되면서 부정적인 의미가 희석된 '중세'라는 표현과 이 표현 뒤에 가려진 현실의 상이함을 굳이 논하지 않더라도, 중세라는 시대 구분을 둘러싸고 참과 거짓이 교차한다. 물론 고대 문화와 중세 문화 사이에 연속성이 있는 것은 사실이다. 그러나 중세 문화가 고대 문화와 깊이 단절되어 있고, 신생 언어들의 출현을 비롯하여 많은 측면에서 새 시대의 시작을 예고하는 것 또한 사실이다.

시작. 중세 문학이 가질 수 있는 매력, 과거는 설명할 가치가 있고, 더 거슬러올라가 더 깊은 뿌리들 아래 현재 우리에 대한 진실이 숨겨져 있다는 생각 또는 착각에 기초한 매력의 본질을 바로 여기에서 찾을 수 있다. 시작이 아닌 시작. 중세의 복잡성과 개성을 상당 부분 여기에서 찾을 수 있다. 우리의 문명과 문학을 원시의 상태로 포착할 수 있는 시대가 중세인 것이다. 비록 인류학적 접근을 통해 중세 문명을 설명하는 것이 용이한 경우도 더러 있기는 하지만, 중세는 결코 원시적인 문명이 아니다.

이것이 바로 중세 문학이 갖는 양면성의 한 단면이다. 로마 문화권의 멸망과 신생 언어들의 형성, 봉건 사회의 출현 등이 가져온 단절들을 넘어, 중세 문학은 고대의 모델들을 흉내내고 따르고 번안하려는 의지적 노력을 보여주는가 하면, 궁극적으로는 새로운 세상, 새로운 감수성과 표현 양식을 반영한다고 볼 수도 있다. 이 대립적인 양상이 모두 중세 문학의 특징이며 이들을 조화시키는 것은 쉽지 않다. 어느 쪽에 주안점을 두느냐에 따라서 라틴어와 로망스 속어, 구어와 문어, 문학의 개념 자체와 시대적 관습의 관계를 각기 다른 관점에서 보게 된다.

사실 중세 문학은 시간이 흐름에 따라 매우 심층적인 변화를 보인다. 이것이 중세 문학을 개관할 때 부딪히는 또하나의 어려움이다. 물론 그럴 수밖에 없다. 중세 문학에 관해서만큼은 프랑스 문학사에서 한 세기를 잘라내 연구하는 데 그칠 수 없다. 그도 그럴 것이, 역사학자들에 따르면 중세는 476년 서로마 제국의 멸망 직후 시작하여 15세기 후반에 막을 내리기 때문에, 1000년이라는 기간을 아우른다. 물론 프랑스 문학의 기념비적인 작품들은 9세기 말에 처음 나타났고, 11세기 말에 이르러서야 프랑스 문학이 진정한 도약을 한다. 그런 만큼 중세 문학의 시작을 5세기가 아닌 10~11세기에 둔다고 하더라도, 중세 문학 아래에 무려 400년에서 500년을 포함시켜야 한다.

이 책에서는 중세라는 긴 기간을 중요한 몇 개의 시기로 구분하여 살펴보고자 한다. 그와 동시에, 이러한 분할이 결코 임의적인 것이 아니라, 중세 문학의 발전 과정을 가장 합리적이고 일관성 있게 기술해주는 단계적인 통사通史와 자연스럽게 맞아떨어짐을 증명해 보이고자 한다. 우선 제1부에서 표현 도구인 언어의 발생과 그 언어로 쓰인 현존하는 가장 오래된 문서들을 통해 중세 문학의 생성 배경을 살펴볼 것이다. 그리고 제2부에서는 가장 오래되고 가장 중요한 세 가지 장르(무훈시武勳詩, 서정시, 소설)를 통해 독창적이고 풍성한 프랑스 문학의 융성기인 12세기에 대해 알아볼 것이다. 그 다음 제3부에서는 12세기 문학의 바로 이 같은 성공이 어떤 이유로 일부에서는 변화와 재창조를, 또다른 영역에서는 침체를 초래했는지, 지식과 문화적 생활 여건이나 작품들의 보급 조건에 어떤 변화를 가져왔는지, 더 나아가 문학적 의식에 깊은 변화를 불러온 경위에 대해 논의하고자 한다. 대략 13세기에 해당하는 시기에 이러한 변화들이 나타난다. 그로부터 200년 뒤에 중세가 막을 내리는데, 중세 말의 문학은 13세기 후반에 확립된 문학 체계에 반기를 들지는 않았으나, 여러 측면에서 독자적인 세계를 구축했기 때문에, 이 책의 마지막 제4부에서 분리하여 다룰 것이다.

제1부 | 중세 문학의 기원

제1장

새로운 언어의 생성과 새로운 문화의 탄생

라틴어와 로망스 속어

게르만족의 침공이 거듭되고 로마제국이 멸망할 무렵 단 하나의 기관, 즉 교회가 파국에서 살아남아 라틴어 문화권의 영속을 보장했다. 그와 동시에 500년 전 로마의 정벌 당시 갈리아에 보급되어 이미 두드러진 변형을 겪었던 구어 라틴어는 더 빠른 속도로 변형되었다. 이로부터 몇 세기 후 프랑스 문학은 라틴어의 잔재에서 태어난 새로운 언어와 오랫동안 고대 라틴어의 파수꾼 역할을 해왔던 노장 교회가 만나면서, 때로는 동맹을 맺고 때로는 맞서는 관계 속에서 탄생했다.

프레데릭 오자낭Frédéric Ozanam의 표현을 빌리자면 교회는 "이교도들에게로 옮아가고" 게르만족 지배자들을 개종하면서 자신을 살리고 라틴 문명 또한 살렸다. 모든 학교는 교회에 부속되어 있었다. 로마제국 대법원에 매료되어 있던 고트족 군주들의 궁정에 글을 읽고 쓸 줄 아는 관리를 대준 것 또한 교회였다. 5세기의 시두안 아폴리네르Sidoine Apollinaire나 6세기의 베난티우스 포르투나투스 Venantius Fortunatus를 본받아 시를 발전시킨 것도 주교들이었다. 이들은 부자연스럽게 꾸민 구변으로 서한을 교환하고, 군주들이 거의 알아듣지 못하는데도 그들을 위해 얼추 맞는 6보격 시로 된 송덕문과 결혼 축가를 지었다. 라틴어 문학이 담긴 필사본들을 보관하고 다시 베껴 쓴 것도 수도원인데, 이 수도원들이 아니었더라면 라틴어 문학은 거의 완전히 소실되었을 것이다. 그와 동시에 수도원 제도의 영향 속에서 6~7세기에 교회가 고립적 양상을 띠게 된 것도 사실이다. 그 결과 교회는 독자적이며 이상적인 사회로 스스로를 인식하는 반면 세속적 사회를 필연적인 악으로 간주하고, 세속적 문학에 대해 더욱 엄격한 입장을 취하게 되었다. 성 아우구스티누스는 성전聖典들을 읽기 위한 예비교육 차원에서 인문학과 고대 작가들에 대한 공부를 허락했다. 이러한 관대함은 점점 약해져서, 앵글로색슨족 수도사 베다 베네라빌리스의 예에서 볼 수 있듯이, 7세기에는 완전히 사라진 경우도 간혹 있었다. 이러한 엄격함이 강한 반발에 부딪히지 않았다면 그때까지 성서와 교부의 전통과 함께 보존되어왔던 고대 문명의 생존을 위협할 수 있었을 것이다. 반면, 이 같은 엄격함이 형태와 표현, 음률 면에서 매우 새로운 전례시, 즉 그레고리오성가의 지대한 발전을 용이하게 했다고 볼 수도 있다. 이러한 시와 음률은 속어로 된 세속적 시에 앞서 나타난 전조였다. 8세기 후반에는 칼로링거 왕조 아래서 일어난 르네상스의 영향으로 성직자들만큼 황실 관리들을 대상으로 한 교육의 개선을 위해 고대 작가들에 대한 공부가 다시 활발해졌다.

그런데 이 무렵 중대한 사건이 벌어진다. 이 사건은 비록 오랜 시간에 걸쳐 일어났지만 되돌릴 수 없는 방식으로 라틴 문화의 경계를 정의하고, 라틴 문화의 보존과 복원, 그리고—그 풍성함의 정도가 어떠하든—후대의 범위를 변모시켰다. 다시 말해, 구어가 너무나 발전하여 문맹illiterati 즉 공부하지 않은 자들이 더이상 라틴어를 이해할 수 없게 되어버린 것이다. 문어 라틴어와 구어 라틴어는 이제 더이상 존재하지 않고, 아예 서로 다른 두 언어가 존재할 뿐이었다. 방언lingua rustica으로 문서에 남아 있는 표현들이 언제부터 속어 라틴어가 아닌 이 새로운 언어를 가리키게 되었는지는 알 수 없지만, 사제들로 하여금 갈리아 또는 튜턴족의 지방 방언, 다시 말해 프랑스어 또는 독일어로 설교하도록 투르 공의회의 한 종규가 권유하던 813년에는 이미 이 새로운 언어를 가리켰던 것이 확실하다. 니타르트Nithard의 『루이 르 피외(경건왕 루이) 아들들의 역사 *Histoire des fils de Louis le Pieux*』에서 볼 수 있듯이, 그로부터 30년 후인 842년에 루이 르 피외의 두 아들, 대머리왕 샤를(샤를 2세)Charles le Chauve과 독일왕 루트비히(루트비히 2세)Louis le Germanique, 그리고 그 지지자들은 일시적으로 화해하면서 '스트라스부르 서약les serments de Strasbourg'을 로망스어와 독일어로 각각 제창했다. 이와 같이 더이상 라틴어가 아닌, 장차 프랑스어가 될 언어의 최초의 용례가 문서로 보존된 것이다.

이러한 진화와 더불어 세분화가 진행된다. 로마제국 전역에서 모집된 외인부대의 병사들은 키케로와 동일한 언어를 사용하지 않았다. 그리고 그들에 의해 전해진 구어 라틴어는 그들의 출신 지역에 따라 다시 변형되고, 토착 문화의 잔재에 게르만족의 특색이 더해져 동일한 방식으로 변화하지 않았다. 각 지역마다 이러한 요소들 사이의 균형, 음성적 습관들의 다양성, 게르만족의 인구 분포도, 라틴어 문화의 깊이와 역사는 제각기 모두 달랐다. 그렇기 때문에 라틴어의 직계 파생 언어가 생겨날 만큼 로마의 식민 체제가 강력했던 지역—라틴 유럽Romania—에서는 이 신생 언어들, 즉 로망스어들이 각기 다른 모습으로 나타나게 되었다. 오늘날 프랑스에 해당하는 지역에서는 두 언어가 나타나는데, 전통적으로 단테 때부터 '예oui'라는 말을 각각 어떻게 발음하는지에 따라 북쪽은 오일어langue d'oïl로, 남쪽은 오크어langue d'oc로 지칭한다. 그러나 이 언어들마저도 수많은 방언들로 나뉘어 당시 사람들은 단 하나의 로망스어만 존재하고 그 외의 모든 변이형들은 사투리라는 인식을 오랫동안 가지고 있었던 듯하다. 언어가 이처럼 다양하게 발전한 반면, 문학은 특정 방언이 일시적으로나마 다른 방언들을 제압하거나, 더 흔한 경우에는 특정 방언을 모든 독자가 이해할 수 있도록 의도적으로 방언적 특색을 지우거나 배합해서 통합을 유도했다.

여기에서 라틴어에 맞서 로망스어가 나타난 시기로 돌아가보자. 언어가 존재한다고 해서 반드시 문화의 언어가 되는 것은 아니며, 특정 언어가 그렇게 되리라고 보장해주는 것은 아무것도 없었다. 더 정확히 표현하자면, 특정 언어가 언젠가 문자 언어로 발전하리라는 보장이 전혀 없었던 것이다. 교회는 지식의 도구와 교육을 독점하고 있었고, 성직자들은 고대 작가들의 작품을 다시 베껴쓰고 주석을 달고 모방하며, 성서 해석을 심화하고 전례시를 짓는데 심혈을 기울였고, 머지않아 철학도 부활했다. 그러는 가운데 굳이 왜 겨우 존재하는 언어로 존재하지 않는 문화를 만들어내려 노력했겠는가? 그들이 보기에 야만적이고 비도덕적인 상스러운 사람들의 노래를 굳이 왜 수고스레 기록하려 했겠는가? 6세기의 설교나 공의회의 종규들이 규탄하는 것을 보면 이 노래들은 분명히 존재했다. 또 10세기 베르나르 당제Bernard d'Angers는 성 푸아 드 콩크Sainte-Foy de Conques 성당에서 이 노래들을 들었으며, 이 노래들을 그치게 하려는 사제 앞에 성 푸아가 나타나 그러지 말라고 말릴 만큼 이 노래들을 좋아한다는 사실에 놀랐다. 이처럼 이 노래들은 분명히 존재했다. 더불어 이교도적 믿음을 아직 담고 있던 전설들을 왜 기록하려 했겠는가? 그런데 그들이 아니면 누가 했겠는가? 그도 그럴 것이 중세에는 읽고 쓰기를 교회에서만 배울 수 있었다. 그리고 읽고 쓰기를 배운다는 것은 라틴어를 배운다는 것을 의미했다. 13세기 말, 즉 프랑스 문학이 200년 동안 융성하고 실제로 글을 읽을 줄 아는 속인들 중 라틴어를 거의 또는 전혀 모르는 사람이 다수였던 시기에도 카탈로니아 출신 라몬 룰Raymond Lulle은 자신의 교육서 『어린이를 위한 지침*Doctrina pueril*』에서 대담하게도 어린이에게 모국어로 읽기와 쓰기를 가르치라고 권장했다. 이런 예만 보더라도 로망스어가 라틴어로부터 분화되어 나온 시기에 신생어들이 완전히 독자적인 문화의 언어와 기록 문화의 언어가 되리라는 보장은 전혀 없었다는 것을 알 수 있다. 문자 아랍어와 비교했을 때 아랍어 방언들이 차지하는 위치와 비슷한 처지에 무기한으로 방치되었을 수도 있었다. 그러나 로망스어들은 이와 다른 행보를 걸었고, 바로 그렇기 때문에 다음 장에서 살펴볼 최초의 속어 텍스트들의 등장을 관심 있게 들여다보아야 한다.

문어와 구어

그러나 앞에서 사용한 다소 두리뭉실한 표현, 즉 "완전히 독자적인 문화의 언어와 기록 문화의 언어"라는 표현에서 알 수 있듯이 이 용어들을 정의하는 데에는 망설임과 어려움이 뒤따른다. 어떤 의미에서 문어가 중세 문명의 표준이라고 할 수 있을까? 라틴어 대 속어와 문어 대 구어 사이의 구별은 서로 완벽하게 일치하는가? 로망스어들이 나타나던 시기에는 분명히 라틴어가 문어를 독점하고 있었다. 그러나 비록 문어의 영역이 계속해서 확대되었지만, 중세 내내 구어와 문어의 관계는 대체로 우리에게 익숙한 그 관계와 매우 다르다. 'perfomance'라는 표현을 촘스키처럼 '언어 수행'이라는 의미로 활용하자면, 비록 프랑스어에서는 부정확한 용법이지만 구어적 수행이 중세 언어에서 근본적 역할을 하며, 문어는 오직 불확실한 기억의 미봉책으로 존재했던 것으로 보인다. 이러한 사실은 심지어 사법의 영역에서도 마찬가지다. 결의가 구두로 채택되었다는 기록 외에 아무것도 쓰이지 않은 헌장들이 있는가 하면, 언급된 조항의 내용을 세부적으로 기록하지 않고 다만 암시에 그치는 헌장들도 있다. 이러한 특징은 문학작품에서 더욱 두드러지게 나타난다. 중세 작품은 어떤 종류의 것이든 항상 육성을 통해 전달되게 되어 있었고, '구연口演'이라는 형태로만 존재했다. 시는 근본적으로—라틴어 시든 로망스어 시든—노래로 불린다. 더욱이 소설이 나타날 때까지 속어로 된 모든 문학작품은 예외 없이 노래로 불리게 되어 있었다. 시든 산문이든 큰 소리로 낭독되었고, 종종 성서의 낭창법을 따랐던 것으로 보인다. 뒤에서 자세히 살펴보겠지만 당시 모든 문학작품에서는 연극적 요소를 찾아볼 수 있다. 이러한 관점에서 본다면 텍스트는 작품의 일부에 불과하며, 문자 언어로 된 텍스트는 작품을 불완전하게 전달한다. 오선보도 음자리표도 없는 중세 초기의 악보 기호, '네우마neuma'의 예를 들자면, 이 기호는 멜로디를 알아내는 데 아무런 도움을 주지 않지만, 이미 그 노래를 알고 있는 사람에게는 그것을 정확하게 기억하게 해주고, 때로는 놀라울 정도로 명확한 표지들을 제공한다. 물론 악보와 텍스트의 비유를 지나치게 끌고 나가는 것은 인위적인 일이겠으나, 중세 텍스트가 무엇보다도 비망록이었다는 것만은 명백한 사실이다.

이처럼 중세 문화가 문자 언어의 영역에만 국한되어 있었던 것은 아니다. 전혀 그렇지 않았다. 그런데 속어뿐만 아니라 라틴어 또한 비슷한 처지에 놓여 있었다. 가장 잘 알려진 라틴어 작품들이 속어로 된 작품들보다 일반적으로 더 많이 전사轉寫되긴 했지만 어떤 책이든 흔하지 않았고, 가격도 비쌌으며, 보급도 한정되어 있었다. 장서가 50여 권이 되는 도서관은 훌륭한 축에 낄 정도였다. 13세기 당시 세워졌던 대학들의 운영 체제를 들여다보더라도 지식의 최고 영역에서마저 구술 언어가 우선이었고 독서가 낭독을 통해 이루어졌음을 알 수 있다. 강의는 학생들이 가지고 있지 않은 텍스트를 큰 소리로 낭독하고 그에 대한 해석을 덧붙이는 것으로 구성되어 있었다. 그리고 대학에서는 문자 언어의 사용을 꺼려 19세기 말까지 모든 시험을 구술로만 치렀다. 우리가 단언할 수 있는 전부는 라틴어가 속어보다 먼저 문자로 쓰였고—그 이유는 말할 필요도 없다—문자 언어 전문가들이 라틴어 전문가들이었다는 것이다. 그러나 지식의 전달을 위해서든 미적 효과의 강조를 위해서든 구어가 중세 문화 전체에서—속어뿐만 아니라 라틴어 문화에서도 마찬가지로—우월한 위치를 차지했다.

그렇다면 중세 문화가 실제적으로 구비 문화였으며 그 안에서 문자는 부차적 존재에 불과했다는 말인가? 절대로 그렇지 않았다. 문자를 향유하는 계층에 영입되는 것은 사회적으로나 종교적으로 상당히 중요한 의미를 가졌다. 문자 언어는 원조로서의 정통성과 권위를 상징하며 압도적인 권력을 과시했다. 그런 만큼 소설과 무훈시의 작가들이 모두 옳든 그르든 되도록이면 라틴어로 된 문자 언어 원본을 내세우는 것을 볼 수 있다. 이 가운데 더할 나위 없이 권위 있는 책은 성서였다. 첼라노의 토마소가 지은 라틴어 송가 『진노의 날*Dies irae*』에 따르면 심판의 날 구원과 영벌은 개개인의 생이 남긴 글자로 된 흔적들에 달렸다고 했다. "모든 것이 담겨 있는 책을 가져올 것이다Liber scriptus referetur/ In quo totum continetur." 그리고 다수의 교훈시나 교훈적인 일화에 따르면, 속죄는 이 신성한 대전大典에서 죄를 사하여 악마조차 그 기억을 잊어버리게 한다고 했다. 문학 고유의 영역에서도 텍스트의 정확한 전달에 주의하는 것만 보더라도 문자 언어에 대한 무관심이—그 무관심이 상대적인 것일지라도—허구라는 것을 알 수 있다. 한편 몇몇 텍스트에 남아 있는 구술 언어의 흔적들은 문자 언어를 통해 화석화되는 순간 그 해석이 모호해진다. 앞에서 언급했듯이 구술 언어는 근본적인 위치를 차지했으나, 이러한 관점에서 바라볼 때는 부차적인 위치에 놓였던 것이다. 구연은 작품을 완성하기 위해, 즉 그 잠재력과, 미심쩍은 감이 없진 않지만 제한적으로는 어쩌면 그 창작까지도 실현하기 위해, 또는 지식의 정확한 전달을 위해 실제적으로 필수 불가결하다. 그러나 보존은 문자 언어를 통해서만 가능했기 때문에, 문어가 권위를 갖게 된 것이다. 이 역시 문자 언어로 정착된 순간부터 라틴어나 속어 모두에 해당하는 사실이다.

마지막으로, 문어와 구어의 대립이 라틴어와 속어의 대립과 정확하게 아귀가 맞지 않는 것처럼, 지식층의 문화와 대중문화 사이의 구별은 더더욱 들어맞지 않는다. 물론 민속신앙과 관습 중에는 성직자들이—이해하지 못하면서 기껏해야 의심과 경멸을 담아—언급하거나, 참회 규정에서 고해신부들이 단죄를 위해 조사할 것을 엄명하는 경우, 비로소 문어의 세계에 영입되는 것들이 있었다. 그러나 누구보다도 성직자들이 나서서 평민rustici과 자신들이 속한 계층 사이의 차이를 강조하려 했다. 실제로는 감수성, 신앙, 사고방식 등에서 두 계층 사이에 차이를 거의 찾아볼 수 없다. 이 두 계층, 또는 일반적으로 교양 있는 사람들과 그렇지 못한 사람들을 나누는 경계는 반드시 읽고 쓸 줄 아는 능력이나 라틴어에 대한 지식으로 결정되지 않았다. 대중문화의 흔적은 속어로 된 텍스트보다 라틴어로 된 텍스트에 더 많이, 더 명확하게 남아 있다. 성직자들과 달리 본인들이 직접 글을 읽지도 쓰지도 않고, 라틴어를 거의 또는 아예 몰랐지만, 무훈시, 성자전, 역사서와 성서의 모음집, 소설 등을 낭송하게 하여 들었던 군주들은, 이 작품들을 베껴 써주는 서생이나, 회계장부를 정리할 줄 알고 글자와 숫자를 알지만 그것 외에는 아무것도 모르는 상인, 라틴어에 입문은 했지만 수도원 속에 갇혀 사는 무명의 수도사보다 소위 "교양이 있었다." 아마도 그들에 비해 이 세속의 군주들은 '대중문화'에서 더 떨어져 있었을 것이다. 이처럼 읽고 쓸 줄 모르거나, 그럴 줄 알더라도 굳이 그 능력을 사용하지 않으면서 "문학에 대한 소양을 갖춘 사람들"이 있는 반면, 읽고 쓰는 직업에 종사하면서도 문학과 담을 쌓고 사는 사람들도 있었다. 이 두 부류는 문해lettrés와 문맹illettrés을 글자 그대로 해석하느냐 비유적으로 해석하느냐에 따라 서로 반대편에 서서 문해인이기도 하고 문맹인이기도 했다.

그런 만큼 앞에서 제기했던 두 가지 질문에 대해 간단한 답을 제시하기는 어렵다. 문어는 문화의 척도였는가? 물론이다. 그러나 문어는 오늘날과 같은 독자성을 갖고 있지 않았기 때문에 엄격하거나 배타적인 척도가 되지는 못했다. 오히려 문어의 사용은 구어를 통한 전달을 전제로 했다. 그렇다면 문어는 라틴어, 구어는 속어에 귀속되어 있었는가? 마찬가지의 이유로, 그랬다고 볼 수 없다. 중세 사회는 순수하게 구어만 통용되는 세계가 아니었고, 그렇다고 문어가 그 자체로 충분했던 것도 절대 아니었기 때문이다. 그러나 다른 한편으로는 그랬다고 볼 수도 있다. 왜냐하면 문어를 연마하지 않고 라틴어를 통달할 수는 없었으며, 오래도록 라틴어의 통달이 곧 문어의 섭렵과 동일시되다시피 했기 때문이다. 반면 속어에서 문어의 사용은 혁신이자 쾌거로서, 부득이하게 속어 문학의 등장 시점도 이를 통해서만 비로소 확인하게 되지만, 그렇다고 해서 순수하게 구어로만 된 속어 문학이 그 이전에 존재할 수 있었다는 가능성을 배제하지는 않는다.

성직자와 광대

그러나 라틴어/속어, 문어/구어 이 두 쌍 외에 문학의 수행자 및 저자와 관련된 또 한 쌍을 고려해야 한다. 바로 성직자와 광대다. 성직자는 사제이면서 동시에 읽을 줄 아는 자, 즉 텍스트를 이해할 수 있는 사람이었다. 성직자clerc라는 단어에는 이 두 개념이 서로 불가분의 관계로 얽혀 있었다. 그런 만큼 성직자는 문맹인 속인과 뚜렷하게 구분된다. 그는 지적인 활동과 정신적인 수양을 결합하는 역할을 했다. 그에게는 성서를 비롯하여 모든 책에서 파생되는 권위가 집중되었고, 그의 언어는 교회의 언어, 즉 라틴어였다. 앞에서 언급했듯이 교회 안에서 라틴어 문학이 보존되었다면 이에 결정적인 역할을 했던 것도 바로 성직자였다. 그리고 문어를 독점하고 있었던 만큼 신생 속어의 운명도 그의 손에 달려 있었다. 다시 말해, 막 형성된 속어가 문자 문화의 언어가 될 수 있느냐 없느냐는 그가 결정할 터였다. 우리가 살펴보고 있는 시점에는 아직 아무것도 결정되어 있지 않았다. 그러나 교회가 이교도들에게 옮아갔듯이 성직자들도 결국 속어로 옮아가게 되었다. 서생은 말할 것도 없고 다수의 중세 프랑스 작가는—아마 대부분이—성직자였다. 그런데 그들 모두 자신의 당연한 주관심사, 즉 종교적 주제나 학교의 세계로 이 신생 문학을 이끌려 하지 않았다. 어림도 없는 일이었다.

성직자들 편에는 문어와 교회가 있었다. 그 맞은편에 선 광대는 교회로부터 죄인 취급을 받는 자로, 구어를 사용하고 공연을 하는 남자—또는 여자—였다. '요쿨라토르joculator'라는 표현은 일찍이 6세기부터 그 용례가 남아 있고, 그 어원이 놀이jeu와 연관돼 있다는 점은 광대들이 떠돌이 유희꾼이었다는 점을 강하게 시사한다. 아마도 그들은 고대 후반 유랑극단의 후예거나, 어쩌면 무훈시를 낭송하는 켈트족과 게르만족 서사 시인들의 후예였을 수도 있는데, 곡예사, 조련사, 무언극 배우, 악사, 무용수, 가수 등 매우 다양한 영역에 종사하는 이들이었다. 그런 만큼 모든 광대가 시의 낭송이나 낭창에 전념했던 것은 아니다. 다만 그렇게 했던 광대들이 시의 보급에 매우 결정적인 역할을 했고, 무훈시나 서정시 등 특정 시문학 장르의 발전에 기여했던 것으로도 추정된다. 13세기 토마스 카범Thomas Cobham이 집필한 참회 규정집에 따르면 광대들은 세 부류로 나뉘는데, 무훈시와 성자전 부류에 드는 시인들만 처벌을 면했다. 당시 두 활동의 경계가 앞에서 말했던 것만큼 명확하지 않았으므로, 연기자이면서 때로는 작가이기도 했던 이 광대들은 관대한 후원자를 찾아 끊임없이 떠돌며, 중세 작품에 필수 불가결했던 말과 음악으로의 구현을 보장하는 중요한 역할을 수행하는 경우가 가장 많았다. 그렇기 때문에 문자 문명이 발전하면서 그들의 역할이 줄어드는 것을 목격하게 되는 것이다. 13세기부터 그들은 큰 군주에게 전임으로 고용되어 궁정에서 '미니스테리알리스ministerialis' 즉 음유시인의 지위를 누리려고 노력한다. 그러나 진정한 공직자-시인은 15세기의 대수사파 시인grands rhétoriqueurs에 이르러서야 나타난다.

성직자와 광대는 이처럼 초기 프랑스 문학의 양대 주창자였으며, 그들이 중세 내내 문학에서 차지했던 위치는 문학의 발전상을 그대로 반영한다.

그러나 앞서가지 말고, 지금까지 논의해왔던 시점, 즉 로망스어가 형성되긴 했지만 성직자들만 기록의 도구로 사용하던 시대로 돌아가보도록 하자.

제2장

최초의 텍스트들

교회는 자진해서 성직자들이 젊은 로망스어를 사용하도록 권장할 생각이 없었다. 그러나 그렇게 할 수밖에 없었다. 루이 르 피외의 아들들은 정치적인 이유로, 즉 각자가 하는 선서 내용을 상대방이 이해할 수 있도록 842년에 로망스어를 사용해야 했다. 마찬가지로 교회도 사제들의 미사 때문에 로망스어를 사용해야 했다. 앞 장에서 언급했던 813년 투르 공의회에서 채택된 종규, 그리고 9세기 내내 선포된 다른 종규들도 그 이유를 솔직하게 밝힌다. 이 원칙을 어길 경우 많은 지역에서 아직 불완전했던 복음 전파를 포기하게 되므로 설교만큼은 민중의 언어로 해야 한다는 것이었다. 일찍이 라틴어와 속어가 분리되기 전에도 모두가 이해할 수 있는 소박한 언어로 설교를 해야 한다는 고민과 라틴어 문학에서 그토록 중시하는 수사적 운치를 포기해야 한다는 필요성은 종종 제기되어왔다. 그 한 예로 6세기 초 생 세제르 다를saint Césaire d'Arles의 설교들을 꼽을 수 있다.

프랑스 문학이 비약적으로 발전을 하기 이전의 시기 동안 교회 안에서 이렇게 속어로 설교하려는 노력이 있었다는 문헌 증거가 딱 한 편 남아 있다. 반은 일반 문자, 반은 속기인 미사 초안의 일부로, 950년경 프랑스 북부 지방에 위치한 생타망레조에서 노르만족의 위협으로부터 벗어나기를 기원하며 행해졌던 사흘간의 단식을 위해, 요나가 니느웨를 개종하게 한 것을 주제로 다루었다. 히에로니무스의 요나서 주석에 덧붙인 설명에 불과한 이 텍스트는 일부는 라틴어로, 일부는 프랑스어로 되어 있다. 우선, 이 텍스트의 저자가 만들어낸 유일한 문장, 즉 그가 중요하게 생각하는 유대인들의 궁극적 개종이라는 주제를 다룬 문장이 프랑스어로 쓰인 유일한 문장이라는 사실을 볼 때, 저자는 라틴어보다 프랑스어에 익숙했다는 점을 알 수 있다. 다른 한편으로, 저자는 자신이 사용한 라틴어 모델에 지나치게 충실한 나머지, 한번 인용하기 시작하면 프랑스어로 시작한 문장도 라틴어로 끝내버리는 경향이 있는데, 이는 문화적인 관습과 모델이 순수하고 단순한 언어적 능력을 압도한다는 점을 시사한다.

요컨대 민중을 상대로 한 소박한 설교들은 기록을 위한 것이 아니었다. 우리에게 전해진 요나에 관한 미사조차 초안에 불과했다. 이처럼 속어를 사용하려는 노력은 있었으나 그것을 기록 문화의 언어로 삼으려고까지 하지는 않았다. 그리고 순수하게 실용적이었기에 속어의 미학적 가능성과 문학적 잠재력에 아무런 관심을 두지 않았다. 이와 달리 비록 매우 서투르긴 했지만 글로 보존된 최초의 프랑스어 시들은 달랐다. 단어의 선택과 배치, 운율과 음조의 존중 등으로 미루어 속어 고유의 잠재력을 통해 독자들을 감화하려고 했음을 알 수 있다. 그리고 기록이 남아 있다는 점에서 그 결과물이 당시 기준으로 기록될 만한 가치가 있는 것으로 보였다는 점 또한 짐작해볼 수 있다. 그런데 이 시들은 설교 못지않게 교회 사제들의 복음에 대한 집착을 반영하고, 바로 그런 연유로 기록되었다. 그리고 교회로부터 벗어날 수 없었던 만큼 라틴어 모델들로부터 자유롭지 못했다. 물론 이 시들은 오랫동안 공의회와 설교가 규탄했던 대중가요, 즉 외설스러운 내용을 담고 주로 여성들에 의한 도발적인 공연을 동반한 노래들을 기록한 것이 아니다. 그렇다고 해서 세련되지는 않았지만 신앙심을 담은 시, 예를 들어 콩크 지방에서 평민들이 성 푸아를 예찬하기 위해 부르던 노래들을 기록한 것도 아니다. 이 시들은 사실 라틴어 종교시들을 속어로 옮겨놓은 것에 불과했다.

이러한 시들 중 가장 오래된 『성 외랄리의 애가*Séquence de sainte Eulalie*』(881~882년경)가 좋은 예다. 29행으로 된 이 짧은 시의 발랑시엔 사본을 보면, 이 시는 같은 성녀를 추모하는 라틴어로 된 다른 시에 뒤이어 나온다. 같이 수록된 라틴어 시와의 차이점에서도 신자들에게 해당 성자 축일 미사가 기리는 성녀가 누구인지 알렸던 이 시의 교육적 역할이 드러난다. 라틴어로 된 시가 성 외랄리의 삶이 이미 잘 알려졌다고 가정하고 화려한 문체로 성녀를 찬양하는 데만 몰두했다면, 속어로 된 시는 간략하게나마 성녀의 수난을 이야기한다. 그러나 두 시 모두 당일 의식에 사용될 목적으로 쓰인 작품들이었다. 두 시 모두 환희에 찬 두 편의 알렐루야alléluia 찬양을 같은 곡조에 맞추어 부르도록 지어진 '세퀜티아sequéntia' 즉 연속된 노래였다. 필사본에 기록된 순서뿐만 아니라 속어 시의 처음과 마지막 행을 장식하는 -ia 각운도 이 시가 이러한 역할을 수행하기 위해 쓰였다는 사실을 확인해주는 듯하다. 프랑스 문학의 가장 오래된 작품은 이처럼 단순히 종교적인 성격의 시일 뿐만 아니라 미사의 시적 전개의 일부를 이루던 전례시였고, 어떤 면에서 보면 라틴어 원작의 속어 이본異本이었다.

이러한 특징은 9세기 말에서 11세기 말 사이에 지어진 로망스어 시들 중 지금껏 전해오는 모든 시에서 발견된다. 다만 의식의 일부로서의 용도는 점차 사라져갔다. 더 길어지고 여러 연으로 나뉘면서 이 시들은 세켄티아 형식에서 탈피하게 되었다. 그럼에도 불구하고 그 시들은 여전히 교회의 축일과 연관이 있었다. 10세기에 쓰인 『성 레제의 생애*Vie de saint Léger*』와 10세기 말에 쓰인 그리스도의 수난에 관한 이야기가 이 경우에 해당되는데, 두 작품 모두 곡조와 함께 동일한 클레르몽페랑 사본에 기록되어 있다. 물론 이 두 시는 성자 축일 또는 그리스도의 수난, 성지聖枝 주일이나 성주간을 기리는 의식에 삽입되었을 수 있다. 그러나 이러한 축일들을 기념하여 공연을 했던 광대들—토마스 카범의 배척을 면한 성자전 노래꾼들—이 불렀을 수도 있다. 11세기 중엽의 오크어 명작 『성 푸아 다장의 노래*Chanson de sainte Foy d'Agen*』가 좋은 예로, 앞에서도 언급했던 콩크의 작은 성녀에 관한 시다. 이 시의 14행을 살펴보면 이 시가 "춤 안에서 아름답다belle en tresque"라는 표현이 나오는데, "tresque"는 보통 파랑돌farandole•의 일종을 가리키지만, 이 문맥에서는 아마도 이 노래가 성녀를 추모하는 행렬 때 불려야 한다는

• 프랑스의 프로방스 지방에서 비롯한 활발한 춤곡—역주.

것을 의미하는 듯하다. 그리고 그런 만큼 의식을 돕는 역할을 할 수 있다는 점을 시사한다. 게다가 성 푸아에 관한 미사와 나란히 같은 필사본에 수록되어 있다. 그러나 593행이나 되는 길이뿐만 아니라 특히 광대에 의해 불렸다는 점을 고려할 때 절대로 전례시라고 볼 수는 없다. 이 시를 노래하는 광대는 라틴어 책이 낭독되는 것을 듣고(1~2행), 성직자들과 식자들gramadis이 이 시를 노래하는 것을 들었다고 밝힌다(27~28행). 이처럼 광대는 라틴어 및 기독교 세계를 시의 원천으로 지목함으로써 그것이 자신의 세계가 아님을 암시하고, 그런 만큼 자신이 그 세계와 동떨어져 있음을 확인시켜준다. 그리고 이 광대는 청중들의 환심을 사려 하고, 자신의 노래에 대한 보답으로 사례를 기대하는 듯하다.

훗날 종교극의 영역이 된 부류도 마찬가지로 의식으로부터 발전 또는 분화되었다. 전례극典禮劇은 성자전과 성서의 단편적 이야기들을 극적·음악적으로 해석한 작품들로, 당일의 의식을 빛내기 위해 수도원과 그 부속 학교에서 창작되고 상연되었다. 물론 이 연극들은 라틴어로 되어 있었다. 그러나 11세기부터 미련한 처녀들과 슬기로운 처녀들에 대한 잠언을 상연한 『신랑*Sponsus*』에 속어가 등장하는데, 이 작품의 일부 대목이 프랑스어로 되어 있다.

한편 이 시기를 통틀어 세속 문학은 라틴어로 존재할 뿐, 속어로 된 작품은 딱 한 편을 제외하고는 좀처럼 찾아볼 수 없다. 그것도 아주 보잘것없고 이상한 시로, 10세기에 쓰인 『플뢰리의 두 언어로 된 오브*Aube bilingue de Fleury*』라는 작품이다. 이 작품의 배경이 된 플뢰리 수도원은 오늘날 생브누아쉬르루아르 수도원으로 알려져 있는데, 당시 매우 중요한 지식의 중심지로 전례극의 요충이었다. 나

중에 다시 살펴보겠지만, 오브aube(여명시)는 연인들이 아침에 비통하게 이별하는 모습을 담은 시다. 막 동이 트려는 새벽을 단순히 상기하는 이 시는 라틴어로 쓰였으나, 각 연 뒤에 2행의 후렴구가 로망스어로 되어 있다. 그런데 로망스어라면 어떤 로망스어를 의미하는가? 아직까지도 확실하게 밝혀진 바가 없다. 비록 수십 가지의 번역이 제시되긴 했지만 이 두 행의 뜻을 실제적으로 이해하지 못했고, 게다가 어떠한 공통된 견해도 내놓지 못했다. 그 이유에 대해서 최근 폴 줌토르Paul Zumthor는 이 두 행이 실제로 아무런 의미를 가지고 있지 않기 때문이라고 주장했다. 로망스어와 비슷하게 들리나 아무런 뜻이 없는 혼성어 사이로 오브 시 특유의 표현들—밤을 지새우는 자의 외침, 눈물—만이 뚜렷하게 드러날 뿐이라는 것이다. 과감하면서도 설득력 있는 가설이다. 어쨌든 간에—그러나 줌토르의 가정이 타당하다면 성직자들이 속어 시에 관심을 가지면서 엉터리 언어를 오브에 사용한 꼴이 되기 때문에 역설적으로 더더욱—플뢰리의 오브는 성직자들이 속어 시에 관심을 가졌었다는 사실을 입증하는 당대의 거의 유일한 증거다. 여기에서 속어 시란 라틴어로 된 시를 단순히 번역한 시가 아니라, 성직자들이 완전히 익히지 못하고, 성직자들로부터 영감을 받기보다는 도리어 그들에게 영감을 준 속어 시를 가리킨다. 마치 인용구인 양 후렴구에 로망스어를 도입한 점은 이러한 관심, 어쩌면 강한 이끌림을 시사한다. 더욱이 이 후렴구가 제대로 습득하지 않고 익숙지 않은 언어의 소리를 모방한 것이거나, 이국적인 색채를 그대로 보존하기 위해 마치 잘 모르는 언어에서 음차해온 것처럼 연출한 것이라면 더더욱 이러한 관심을 잘 보여준다고 할 수 있다.

이처럼 로망스어로 된 독자적 시가 존재했음을 암시하는 기록으로서 이 시가 아무리 중요하다 하더라도, 그것은 단 하나의 예외로서 남아 있을 뿐이다. 프랑스어로 된 최초의 문학 작품들은 11세기 말까지 앞에서 설명한 진화 과정을 일반적으로 따르며, 그들이 파생되어 나온 라틴어로 된 전례 문학의 모델들로부터 조금씩 느린 속도로 멀어져갔다. 이러한 변화는 오크어로 된 『보에시*Boeci*』와 프랑스어로 된 『성 알렉시스 전傳*Vie de saint Alexis*』의 등장과 함께 절정에 이른다. 11세기 초중반에 처음 나온 『보에시』는, 5세기 말 보에티우스가 자신이 섬겼던 동고트족 테오도리쿠스 왕의 감옥에서 집필하여 중세기 내내 문학과 철학의 영역에서 상당한 영향을 미쳤던 『철학의 위안*De Consolatione Philosophiae*』에 대한 일종의 파편적인 주석이라고 할 수 있다. 『보에시』의 278행은 원전의 50여 행에 해당되는데, 주석본이 완성되었다면 3만 행 정도 되었을 것이다. 때에 따라서 성인이나 순교자로 평가되기도 했으나, 보에티우스는 일부 중세 독자들이 당황해할 만큼 기독교적이라기보다는 신플라톤주의적인 사상가였다. 그런 만큼 『보에시』는 전례와 무관하다 해도 과언이 아닐 것이다. 그러나 그것은 번역본이기 때문에 다른 작품보다는 아직 라틴 문명과 단절을 하지 못한 상태였고, 원전이 당시의 지적 삶에 지대한 영향을 미쳤던 철학적 텍스트였기 때문에 성직자들의 세계로부터도 멀어지지 못했다.

약간 더 오래된 작품으로 추정되는 『성 알렉시스 전』은 『보에시』보다 훨씬 더 영향력이 컸다. 그때까지 프랑스어로 이만큼 공들인 작시법과 완숙한 문학적 기교로 이렇게 길게(625행) 쓰인 시는 없었다. 반해음半諧音•을 가진 10음절 시구 다섯 개로 된 연이 서사시의 시절詩節 즉 레스laisse를 알리는 것과 마찬가지로, 이 작품에서는 등장 시기가 성큼 다가온 무훈시의 어조와 분위기가 가끔 느껴진다. 더욱이 이 작품은 이후 문학의 발전에 의해 완전히 사장되지 않고 오래도록 인기를 누려 12세기와 14세기 사이에 편찬된 다섯 개의 전집에 기록되었다. 1174년 한 광대가 이 시를 낭송하는 것을 듣고 리옹의 부유한 부르주아 피에르 발데스Pierre Valdès는 자신의 재산을 가난한 자들에게 나누어주고 후대의 아시시의 프란체스코처럼 가난의 복음을 설파했다. 그러나 그는 교회의 배척을 받는 불우한 선구자가 되어 자신의 의지와는 무관하게 자신의 이름을 딴 보두아파Vaudois의 창시자가 되었다.

『성 알렉시스 전』은 프랑스어로 된 종교 문학이 비로소 도달할 수 있었던 문학적 완성도와 격조를 보여준다. 비록 이 책에서는 세속적 문학에 더 많은 비중을 할애하므로 자세히 다룰 수는 없으나, 종교 문학은 중세 내내 성자전, 기적에 대한 이야기, 운문으로 된 기도, 교훈적인 강론서 등의 형태로 매우 많은 작품을 지속적으로 만들어냈다. 그러나 종교 문학은 근본적으로 라틴어 문학을 프랑스어로 번역한 것에 지나지 않았다. 『성 알렉시스 전』이 라틴어로 된 이 성자의 전기를 프랑스어로 번안한 작품이듯이 말이다. 그런데 이 라틴어 전기는 그리스어로 된 성자전을 라틴어로 번역한 것이었고, 그 그리스어로 된 성자전마저도 고대 시리아의 텍스트에서 영감을 얻은 것이었다. 이처럼 최초의 프랑스어 문학작품들을 탄생하게 한 호교적이고 전도적인 사조는 그 자체로 진정하게 참신한

• 반복되는 동일 모음 또는 유사 모음—역주.

문학을 낳지 못했다. 만약 이 시기의 프랑스 문학이 이 첫번째 장르—종교 문학—의 탄생만 겪었더라면, 라틴어 문학의 그늘에 가려 지지부진했을 것이다. 그러나 11세기 말 몇 년 동안 또하나의 장르가 종교 문학보다 더 갑작스럽고 더 놀랍게 등장하여 더욱더 풍성한 결실을 맺었다.

제2부 | 융성기

제3장

무훈시

11세기 말 마지막 몇 해 동안 서로 매우 다른 문학 형식 둘이 거의 동시에 나타났는데, 이들은 라틴어 문학의 모델들과 명백하게 단절을 보였고 그후 한동안 로망스어 문학의 주요한 장르를 형성했다. 그것은 바로 오일어로 된 무훈시와 오크어로 된 남부 음유시인들의 서정시다. 가장 오래된 무훈시는 옥스퍼드 사본에 남아 있는 『롤랑의 노래*Chanson de Roland*』로, 1098년경에 나온 작품으로 추정되며, 최초의 남부 음유시인은 푸아티에 백작이자 아키텐 공작이었던 기욤 9세로 1071년에서 1127년까지 살았다.

장르의 정의와 성격

무훈시는 서사시다. 그러므로 중세 특유의 혁신과 계승의 상호작용이 다시 한번 개입하지 않았더라면 서사시는 어디서나 고풍스러운 문학 장르라는 법칙을 확인해주었을 것이다. 무훈시chansons de geste는 그 이름이 시사하는 바와 같이 낭창되는 서술체의 시로, 말 그대로 과거의 수훈들을 다룬다. 'geste'라는 단어는 마지막 모음의 장단 구별이 사라지면서 라틴어 동사 'gero'의 과거분사에서 파생된 복수 중성 명사 'gesta'를 대체했던 단수 여성 명사 'gesta'에 해당하며, 실제로 '이룬 업적, 수훈, 무공'을 뜻한다.

이 시들은 형태와 내용이 특이하다. 우선 그 형태는, 동음 음절과 반해음을 가진 레스들—길이가 불규칙한 연들—로 구성되어 있다. 사용된 운율은 10음절의 시행décasyllabe으로, 짧은 중간휴지(4/6), 그리고 더러는 긴 중간휴지(6/4)로 나뉘어 있다. 12세기 말에 이르면 12음절의 시행alexandrin이 유행하게 되어 10음절의 시행과 경쟁하는데, 그럼에도 불구하고 롱사르(1524~1585)가 『프랑시아드*Franciade*』의 운율로 10음절의 시행을 선택한 것을 보면 16세기에도 여전히 10음절의 시행이 서사시의 가장 적합한 운율로 여겨졌음을 알 수 있다. 반면, 앞에서 살펴본 『성 알렉시스 전』은 동음 음절과 반해음을 가진 레스로 쓰였으나 연들이 규칙적이고 짧다(5행). 또 『성 푸아 다장의 노래』도 동음 음절과 반해음을 가진 레스로 되어 있으나, 라틴 중기 시 고유의 운율이자 훗날 소설에 쓰이게 되는 8음절의 시행으로 이루어졌다.

'레스laisse'라는 용어 자체가 무훈시의 미학을 이해하는 데 첫 번째 단서가 될 수 있다. 후기 라틴어 laxare를 어원으로 한 동사 'laissier'에서 파생되어 나와 '남겨둔 것'을 의미하는 이 표현은, '유산'이나 '기부금' '배설물' 등 다양한 의미를 갖는다. 일반적으로 문학에서는 하나의 전체를 이루고, 끊기지 않고 연속되어 늘어

나며, 단숨에 낭송되거나 낭창되는 한 덩어리, 한 단락, 텍스트나 시의 한 대목을 가리킨다. 그러므로 여러 개의 레스를 결합한 서사적 구성은, 꼬리를 물고 이어지기보다는 서로 단절된 일련의 단위들을 가리킨다. 즉 시적 표현의 물꼬를 텄다가 잠시 후 말을 멈추고 숨을 돌린다. 그러고 나서 레스의 마지막을 장식하는 카덴차cadenza나, 더러는 다른 행들보다 짧은 레스의 마지막 행처럼, 단절을 표시하는 다른 반해음으로 갈아타고 새로운 숨의 탄력을 받아 시를 이어간다. 무훈시가 만들어내고 사용하는 특유의 시적 효과들이 바로 여기에서 나온다. 이야기가 어떻게 전개되는지가 최우선 관심사가 아닌 듯, 무훈시에서는 순수한 서술체, 이야기의 일관성을 찾아볼 수 없다. 반대로 무훈시는 끊임없는 격랑을 타는 듯 반복과 반향을 즐기며 전개된다. "평행한 레스laisse parallèle," 즉 반해음을 바꾸거나 관점 또는 내용을 살짝 달리해서 변화를 준 반복적 레스들을 이어가고, 반행 또는 한 행 길이의 문구를 끊임없이 반복하기도 하며, 『롤랑의 노래』의 유명한 "산들은 높고Halt sunt li pui…" 같은 행을 통해 후렴 효과를 노리기도 한다. 대칭적 효과도 있는데, 역시 『롤랑의 노래』에서 가늘롱을 사신으로 임명하며 롤랑을 후위의 대장으로 임명하고, 사신이 되겠다고 자청하는 신하들을 샤를마뉴(카롤루스대제)가 계속해서 만류하는 대목이 좋은 예다.

이처럼 무훈시는 소위 언어의 물리적 효과들—반복의 매혹과 최면에 가까운 효과, 한 레스 안에서 행마다 되풀이되는 반해음의 울림과 매우 단순한 곡조, 행마다 반복되는 똑같은 가락이 일으키는 현기증—을 이용한다. 사실 이런 가락은 우리에게 직접적으로 전해지지 않았다. 그러나 우리가 이들을 알지 못한다는 사실 자체가 그 단순함과 상투적인 성격을 확인해준다. 즉 그만큼 단순하고 뻔했기 때문에 굳이 기록하지 않아도 된다고 당대인들이 판단했던 것이다. 그런 만큼 『로뱅과 마리옹의 극*Jeu de Robin et de Marion*』에 나오는 희화화된 무훈시의 한 행이나, 나중에 다시 언급하게 될 일부 베 짜는 여인의 노래chanson de toile의 가락 등 간접적 증거들을 통해 어떠한 형태를 띠었는지 짐작해볼 수 있다. 이러한 효과들은 무훈시 특유의 문체에 의해 증폭된다. 즉 짧고 정형적인 시구들은 한 행을 넘지 않는 경우가 많고, 비대칭적인 중단을 가진 10음절 시행의 규칙적이면서도 불균등한 박자를 따르며, 병렬을 선호하고 종속 구문을 기피한다. 13세기 초 두 편의 소설이 증언하듯 중세 관객들은 문맥과 무관하게 무훈시의 짧은 대목들을—예를 들면 한 레스를—따로 떼어 즐겨 들었다고 한다. 그만큼 중세 관객들은 무훈시가 전달하는 이야기뿐만 아니라 그 시들이 일으키는 감정적 반향 때문에도 무훈시를 즐겼던 것으로 보인다.

무훈시의 또하나의 특징은 그 내용이다. 이것은 무훈시의 가장 두드러진 특징이며 가장 먼저 후대의 관심을 끌었던 요소이다. 무훈시는 근본적으로 전쟁과 관련된 주제들을 다루는데, 항상 카롤링거 왕조 시대, 대부분의 경우 샤를마뉴와 그의 아들 루이 르 피외의 시대를 배경으로 한다는 것이 특징이다. 등장인물들은 샤를마뉴 수하의 제후들로 사라센에 대항해 싸우거나 황제와 그 나약한 아들로부터 자신들의 권익을 보호하려 하는 자들이다. 무훈시는 이 인물들 또는 그 후예들을 중심으로 여러 서사시군cycle을 이루며 세 개의 주된 지편枝篇으로 나뉜다. 즉 『롤랑의 노래』가 주축이 되는 왕의 무훈시, 도옹 드 마양스Doon de Mayence, 지라르 드 루시용Girart de Roussillon, 오지에 르 다누아Ogier le Danois 등 반란 제후들의 무훈시, 그리고 기욤 도랑주Guillaume d'Orange가 주인공인 가랭 드 몽글랑Garin de Monglane의 무훈시로 나뉜다. 인상적인 사건 하나와 중요한 주제 하나를 다루는 초기의 노래—『롤랑의 노래』와 『기욤의 노래』—를 필두로, 과거로 거슬러올라가 영웅의 어린 시절과 최초의 업적들, 영웅의 아버지, 그리고 그 선조들의 이야기를 다루거나, 미래로 눈을 돌려 『기욤의 수도원*Moniage Guillaume*』처럼 영웅의 노년이나 그 후손들의 이야기를 다루는 노래들이 만들어졌다.

이렇듯 모든 무훈시는 카롤링거 왕조 시대를 배경으로 한다. 그러나 전하는 가장 오래된 무훈시는, 우리에게 전해진 형태로 추정컨대, 11세기 말기에 지어진 것이다. 그렇다면 왜 무훈시는 300년 전에 일어났거나 일어난 것으로 보이는 사건들을 항상 소재로 삼는 것일까? 그것이 아니라면, 무훈시가 카롤링거 왕조 시대의 산물이었고 전하는 사건들과 동시대에 생성되었으며, 다만 몇 세기 동안 구전 형태로 전해 내려오다가 비로소 글로 옮겨진 시점에 이르러 우리에게 그 흔적이 전하는 것이라고 봐야 하는 것인가? 이 질문들은 한 세기가 넘도록 상반되는 주장들을 이끌어냈고, 때로는 열띤 논쟁을 불러일으켰다. 장르의 기원을 둘러싸고 대대로 풀리지 않은 수수께끼는 일단 제쳐두고, 이 논쟁을 요약하고 그 논리적 귀결과 연장선상에 있는 문제들을 짚어보기에 앞서, 구체적인 하나의 예, 즉 가장 오래되고 잘 알려져 있으며 흥미진진한 『롤랑의 노래』를 통해 이 논쟁에 접근해 보기로 하자.

『롤랑의 노래』

『롤랑의 노래』는 7년간의 스페인 원정에서 승리하고 돌아가는 길에, 샤를마뉴의 조카 롤랑과 그를 보좌하는 열두 명의 중신들이 지휘하던 후위군이 롤랑의 의붓아버지 가늘롱의 배신으로 피레네 산맥의 롱스보 골짜기에서 사라센인들로부터 공격을 받은 이야기를 다룬다. 주인공과 그의 일행 모두가 이 전투에서 죽음을 맞이하지만, 황제가 그들의 원수를 갚아준다.

이 짧은 줄거리조차 쓸데없이 느껴질 만큼 찬란한 이 시는, 짧은 대목만 담고 있는 필사본들을 제하면 총 여섯 개의 필사본에 보존되어 우리에게 전해졌다. 이 모든 필사본에 담긴 것은 분명히 같은 시다. 그러나 각 필사본을 비교해보면 두 행이 완전히 일치하는 것이 없다. 운율은 때로는 10음절의 시행, 때로는 12음절의 시행을 따른다. 이따금 반해음에서 갑자기 각운으로 바뀌듯, 한 편의 시 안에서 10음절의 시행에서 중간에 12음절의 시행으로 바뀌는 경우도 있다. 길이도 다양한데, 가장 오래된 필사본의 경우 4000행, 나중에 나온 13세기 말 필사본 중 하나는 9000여 행으로 구성되어 있다. 이러한 차이는 무훈시의 보급과 진화에 대해 흥미로운 실마리들을 제공한다. 그러나 이는 동시에, 과거에도 자주 그랬듯이, 가장 오래되고 또 가장 우리 눈을 사로잡는 필사본인, 옥스퍼드의 보들리언 도서관에 소장된 딕비Digby 23본에 담긴 이본을 『롤랑의 노래』 자체로 간주할 수 있다는 것을 시사하기도 한다. 별다른 설명 없이 『롤랑의 노래』를 언급할 때는 이 이본을 지칭한다.

딕비 23본에 담긴 이본은 아마도 1100년경에 지어졌을 것이다.

시에 사용된 언어, 제1차 십자군 원정을 연상시키는 몇몇 세부 묘사, 1086년 잘라카 전투에서 기독교인들을 두려움에 떨게 했던 북과 낙타의 언급 등 여러 가지 단서들이 이 시기를 가리키는 것을 볼 때 이 이본이 그 이전에 쓰였을 가능성은 매우 희박하다. 또한 12세기 초반에 이 시가 매우 유행했었다는 점을 고려하면—여기에서 딕비 23본보다 앞선 이본이 있지 않았을까 의문을 가져볼 만도 하다—그 이후에 쓰였을 리도 없다. 이처럼 『롤랑의 노래』는 1100년경 나타났지만 그 주제가 되는 사건인 롱스보 전투는 778년 8월 15일에 일어났다. 이런 요소들이 바로 『롤랑의 노래』에 나타난 무훈시의 수수께끼다.

우리는 이 사건에 대해 무엇을 알고 있는가? 『프랑크 왕조의 연대기*Annales royales des Frans*』는 778년 샤를마뉴가 스페인 원정에서 승리했다고 전하나 그 어떤 패전에 대한 얘기도 담고 있지 않다. 그러나 20년 후에 나온 개정판은 다수의 프랑크족 장수들이 스페인에서 돌아오는 길에 바스크족들의 매복으로 죽임을 당했다고 덧붙인다. 그리고 매복자들이 도망가기 전에 도적질까지 했다고 전한다. 그러나 죽은 장수들의 이름은 일절 언급되어 있지 않다. 830년경 아인하르트Eginhard의 『샤를마뉴의 생애*Vita Karoli Magni*』는 피레네 산맥을 지날 때 황제가 "바스크인들의 배신을 좀 겪고" 덧붙여 "이 전투에서 집사 에기아르Eggihard, 궁중 백작인 앙셀므Anselme, 그리고 브르타뉴 변경주Marche de Bretagne 공작 롤랑이 사망했다"고 전한다. 한편 보존되어 있는 에기아르의 비문은 그가 8월 15일에 죽었다고 명시하고 있기 때문에, 전투의 정확한 날짜를 알 수 있다. 마지막으로, 10년 후 '리모주의 천문학자'라 불리는 작가의 『루

도비쿠스 황제의 생애*Vita Hludovici imperatoris*』를 보면 "후위에서 행군하던 군사들은 산중에서 몰살당했다. 그들이 누구인지 잘 알려져 있는 만큼 이름을 굳이 언급하지는 않겠다"라는 대목이 나오는데, 오늘날의 독자로서는 이러한 생략이 안타깝지 않을 수 없다.

이러한 증언들을 바탕으로 세 가지 결론을 내릴 수 있다. 우선, 이 사건이 점차 기억에서 지워지기는커녕 시간이 지날수록 더욱더 강조되어 언급되면서, 나중에는 강조할 필요가 없을 정도로 잘 알려지게 되었다는 사실이다. 둘째로, 아인하르트가 롤랑의 이름을 언급하기는 하나 맨 마지막으로 거론하고, 모든 필사본에서 언급하지 않는 점을 볼 때, 그가 롤랑을 세 명의 이름난 전사자 중 가장 비중이 낮은 인물로 생각하고 있었음을 알 수 있다. 더욱이 집사 에기아르나 궁중 백작 앙셀므에 대해서는 알려진 바가 있는 반면 롤랑은 무명의 인물이다. 마지막으로, 모든 증언은 매복이 바스크인들의 소행이라는 데 의견이 일치한다. 『롤랑의 노래』는 롱스보 전투의 높아지는—그리고 놀라운—명성을 확인해주는 한편, 두 가지 측면에서 근본적으로 역사를 왜곡한다. 즉 롤랑에게—설사 실존 인물이었다 하더라도—그가 갖지 못했던 중요성을 부여하고, 바스크족 대신 사라센인을 매복의 주체로 삼는다는 점이다.

그러나 아랍인 역사가들은 이 사건을 매우 다르게 기술하고 있다. 13세기 이븐 알아티르Ibn Al-Athir에 따르면, 샤를마뉴는 코르도바를 수도로 한 우마이야 왕조에 반기를 든 사라고사의 총독 술레이만 벤 알아라비Sulayman Ben Al-Arabi의 요청을 받고 스페인에 갔다고 한다. 그러나 막상 도착했을 때 벤 알아라비의 변절로 사라고사에서 문전박대를 당했다. 샤를마뉴는 벤 알아라비를 붙잡아 포로로 데리고 프랑스를 향해 다시 출발하는데, 이바녜타 고개를 넘어 롱스보를 지날 때 바스크인들의 도움을 받은 벤 알아라비의 아들들이 프랑크족들을 공격하고 아버지를 구해냈다고 한다. 그러므로 롱스보 전투는 약탈만을 염두에 둔 산도적들과의 단순한 충돌이 아니라 사라센인들과의 전투였을 것이다. 그런 만큼 샤를마뉴에게 그것은 상당히 중요한 패전이었을 것이다.

여러 정황들이 이 설을 뒷받침한다. 세부적으로 라틴어 실록과 일치하는 부분들이 있는데, 한 예로 벤 알아라비의 생포를 들 수 있다. 다만 라틴어 실록은 정황상 샤를마뉴에게 으뜸패로 작용했을 것임에도 불구하고 이 포로에 대해 더이상 언급하지 않는다. 만약 벤 알아라비의 생포가 실제로 일어났거나 그와 비슷한 사건이 있었다면, 라틴어 사료들이 전하는 증언들은 이로 인해 새로운 의미를 갖게 되며, 유독 이 패전에 대해 점차 많은 관심을 보이는 이유가 완벽하게 설명된다. 실제로 공식 실록은 당시에는 이 사건에 대해 침묵하려 한 듯하다. 그러나 너무나 잘 알려지고 충격을 준 사건이었기 때문에 해가 지날수록 그 중요성을 축소해서라도—그 결과 상충되는 세부 묘사를 통해 진실을 짐작할 수는 있지만—조심스럽게나마 언급하지 않을 수 없게 되었다. 정말로 짐을 노린 도적들의 습격이었을까? 그렇다면 참모총장이나 다름없는 집사와 샤를마뉴 근위대의 사령관격이었던 궁중 백작같이 중요한 인물들이 어쩌다가 화물 한복판에 있었던 것일까?

이 모두는 가정에 불과하다. 그러나 입증이 된다면, 300년 후 프랑스 시에 반영된 오랜 기억의 잔상이 적어도 이 전투의 내막에 관한 한—나머지는 명백한 허구이고 롤랑의 실존 여부는 여전히 수

수께끼이며 다른 인물들도 확실히 전설적인 만큼—공식 역사에 반하여 사실을 담고 있음이 밝혀질 것이다.

그러나 이러한 긴 기억은 정신의 한 산물이 아닌가? 조제프 베디에•의 표현을 빌리자면, "수백 년의 침묵"을 깨고 입을 열게 할 수 있을까? 『롤랑의 노래』에 앞선 롤랑의 전설, 더 나아가 옥스퍼드 사본에 앞선 『롤랑의 노래』의 흔적을 찾아볼 수 있을까? 오래전부터 『롤랑의 노래』의 몇몇 면모들이 11세기 말의 것이라고 하기에는 너무 오래된 것들이라는 지적이 있었다. 그 예로 샤를마뉴가 지휘권 위임의 상징으로 롤랑에게 장엄하게 건네주는 활을 들 수 있다. 또한 예를 들자면, 『롤랑의 노래』에 명시된 프랑스의 국경선은 카페 왕조 초반의 것이 아니라 단순왕 샤를(샤를 3세)Charles le Simple 집권하의 카롤링거 제국 당시의 프랑스 국경선이다. 12세기 초 역사가 맘즈버리의 윌리엄Guillaume de Malmesbury은 1066년 헤이스팅스 전투 당시 노르만군의 사기를 높이기 위해 한 광대가 롤랑의 노래cantilena Rolandi를 불렀다고 기록한다. 그러나 이는 『롤랑의 노래』의 옥스퍼드 사본이 나온 이후의 증언인 만큼 신빙성이 다소 떨어진다. 또 간접적 증언들이 오래전부터 속어로 된 서사 문학이 존재했음을 짐작게 하는데, 9세기 말 생갈의 노트커Notker of Saint Gall는 노병들 사이에 떠돌던 이야기를, 색슨족 시인으로 알려진 익명의 시인은 속어로 된 위인들의 예찬시들을 언급한다. 그리고 『헤이그 편전*fragment de La Haye*』(980~1030년경)이나 『발타리우스*Waltharius*』(9~10세기) 등 라틴어로 된 텍스트들도 무훈시 등장의 전조를 알

• Charles-Marie-Joseph Bédier(1864~1938). 20세기 초 중세학자. 콜레주드프랑스 교수를 역임했고 중세 로망스어 문학 권위자였다—역주.

린다. 특히 1065년과 1070년 사이에 스페인어로 된 필사본에 기록된 『성 에밀리아누스 난초*Nota Emilianense*』는 옥스퍼드 사본보다 30~40년 앞서 『롤랑의 노래』의 줄거리를 담고 있는데, 이 줄거리에는 롤랑뿐만 아니라 올리비에, 대주교 튀르팽, 덴마크인 오지에, 매부리코 기욤('굽은 코'에서 '짧은 코'로 와전되며 후일 무훈시에 등장할 기욤 도랑주) 등이 언급된다. 마지막으로 11세기 내내 앙주에서 베아른까지, 그리고 오베르뉴에서 프로방스까지 올리비에와 롤랑이라는 이름을 가진 형제들의 기록이 여러 문헌에 남아 있다. 그런데 불가사의한 점은 올리비에가 한결같이 형이고 롤랑이 항상 동생이라는 사실이다.

이처럼 『롤랑의 노래』에 앞선 '롤랑'에 대한 증언들이, 롱스보 전투와 옥스퍼드 사본 사이의 긴 세월 곳곳에 남아 있다. 그런데 이 증언들을 어떻게 해석해야 할까? 바로 이 질문이 무훈시의 기원에 대한 논쟁의 핵을 이룬다.

무훈시의 기원에 대하여

19세기 중세학자들이 가장 먼저 던진 질문은 바로 이 무훈시의 기원에 관한 것이었다. 그들이 낭만주의 사상의 영향을 받았기 때문인데, 특히 이들 중세학자들에게 영향을 미친 헤르더와 그림 형제는 각 민족의 의식과 천재성이 무명 예술가들의 즉흥적인 작품을 매개로 역사와 문화의 초창기에 표출되었다고 주장했다. 그런 만큼 당시 중세학자들 사이에서 무훈시의 기원을 밝히는 것은 프랑스의 민족적 정체성을 밝히는 것과 동일시되었던 것으로 보인다. 이런 맥락에서 가스통 파리스Gaston Paris가 1865년 처음으로 애가 cantilène 이론을 내놓는데, 민족 대이동 이후 새로운 민족의식이 민족적 감정을 반영한 시 활동을 통해 점차 표출되었고, 서사적인 주제를 담은 서정적인 형태의 이 시들이 역사적 사건을 다룬 애가의 모습으로 표현되었을 것이라고 주장했다. 짧은 대중시들이 추후에 긴 서사시의 형태로 묶여 일관적인 외형을 이룬 결과가 호메로스의 시들이라고 보던 시절이었다. 같은 방식으로 가스통 파리스는 짧은 애가들이 모여 무훈시가 탄생하게 된 것이라 상상했다. 그러나 1884년부터 이탈리아 학자 피오 라이나Pio Rajna는 무훈시에 대중적인 요소가 전혀 없고 오히려 무훈시가 무사 귀족을 예찬한다고 지적했다. 다른 한편으로 애가에 대해서도 알려진 바가 아무것도 없으며 그런 만큼 애가는 존재하지 않았을 것이라고 주장했다. 반면 카롤링거 왕조 시대에 이미 확실히 존재했던 것은 게르만 서사시였다. 로망스어로 된 애가가 존재했다는 주장은 이 게르만 서사시가 무훈시에 미친 영향을 숨기는 방편에 불과하다. 가스통 파리스도 1888년 피오 라이나의 견해를 따르게 된다. 그러나 당시 프랑스와 독일 사이에 경쟁과 대립이 만연했던 만큼 그후로도 오랫동안 이 논쟁에는 정치적 저의가 작용했다. 그도 그럴 것이 무훈시가 카롤링거 시대에 존재했다고 보는 것은 이 시들의 게르만 기원을 인정하는 것이었고, 반면 11세기에 형성되었다고 하면 프랑스 고유의 장르라고 할 수 있었기 때문이다.

후자의 주장을 더할 나위 없이 잘 대변했던 학자로 조제프 베디에를 꼽을 수 있는데, 1908년에서 1913년 사이에 그는 4권짜리 『서사 전설*Légendes épiques*』이란 연구서를 펴낸다. 그의 주장에 따르면 무훈시는 역사적 기억보다 시적 테마에 바탕을 둔다. 즉 무훈시는 연속적인 창조 작업 또는 전통의 산물이 아니라, 확고한 예술의식을 가진 시인들의 순수한 창작물이다. 그러나 베디에 이론의 정수는 저서의 초반부에 이미 나타나 있다. "애초에 성전들이 즐비한 길이 있었다. 무훈시 이전에 전설, 즉 토속 전설과 교회 전설들이 있었다." 성지 순례길에는 성전과 수도원들이 순례자들의 발길을 끌 수 있는 영웅과 순교자의 유골과 유물을 전시하고 있었다. 심지어 『롤랑의 노래』에서도 267번째 레스를 보면 보르도 생쇠랭에서는 롤랑의 상아 각적角笛을 볼 수 있고, 블라이에서는 무덤을 볼 수 있다고 밝힌다. 이렇게 산티아고데콤포스텔라행 순례길, 또는 다른 무훈시들의 경우 로마행 길에서 모은 다양한 얘기들에 생명을 불어넣는 데에는 단 한 명의 천재적인 시인으로 족했다. 독일의 로망스어 학자 필리프 아우구스트 베커•는 이미 1896년에, 그리고 1907년에 다시 이러한 주장을 내놓았다. 베디에는 이 내용을 보충하고 논증 과정을 발전시키는데, 성지들을 홍보하려는 성직자들의 적극적인 노력이 개입되었다는 주장을 덧붙이기도 했다. 예를 들어 성직자들이 아인하르트의 『샤를마뉴의 생애』에서 롤랑의 죽음에 대해 읽었다고 가정하자. 그들은 순례자들에게 보이기 위해 롤랑의 유물에 관한 이야기를 지어냈고, 그렇게 자신들의 교회를 선전했다. 그리고 시인에게 그 이야기를 들려주고 최대한 살릴 수 있도록 참고문헌을 제공했다. 시인은 그들에게서 들은 이야기를 바탕으로

• Philipp August Becker(1862~1946), 독일의 로망스어 학자. 1907년에 『프랑스 고문학 개요*Grundriss der altfrauzösischen Literatur*』를 발표했다—역주.

『롤랑의 노래』를 완전히 지어냈다. 마찬가지로 아냔의 수도사들과 경쟁 관계에 있던 즐론, 즉 오늘날 생길램르데제르의 수도사들은 수도원을 창설한 전사의 전설을 최대한 이용했고, 같은 방식으로 시인들에게 기욤 도랑주라는 인물을 소개했을 것이다. 그리고 베즐레의 수도사들은 지라르 드 루시용을 똑같은 방식으로 이용했을 것이다. 따라서 11세기 이전에는 그 어떤 무훈시도 있었을 리가 없다. 설령 우리가 아는 『롤랑의 노래』보다 앞선 이본이 있었다고 하더라도 조잡한 습작에 불과했을 것이라는 주장이 가능하다. 곧 옥스퍼드 사본에 남아 있는 『롤랑의 노래』는 그 어떤 시적 매개체 없이 롱스보 사건으로부터 300년이 지난 후 베일에 가려진 저자, 즉 튀롤드Turold가 처음부터 끝까지 손수 써낸 작품이다. 같은 방식으로, 다른 모든 무훈시도 교회 전설에서 파생되어 나온 것들이다. 그리고 베디에는 다음과 같은 결론을 내린다.

> 더이상 샤를마뉴나 클로비스 왕이 살던 시대의 서사 노래를 논해서는 안 된다. 역사적 사건에 대해 민족 전체의 의식을 담아낸 대중적이고 즉흥적인 익명의 시들도 논해서는 안 된다. 그림 형제의 신비주의적인 유산을 버리고, 더 구체적인 개념, 더 명백한 설명들로 대체해야 한다.(베디에, 『서사 전설』, 제4권, 474쪽)

베디에의 비범한 수완에 힘입어 그가 제시한 이론은 수십 년 동안 널리 영향을 미쳤다. 그러나 그의 이론은 "수백 년의 침묵"이 아직 깨지지 않고, 예를 들어 올리비에와 롤랑 형제를 언급하는 여러 문헌이나 『성 에밀리아누스 난초』에 대해 아무것도 알려지지 않았던 시기에 만들어졌다. 그리고 보존된 텍스트에 앞서 나타난 구전시의 존재를 최대한 축소하고, 동시에 덜 노련한 추종자들로 하여금 그 존재를 완전히 부정하도록 부추기는 것을 보면 꽤 역설적이기도 하다. 이러한 베디에 이론의 소위 '개인주의'에 맞서, 페르디낭 로Ferdinand Lot는 1920년대부터 '전통주의'의 입장을 옹호했다. 로는 순례길에 놓인 성지와 관련된 서사시 영웅의 숭배가 무훈시의 결과로 그 이후에 나타난 것이지, 그에 앞서 나타나 그 시발점이 된 것이 아니라고 주장했다.

> 기욤 서사시군cycle de Guillaume의 모든 시가 르고르단 길, 즐롱 등을 매개로 설명된다는 점을 인정한다. 그러나 그중 가장 오래된 『기욤의 노래*Chanson de Guillaume*』만은 예외적으로 설명되지 않는다. 또 스페인을 배경으로 사건이 전개되는 모든 무훈시가 산티아고데콤포스텔라행 순례길을 경이로울 정도로 잘 알고 있다는 사실도 인정한다. 그러나 가장 오래된 『롤랑의 노래』는 이 길에 대해서는 완전히 무지하다.(로, 『로망스어 문학』, 53권, 1927)

만약 무훈시의 기원을 교회의 전설에서 찾을 수 없다면 무훈시가 "세기를 거듭하며 전해져 내려왔다는 오래된 이론으로 돌아가는 길만 남는다." 따라서 881년 노르만인에 대항하여 루이 3세가 거둔 승전을 다룬 『고르몽과 이장바르*Gormont et Isembart*』는 수도원 연대기에서 발전되어 나온 것이 아니라, 9세기 또는 10세기에 프랑스로 유입된 이 이야기의 노르만 이본을 번안한 것이다. 또 『빈의 지라르*Girart de Vienne*』는 870~871년 빈에서 일어난 사건들과 동시대

사람인 어느 광대가 지은 노래를 바탕으로 하고 있으며, 『라울 드 캉브레*Raoul de Cambrai*』는 작품에도 언급되어 있듯이 943년 오리니 Origny 전투에 참전했던 베르톨레Bertolai라는 인물의 시에서 실제로 파생되어 나왔을 것이다.

그런데 전통적인 이론은 특히 라몬 메넨데스 피달•의 지칠 줄 모르는 강력한 지지를 받았다. 베디에와 그 제자들이 옥스퍼드 사본이 탁월하다고 단정하고, 이를 바탕으로 『롤랑의 노래』가 단 한 명의 천재적 시인이 쓴 참신한 창작품이라고 주장했던 만큼, 피달은 그들에게 맞서 다른 이본들, 특히 베네치아의 첫번째 이본인 V4를 위해—부당하게도—이 경이로운 옥스퍼드 사본을 헐뜯어야만 한다고 믿었다. 그런데 이러한 논쟁적 성격이나 무훈시의 역사적 가치를 확립하기 위해 사용된 다소 옹졸한 노력들을 제쳐놓고 보면, 피달의 이론이 하나의 근본적인 발상에 전적으로 기대고 있음을 알 수 있다. 곧 다루겠지만, 이는 대단한 영향력이 있는 발상이기도 하다. 그 근본적인 발상이란, 중세 텍스트가 작가의 상상력이나 펜 끝에서 결정적으로, 완벽하게, 그리고 추상적으로 생성되지 않았다는 것이다. 그와 반대로, 중세 텍스트는 다양한 이본들을 통해 숨쉬고, 그 덕분에 세대를 초월하여 변하고 유행을 따라 변신을 거듭하며, 그런 만큼 연속해서 나타나는 사본들의 오류들이 그르칠 정확한 진본이란 존재하지 않는다는 것이다. 이처럼 텍스트의 모든 형태가 그 삶의 일부를 이루기 때문에 비록 미학적 가치나 영감의 풍부함 측면에서는 동등하지 않다고 하더라도, 그 텍스트들은

• Ramón Menéndez Pidal, *La 'Chanson de Roland' et la tradition épique des Francs*, 1959, trad. fr. 1960—원주.

서로 동등한 위상과 중요성을 누린다는 것이다. 그리고 무훈시의 경우 그 모든 형태가 공연을 반영하는 만큼, 이 견해는 비록 기원의 논의라는 다소 오래된 관점—피달이 앞에서 언급한 저서를 저술할 당시 이미 90세가 넘었던 때라는 점을 상기하자—을 고수하나, 이 책의 첫 장에서 제기했던 구어와 문어의 복잡한 관계를 논의의 중심으로 끌어들일 수 있게 해준다.

구연에서 문자 기록으로

지금까지 살펴보았듯이, 무훈시는 광대들에 의해 구전으로 전파되는 것을 전제로 했다. 서문들과 텍스트 중간에 끼어드는 몇몇 사설辭說들은 이러한 낭창자의 존재를 명확하게 드러낸다. 더욱이 이 같은 전파 방식은 피달이 강조한 이본의 중요성과 상통한다. 이 두 특징의 조합을 통해 텍스트의 진화와 분화, 근본적인 항구성과 유행에 대한 민감성, 피상적인 변화를 넘어 수세기에 걸친 깊은 영속성, 그리고 수명 등을 설명할 수 있다. 그러나 무훈시가 "이본들을 통해 숨쉰다"는 피달의 주장은 각 구연자가 도입하는 작은 변화들이 무훈시를 계속적인 재구상의 상태로 유지한다는 것을 의미할 따름이다. 스위스 학자 장 리슈네르•나—특히 밀먼 패리와 앨버트 로드▪ 같은 미국 학자들의 구전시 이론을 무훈시에 반영한—미국

• Jean Rychner, *La Chanson de geste. Essai sur l'art épique des jongleurs*, Genève, 1955—원주.

▪ Albert Lord, *The Singer of Tales*, Harvard, 1960—원주.

학자 조지프 더건•처럼 조금 더 대담한 주장을 내세우는 이들도 있다. 그들은 시가 공연과 분리된 독립적 개체로서 제대로 존재한다고 보지 않으며, 매회의 구연이 시의 새로운 창조를 의미한다고 주장한다. 실제로 그들은 구연이 시의 암기에 기초한다고 보지 않는다. 만약 그랬더라면 이본은 암기의 불완전성만을 나타냈을 것이기 때문이다. 로드는 비교적 최근의 예, 즉 세르보크로아티아 서사시 낭창가들의 예를 통해, 서사시 특유의 사건들을 표현하는 정형화된 구문들 덕분에 이 낭창가들이 시를 구연할 때마다 구비 전승된 운문으로 된 긴 얘기들을 그때그때 재현해내는 방법을 배운다고 밝힌다. 따라서 무훈시 특유의 형식적인 문체가 이 시 장르의 구술적 성격을 드러내 보여준다고 주장한다. 또 더건은 옥스퍼드 사본 『롤랑의 노래』에서 천재적이라고 여겨지는 주요 장면들—사절단 장면이나 상아 각적 장면—이 다른 장면들보다도 더 형식적인 문체를 보인다는 점을 지적하면서, 한 명의 천재 작가에게 선대의 구술 전통을 번안한 공을 돌리는 것조차 거부한다. 더건에 따르면 12세기 프랑스에 서로 다른 두 가지 서술 장르, 즉 무훈시와 소설이 있다면, 그것은 단지 하나가 구술 장르이고 다른 하나가 기록 장르이기 때문이다. 그리고 기록된 무훈시가 점차 소설에 가까워졌다는 증거로, 후기 무훈시인 아드네 르 루아Adenet le Roi의 『뵈브 드 코마르키*Beuves de Commarchis*』(1270년경)와, 그보다 한 세기 전에 쓰였고 아드네 시의 원전인 『바르바스트르의 공격*Siège de Barbastre*』을 비교하여 전자에서 형식적인 문체가 덜 두드러짐을 지적한다.

• Joseph Duggan, *The Song of Roland. Formulaic Style and Poetic Craft*, Berkeley, 1973—원주.

그러나 실제로 형식적인 문체는 모든 장르에 나타나며 구비문학 고유의 특징이 아니다. 곧 형식적인 문체는 그 자체로 구술성의 증거가 될 수 없으며, 로드의 이론은 물론 더건이 그 이론을 적용하는 방식은 너무 완고해 보인다. 이미 이 책의 제1장에서 살펴보았듯이 구어와 문어의 대립은 절대적인 경우가 거의 없고, 더욱이 중세에는 그런 경우가 전혀 없었다. 결국 시인은 이 두 가지 표현 방식을 활용할 여지가 있었고, 절대적인 구술 전통의 틀에 갇혀 진화해야 하지 않는 한, 필연적으로 이러한 대립을 인식하게 되어 있었다. 그러므로 시인이 택하는 문체나 이용하는 효과와 전개 방식들은 부분적으로나마 자각적이고 의도적이며 인위적이기 때문에 일률적으로 해석될 수 없다. 물론 구전으로 확산되고 유포되었던 무훈시들이 우리에게 전해진 것은 전적으로 기록 덕분이다. 그러므로 형식적인 문체와 같은 구비 창작의 이론적 흔적들이 문자 언어 텍스트 안에 남아 있다. 그리고 청중의 주의를 환기하거나 침묵을 유도하고, 구연자가 모금을 하거나 휴식을 취하기 위해 또는 물을 마시기 위해 잠시 쉬겠다고 공지하는 것과 같은 구어적 발화의 흔적들 또한 정적이 흐르는 필사실scriptorium에서 정성스럽게 기록되었다. 그런 만큼 인위성은 명백하다.

물론 이러한 인위성에서, 몸에 밴 습관과 행동의 보존적 성격에서 기인한 단순한 차이만을 볼 수도 있다. 즉 시의 문체적 형태와 특징이 구술을 위해 구상되었던 것이라 하더라도, 아무런 기능적 필요성 없이 기록된 시 안에서 오래도록 살아남을 수 있었다. 더욱이 더건이 지적했듯 이러한 형태와 특징들은 점차 사라진다. 그러나 이러한 차이에 대한 자각이 무훈시의 미학에 일찍이 도입되었다고 추정해볼 수도 있다. 기록된 순간부터 무훈시는 그 경직성과 친숙한 고풍스러움, 그리고—구술성이 허구가 되어가던 시기에—구술적 문체와 형태의 효과들을 통해 형성된 거리감으로 독자들을 매료했다. 같은 맥락에서, 몇몇 화려한 대목에서 형식적인 문체를 특히 강조하여 사용한 것은 구술성의 흔적이라기보다는, 중요한 순간에 장르 고유의 문체적 효과를 의도적으로 이용한 것이라고 할 수 있을 것이다. 또 반해음이 겨우 잔존하던 시대에 몇몇 무훈시들이 어렵사리, 그리고 고집스럽게 각운의 유혹을 떨쳐버리는 것을 명백하게 관찰할 수 있다. 뒤에서 언급할 '베 짜는 여인의 노래'들도 유사한 방식으로 서사 장르의 경직된 고풍스러움을 추구했다.

무훈시의 발전

무훈시의 기원과 그 이전의 역사에 쏟는 당연한 관심 때문에, 이 장르가 중세 내내 존재했으며 요컨대 그다지 변화가 없었다는 사실을 잊어서는 안 될 것이다. 물론 무훈시는 길어지고 줄거리는 더욱 복잡해지면서 특히 사랑과 신비적 요소가 점점 더 큰 비중을 차지하게 된다. 13세기 작품인 『위옹 드 보르도*Huon de Bordeaux*』가 이러한 변화를 보여주는 좋은 예일 것이다. 무훈시는 이처럼 소설과 가까워진다. 13세기 말과 14세기 초에는 상당수의 혼종 작품들이 나타나는데—10음절의 시행보다는 12음절의 시행으로 된—동음 음절의 레스라는 서사 형태를 따르면서 두 장르 고유의 내용, 더러는 특히 소설적 내용을 담았다. 그 예로 아드네 르 루아의 『큰 발을 가진 베르트*Berthe au grand pied*』, 『로마의 플로랑스*Florence de Rome*』, 『콘스탄티노플의 아름다운 헬렌*La Belle Hélène de Constantinople*』, 『브룅 드 라 몽타뉴*Brun de la Montagne*』 같은 작품을 꼽을 수 있다. 그리고 중세 말에 이르러 산문 장르가 성공을 거두면서 결국 두 장르의 결합이 완성되었다.

바로 그 이전 시기인 12세기 말에 무훈시는 절정기를 맞는데, 당대의 새로운 소재, 즉 십자군 원정을 다루었다. 그리하여 카롤링거 왕조를 주제로 한 전통 무훈시의 모델을 표방하며 십자군 원정 서사시군—『안티오크의 노래*La Chanson d'Antioche*』, 『포로들*Les Captifs*』, 『예루살렘 탈환*La Prise de Jérusalem*』—이 나타났다. 이 서사시군은 중세 말까지 여러 속편과 결합에 의한 가필, 그리고 『백조의 기사*Chevalier au Cygne*』와 『고드프루아 드 부용*Godefroy de Bouillon*』의 전설을 중심으로 한 수많은 개작들을 아우른다.

그러므로 무훈시는 프랑스 문학의 가장 오래된 장르 중 하나일 뿐만 아니라, 중세 내내 무공과 기독교의 성전聖戰을 전달하는 특권을 가진 표현 방법이었다.

제4장

음유시인들

뜻밖의 출현

매우 오래전부터, 즉 로망스어가 나타나기 직전부터 가요들, 특히 교회의 골칫거리였던 여성들이 부르는 사랑 노래들이 대중 사이에 퍼져 있었음을 알리는 간접적 증언들이 있었다. 그러나 교회조차 고전 라틴어 작시법의 바탕이 되는 길고 짧은 음절의 혼용을 포기하고, 음보音步의 수와 각운에 기댄 운율을 가진 종교시를 도입하면서 이러한 대중적 리듬에서 영감을 얻지 않았던가? 그럼에도 온전하게 남아 있는 로망스어로 된 최초의 서정시들은—모두 오크어로 되어 있는데—'대중적'이라는 표현을 어떤 방식으로 해석하든 전혀 대중적이지 않다. 이 시들은 정교하고 세련되었으며 난해한 경향을 보인다. 또 지극히 귀족적이며 엘리트주의를 표방하고, 이 시들을 이해하지 못하고 세련된 예의와 정신에 무감각한 상스러운 이들에 대해 도발적으로 오만하게 멸시를 내비친다. 더욱이 우리에게 작품이 전하는 최초의 시인은 12세기 초 당대의 가장 강력한 군주 중 한 명으로 푸아티에 백작이자 아키텐 공작이었던 기욤 9세이다. 몇 년이 채 지나지 않아 그의 시적 후계자들과 경쟁 상대들, 즉 남부 음유시인troubadour들은 12세기 중반 이후 프랑스 북부의 북부 음유시인trouvère들이 나타나기를 기다리면서 남부 지방의 모든 궁정에서 그 세력을 늘려갔다. 궁정의 시, 갑작스러운 등장만큼이나 새롭고 도발적인 사랑의 개념을 예찬하는 이 시풍은 이처럼 궁정의 시로부터 출발했고, 바로 그러한 연유로 하여 궁정풍courtois이라 불리게 된 것이다.

궁정풍 예법과 피나모르

궁정풍 예법과 궁정풍 사랑이 조리 있고 결정적인 방식으로 확립되고 공표된, 독자적인 이론 체계를 이루는 것은 절대로 아니다. 앙드레 르 샤플랭André le Chapelain이라는, 샹파뉴 또는 파리의 궁정에서 1184년경 『연애론*Tractatus de Amore*』을 집필한 일종의 이론가가 분명 있기는 했다. 그러나 무려 한 세기 가까이 된 오랜 풍습을 뒤늦게 규율서로 체계화한 그의 저서는 미심쩍은 데가 있다. 실제로 우리가 할 수 있는 전부는, 그 전달 매체가 되는 시 이외의 텍스트에서는 표현된 바가 없다는 전제하에, 남부 음유시인의 작품에서 공통된 연애와 사교의 감수성 및 윤리를 경험적으로 유추해내는 것이다. 그렇기 때문에 이 책에서처럼 명확성을 위해 불가피하게 설명부터 하려 드는 것은, 특징을 경직시키고 뉘앙스를 지우게

끔 유도하는 인위적 수단에 불과하다.

궁정풍 예법은 사랑만큼이나 삶에 대한 개념이기도 하다. 그것은 고귀한 태생은 아니더라도 고결한 정신, 무사무욕, 후한 인심, 그리고 모든 형태의 좋은 교육을 전제로 한다. 궁정적이라는 것은 관습에 통달하고, 상류사회에서 여유 있고 위엄 있게 처신할 줄 알며, 사냥과 전쟁에 능하고, 세련된 대화와 시를 즐길 만큼 민첩한 기지가 있다는 것을 의미한다. 또 사치를 즐기면서도 초연할 만큼 익숙하고, 탐욕, 인색, 돈 욕심 등의 그 어떤 욕구에 대해서도 혐오하고 멸시하는 것을 전제로 한다. 궁정적이지 못한 것은 곧 못된vilain 것인데, 이 표현은 원래 농부를 지칭했으나, 머지않아 도덕적인 의미를 띠게 된다. 농부는 악착스럽고 탐욕스러우며 상스럽다. 부를 축적하고 유지할 생각만을 하며, 재산이든 여자든 자신이 소유했거나 소유하고 있다고 믿는 것에 집착한다.

그러나 사랑을 하지 않는 자는 누구도 완벽하게 궁정적이 될 수 없다. 왜냐하면 사랑의 감정이 사랑에 빠진 이로 하여금 좋은 자질들을 기르고 미처 갖추지 못했던 자질마저 지니게 하기 때문이다. 궁정풍 예법의 독창성은 여자와 사랑에 핵심적인 지위를 부여한다는 점에 있다. 교회의 입장이나 당대의 관습에 비춰보았을 때 분명 독창적인 위상이다. 궁정풍 연인은 사랑하는 여인을 자신의 귀부인domna, 즉 봉건적 의미에서의 군주로 모시며, 그녀의 모든 변덕을 받아주고, 그녀가 자유로이 베풀고 거둘 수 있는 은혜를 받을 자격을 갖추는 것이 유일한 목표다.

궁정풍 사랑, 또는 '피나모르fin'amor' 즉 '완벽한 사랑'은 사랑이 욕망과 혼동된다는 생각에 근거를 둔다. 여기에서 욕망은 원래 충족되기를 바라는 욕망이나, 충족이 되는 순간 욕망으로서 더이상 존재하지 않게 된다는 것 또한 전제로 한다. 이처럼 욕망의 충족이 곧 욕망의 소멸을 의미하기 때문에, 사랑은 욕망의 충족을 지향하면서도 동시에 두려워한다. 그리하여 사랑 안에 욕망과 욕망에 대한 욕망, 사랑과 사랑에 대한 사랑 사이에 풀리지 않는 갈등이 영속적으로 존재하는 것이다. 그리고 그렇게 고통과 기쁨, 번민과 희열이 뒤섞인 사랑 고유의 복잡한 감정이 설명된다. 이러한 감정을 가리켜 남부 음유시인들은 기쁨(여성 명사 joya)과 다른 joi라는 표현을 사용하는데, 이 표현 또한 부득이하게 기쁨이라고 번역한다. 한 예로 조프레 뤼델Jaufré Rudel은 다음과 같이 썼다.

> 이 사랑은 나를 괴롭힌다
> 깨어 있을 때나 잠들어 꿈꿀 때나
> 이때 내 기쁨은 극에 달한다
> D'aquest amor suy cossiros
> Vellan e pueys somphnan dormen,
> Quar lai ay joy meravelhos.

결과적으로 이러한 근본적인 직감 때문에 사랑은 절대로 빠르거나 쉽게 이루어지지 않고, 충족되기에 앞서 자격을 갖추는 과정이 요구되며, 욕망이 충족될 때까지 더욱 격하게 전락하도록 많은 장애물이 끼어든다. 그리고 궁정풍 사랑이 플라토닉한 사랑이 아닌 만큼 여인은 아예 다가갈 수 없는 존재가 아니라 다가가기 어려운 존재여야 하고, 바로 그런 원칙에서 여러 조건들이 파생되어 나온다. 그렇기 때문에 이론적으로 결혼의 울타리 안에서 사랑이 존재할 수 없다는 결론이 나온다. 왜냐하면 아무때나 충족될 수 있는 욕망은 곧 시들해지고, 남성이 여인의 육체에 대한 전권을 얻어 그녀를 공이 있는 자에게만 은혜를 자유로이 베푸는 여주인maîtresse으로 도저히 볼 수 없게 되기 때문이다. 결국 원칙적으로 연인은 다른 이의 여인을 사랑할 수밖에 없다. 그런 만큼 연인의 첫번째 덕목이 비밀 엄수이며, 그에게 최악의 적은 여인의 남편에게 고자질하기 위해 그를 염탐하는 질투심 많은 험담쟁이lauzengier라는 것이 놀랍지 않다. 다른 한편으로, 동경의 대상인 여인은 연모의 주체인 남성보다 사회적 지위가 높아야 하는데, 그것은 연인 관계가 봉건제의 권력 관계를 모방하게끔 하고, 여인이 이득을 위해 은혜를 베풀거나 남성이 권력을 이용해 여인이 굴복하도록 강요하려는 유혹에 빠지지 않게 하기 위해서다.

그러나 이러한 규칙들이 시인보다는 주석가에 의해 언급되고, 시에서는 죄파르티jeu-parti처럼 사랑에 관한 궤변을 담은 특수 장르에만—꼭 필요할 때만 위트 있게—나타나는 만큼, 그 중요성을 과장해서는 안 될 것이다. 이 규칙들은 사랑과 욕망의 혼동이 초래하는 결과 중 가장 눈에 띄는 것일 뿐 필수 불가결한 것은 아니다. 요는 이러한 혼동 때문에 남부 음유시인들의 에로티슴이 매우 특이한 양상을 보인다는 사실이다. 연모하는 여인 앞에서 그들은 경외심과 동시에 대담한 관능성을 보이는데, 이는 그들의 사랑으로 하여금 풋사랑의 성향을 띠게 한다. 즉 관음적 성향을 권리처럼 주장하며, 욕구를 충족시키지 않으면서도 소진시키는 관능적인 꿈을 즐기고, 여인의 육체와 그 육체가 부르는 애무를 열정적으로 그리고 세밀하게 상상하면서도 그 육체의 가장 은밀한 부분을 상상하는 것은 거부하고, 육체적 결합 자체에 대해 생각하는 것을 혐오한다. 베르나르 드 방타두르Bernard de Ventadour의 표현을 빌리자면, 시인이 "나체로 만질 수 없어 죽을 것 같은" "성탄절에 내린 눈처럼 새하얗고" "결빙 후 눈처럼 새하얀" 그 육체는 마치 눈과 같으며, 불처럼 뜨겁고, 얼음처럼 차갑거나 냉랭하다.

남부 음유시인들의 시

다소 다른 취지를 가진 소설에서 궁정풍 예법과 피나모르를 찬양하기 전까지 이 두 가지 소재는 오크어를 사용한 남부 음유시인들과, 나중에는 오일어를 사용한 북부 음유시인trouvère들, 즉 시를 '발견하고trouvent'(오크어로는 트루바trobar) 창작한 이들의 서정시에서 유일한 표현의 발로를 찾았다. 여기에서 서정시란 그 정확한 의미 그대로 독창으로 낭창하는 시로서, 한 음유시인이 밝힌 바대로, 각 시인이 작사·작곡한 것이었다.

이 서정시의 기본적인 장르는 노래—칸소canso, 즉 최초의 남부 음유시인들이 즐겨 사용했던 '베르vers'를 곧 제치고 가장 널리 사용된 용어—로 소위 '궁정풍 대가곡grand chant courtois'을 이른다. 칸소란 대략 40행에서 60행 정도 길이의 시로, 6행 또는 10행의 연으로 나뉘어 있고, 일반적으로 마지막 행 후미의 각운과 음조를 반복하는 발구tornada로 완결된다. 종종 복잡한 운율 구조와 각운의 배열은, 음악에서 꽤 단순한 음조를 깔고 멜리스마mélisme•의 표현성을 최대한 멋을 부려 이용하듯, 원칙적으로 독창적인 것이어야 했다. 각운은 노래의 처음부터 끝까지 동일할 수도 있고coblas unisonans, 두 연마다coblas doblas 또는 매 연마다coblas singulars 바뀔 수도 있었다. 각 연에서 단독적으로 나타나고, 다만 반복되는 운이 다음 연에서 동일한 자리에 놓이는 에스트람프estramp 운을 사용하기도 하고, 단어들을 통째로 운이 맞게도 하며, 매 연마다 동일한 자리에 동일한 단어를 반복하여 사용하기도 했다. 갈리아 및 포르투갈 시에 많이 사용되는 기법, 즉 연의 마지막 행이 다음 연의 초행에 반복되는 기법 또한 사용되기도 했으나, 남부 음유시인들은 연의 후미가 동일한 것을 선호했다.

그러나 이와 같은 운율의 기교보다도 시의 문체와 어조가 더 강한 인상을 준다. 문장은 긴장감이 있고, 표현은 가끔씩 일부러 복잡하게 하기도 하나 때로는 음색에서마저 유동성보다는 투박함을 지향하느라 대체로 생략적이거나 거칠다. 1170년경 몇몇 남부 음유시인들은 트루바 클뤼스trobar clus, 즉 '폐쇄적이고 모호한 시작詩作'에 임하며 난해함을 추구했다. 한 예로 랭보 도랑주Raimbaud d'Orange는 자신의 작시 활동을 다음과 같이 묘사한다.

> 귀중하고 어두우며 화려한 단어들을 나는 엮는다
>
> 생각에 잠긴 듯 생각에 잠겨서
>
> Cars, bruns et teinz mots entrebesc,
>
> Pensius pensanz.

● 한 음절을 여러 음에 걸쳐 노래하는 것—역주.

물론 더 쉽고 '가벼운' 문체trobar leu를 선호하는 시인들도 있었다. 랭보 도랑주에게 맞선 논쟁에서 기로 드 보르넬Guiraut de Bornelh은 샘터의 평범한 사람들도 자신의 노래들을 이해할 수 있다며 기뻐했다. 마지막으로 아르노 다니엘Arnaud Daniel이 가장 잘 대표하는 화려한 작시법trobar ric이 있는데, 이는 트루바 클뤼스의 한 갈래로, 말과 단어의 사치스러움과 작시의 뛰어난 기교를 매우 즐겨 사용하는 경향을 보인다.

표현의 세련됨에 이토록 몰두하는 이 시는 내용의 독창성은 좀처럼 좇지 않는다. 반복을 두려워하지 않으며, 봄이 사랑의 노래를 부르게 하는데 그 노래가 보답 없이 짝사랑만 하는 이의 입에서 고통스럽게 울린다는 얘기를 노래마다 지치지 않고 하고 또 한다. 남부 음유시인들의 작시법은 아주 미세한 수정과 혁신, 그리고 미묘한 수사학적·운율적 요소들을 도입하고, 상투적인 소재들의 조합에서 나오는 무한대의 이형들을 이용하며, 가능한 한 이상적인 한 모델에 순응하려고 노력한다. 그러나 가끔식 제기되듯, 이러한 '형식적인' 작시법은 언어에 대한 치중이나 지시 대상에 대한 무관심으로 해석되지 않는다. 오히려 긴장감 있는 표현 방식만큼이나 이 시의 단조로움도 시 규율 자체에 내재된 진실성의 추구에서 기인한 듯하다. 즉 '사랑한다'와 '노래한다'는 명제가 동일하다는 전제하에 시가 어떤 방식으로든 사랑과 닮아야 하고, 시의 특성과 완벽성이 사랑의 특성과 완벽성을 닮아야 한다는 것이다. 베르나르 드 방타두르가 말했듯 가장 좋은 연인이 가장 좋은 시인인 것이다.

내가 다른 그 어떤 가수보다

노래를 잘하는 것은 놀랍지 않다
왜냐하면 내 가슴이 나를 사랑에 더 가까이 이끌고
사랑의 계명에 더 복종하게 만들기 때문이다
Non es meravilha s'eu chan
Melhs de nul autre chantador,
Que plus me tra'l cors va amor
E melhs sui failhz a so coman.

마찬가지로 문체의 긴장감은 사랑(기쁨joi)의 긴장감을 반영한다. 아르노 다니엘은 잘 알려진 세 시행에 걸친 과장법adunata을 통해 자신을 연인이자 시인으로 정의한다.

나는 바람을 쓸어 담는 아르노
황소로 토끼를 쫓고
파도에 맞서 헤엄친다
Eu son Arnauz qu'amas l'aura
Et chatz la lebre ab lo bou
E nadi contra suberna.

일반적으로 사랑이 어떤 상황이나 우발적 사건의 영향을 받지 않고 이상적인 완벽성을 지향해야 하는 것처럼, 그것을 표현하고 반영하는 노래도 단편적인 일화를 일체 배제하고 추상적인 완벽성을 추구해야 한다. 그리하여 모든 노래를 봄의 자연에 대한 언급으로 시작하던 풍습은—아마도 로망스어 서정시의 원천까지 거슬러올라가며, 그 덕분에 오늘날 독자들을 매혹하는 짧은 대목들을 남겼지만—13세기에 이르러 유행이 지나고 비웃음의 대상이 된다. 왜냐하면 북부 음유시인들이 거듭해 설명하듯 진정한 연인은 봄뿐만 아니라 계절에 관계없이 사랑하기 때문이다.

궁정풍 서정시의 기원

비록 이유는 달랐지만 궁정풍 서정시의 탄생은 무훈시의 경우와 마찬가지로 때로는 지나칠 정도로 학자들의 관심을 끌었다. 앞에서도 언급했던 바와 같이, 궁정풍 예법과 피나모르의 특성, 그리고 궁정풍 서정시의 완벽성 때문에 이 장르가 선행하는 대중시에서 순수하고 단순하게 파생되었을 거라고 보기는 어렵다. 궁정풍 예법 특유의 사랑에 대한 관점, 즉 근본적으로 남성적인 관점과 사랑하는 여인에게 복종하는 남성의 모습만을 보더라도 궁정풍 서정시는 독보적이었다. 대부분의 문명에서, 특히 지중해를 둘러싼 모든 지역에서 가장 오래된 연애 서정시는 실제로 여성들이 지었고, 사랑에 대한 관점도 여성적이었기 때문이다. 로망스어로 된 최초의 서정시에 대해 알 수 있는 사실들이 이러한 특징들과 대체로 일치한다는 것을 뒤에서 확인할 것이다.

반대로 몇몇 학자들은 라틴어 시와 궁정풍 서정시 사이의 어떤 단절도 부인했다. 그들에 따르면 궁정풍 서정시는 라틴어 궁중시를 속어로 옮겨놓은 것에 불과한 것으로, 이미 6세기에 푸아티에의 주교 베난시우스 포르투나투스가 군주들의 고귀한 부인들을 찬양할 때 사용했고, 11세기에 스트라봉Strabon, 일드베르 드 라바르댕Hildebert de Lavardin, 보드리 드 부르괴유Baudri de Bourgueil 등이 즐겼으며, 비슷한 시기에 샤르트르 학교의 성직자들이 향유하며 이따금 도시의 귀부인들에게 찬사를 보낼 때도 사용했다고 한다. 또 남부 음유시인들의 작품 중 여인에 대한 플라토닉한 예찬에서 벗어나는 작품, 특히 최초의 남부 음유시인 기욤 9세의 외설스러운 노래들을 오비디우스에게서 영감을 얻은 방랑 성직자 또는 골리아르들•의 책임으로 돌린다. 실제로 중기 라틴어 수사학의 영향과 오비디우스의 어렴풋한 흔적들이 남부 음유시인들의 작품에서 느껴진다. 그러나 궁정풍 서정시를 읽어보면 그 어조가 라틴어 시와 얼마나 다른지 대번에 알 수 있다. 즉 라틴어 시에서는 사랑을 윤리적 삶, 더 나아가 삶 자체의 전부로 간주하는 열정적인 진중함을 찾아볼 수 없다. 더욱이 오크어로 된 시가 탄생하는 데 결정적인 역할을 했다고 하기에는 샤르트르와 앙제가 너무 북쪽에 위치해 있다. 그리고 골리아르들의 시를 제외하면 라틴어로 된 시들은 낭창되지 않고 낭독되었다. 마지막으로 매우 드물게 예외적인 경우를 제외하면 남부 음유시인들은 이러한 번안 사업을 제대로 추진하기에는 라틴어 소양이 부족했다.

논쟁이 없었던 것은 아니나 오랫동안 궁정풍 시와 피나모르가 스페인-아랍에서 전해온 것이라는 주장이 종종 제기되기도 했다. 이미 11세기 초부터, 1020년 『비둘기의 목걸이*Collier de la Colombe*』를 지은 이븐 하즘Ibn Hazm 등을 비롯해서 스페인 주재 아랍 시인들

• goliard. 12~13세기 유럽에서 형성된 성직자 중심의 지식인 집단. 교회의 모순을 비꼬는 시와 노래를 지어 불렀다.—역주.

은—그들보다 한 세기 앞서 있었던 이븐 다우드Ibn Dawud의 『꽃의 서*Livre de la Fleur*』에서처럼—이른바 오드흐라풍• 사랑이라고 하는, 훗날 나타날 피나모르와 유사성이 없지 않은 이상화된 사랑을 찬양했다. 비록 두 문명의 차이가 현격하게 느껴지지만, 변덕스럽고 포악한 미인, 죽음에 이르게 할 수도 있는 실제적 육체의 고통과도 같은 사랑의 아픔을 겪는 연인, 속내를 털어놓을 상대, 전령, 보호자 또는 질투 많은 이의 협박, 비밀 엄수와 비밀들, 봄날의 분위기 등 남부 음유시인들의 사랑과 시의 모든 세계가 그들의 시에 고스란히 담겨 있다. 그러나 가장 설득력 있는 근거는 아마도 이 두 시의 연 구조가 닮았다는 데 있을 것이다. 역사적으로 보더라도 둘 중 한쪽이 다른 한쪽에 영향을 미쳤을 가능성이 없지 않다. 실제로 스페인에서 이 두 문명은 접촉하고 있었고, 국토회복reconquista 전쟁도 교류의 기회를 제공했으며, 양 진영에서 모두 노래하는 여자 포로를 몹시 반겼다는 것은 잘 알려진 사실이다.

그러나 만약 그렇다면 왜 남부 음유시인들의 시가 피레네 산맥 이남이 아닌 이북에서 번영한 것일까? 또 아랍인들은 스페인에 정착하기 전에는 훗날 남부 음유시인들이 사용하게 될 알안달루스의 무와슈샤흐muwashah와 자잘zadjal의 연 구조를 알지 못했다.▪ 이 점에 비춰볼 때 로망스어 서정시의 오래된 형태를 흉내내는 이 연 구조가 스페인에 살던 기독교인들을 통해 아랍인들에게 전해졌고, 훗날 남부 음유시인들이 이와는 별도로 로망스어 서정시의 형태를

• odhrite. 사랑에 전부를 거는 아랍 베누 오드흐라 부족에게서 유래한 말—역주.

▪ '무와슈샤흐'는 종결부에 일정한 후렴구를 지닌 아랍 서정시의 한 장르, '자잘'은 낭창시에 일정하게 반복되는 가락을 지닌 아랍 서정시—역주.

차용했다는 결론을 내릴 수 있다. 그리고 이러한 가정을 뒷받침하는 설득력 있는 근거가 두 개나 있었던 만큼 몇몇 학자들이 더 수월하게 이를 내세울 수 있었다. 첫째로, 무와슈샤흐를 끝내는 종결구khardja가 가끔 로망스어로 되어 있는데, 뒤에서도 다시 언급하겠지만, 이처럼 아랍 시의 매개를 통해 로망스어 시의 가장 오래된 잔재들이 우리에게 전해졌다. 만약 아랍인들이 속어로 된 시에서 인용문을 차용했다면 연 구조도 빌려 썼을 수 있다는 추측이 가능하다. 둘째로, 남부 음유시인들이 나타나기 전에 이미 이러한 종류의 연 구조가, 생마르샬 드 리모주Saint-Martial de Limoges의 트로푸스와 같이—관능적인 아랍 시에서 영감을 얻을 이유가 전혀 없었던—라틴어 전례시에 사용되었다.

그런데 실제로 위의 어떤 가정도 증명할 수 없다. 게다가 영향 관계가 확실히 복잡했던 만큼 그 어떤 가정도 다른 가정들을 배제하지 않는다. 또 그 외의 요인들도 물론 고려해야 할 것이다. 예를 들어, 젊은 귀족들이 군대 및 사교 수련을 하는 동안 성내城內에서 생활을 했던 특수한 배경, 조르주 뒤비가 지적했듯이 결혼의 책임에서 오래도록, 그리고 때로는 아예 배제되었던 '젊은이jeunes' 계급의 동경과 요구들—실제로 남부 음유시인들의 시에서 '젊음jeunesse'이라는 단어가 집요하고 특이하게 사용되었다는 점을 주목할 만하다—이나 문화 영역에서 하급 귀족과 상급 귀족 사이의 경쟁과 모방이 초래한 결과들—서정시보다는 궁정풍 소설에 그 분석이 더 잘 적용되지만 에리히 쾰러Erich Köhler의 분석을 참고할 만하다—과 같은 사회적·역사적 요인들을 말이다. 이 모든 요소를 단순한 결정론으로 치닫지 않는 범위 내에서 고려해야 한다.

남부 음유시인에서 북부 음유시인으로

남부 음유시인들은 어떤 사람들이었을까? 일부는 오베르뉴의 황태자 기욤 9세, 랭보 도랑주나 '블라이의 군주' 조프레 뤼델처럼 지체 높은 영주였다. 또 베르트랑 드 보른Bertrand de Born, 기욤 드 생디디에Guillaume de Saint-Didier, 레몽 드 미라발Raymond de Miraval, 위셀Ussel의 네 성주 같은 지방 귀족도 있었다. 최초의 음유시인 기욤 9세의 뒤를 이어 등장한, '세계를 유람하는 자'라는 별명을 가진 세르카몽Cercamon, 버려진 아이로 한때 '묵은 빵'이라 불렸던 그의 제자 마르카브뤼Marcabru, 그리고 베르나르 드 방타두르처럼 부모가 성에서 일하는 하인이었던 불우한 계층 출신도 있다. 성직자도 있었는데, 페이르 카르드날Peire Cardenal처럼 음유시인이 되기 위해 성년에 이르러 어린 시절 입적했던 교회를 떠나 환속한 이들도 있었고, 몽토동의 수도사처럼 성직에 남아 자신의 시를 판 돈으로 수도원을 먹여 살렸던 이들도 있었다. 또 상인도 있었는데, 한 예로 폴케 드 마르세유Folquet de Marseille는 사랑 노래를 부른 죄를 회개하기 위해 수도사가 되었고, 토로네의 수도원장을 거쳐 툴루즈의 주교가 되었다. 고셀므 파이딧Gaucelm Faiditz 같은 이들은 전직 광대였고, 역으로 아르노 다니엘처럼 영락한 귀족들이 광대가 되는 경우도 있었다. 이 성에서 저 성으로, 어떤 궁정, 어떤 귀부인이나 후원자 곁에서 이 모든 시인은 서로 만나 노래를 교환하고, 서로 인용하고 답가를 보내며 대화하는 형식의 시였던 죄파르티로 사랑이나 시학의 문제를 놓고 토론을 벌이거나, 논쟁적인 정치 풍자시였던 시르벤테스sirventès로 서로를 헐뜯기도 했다.

남부 음유시인들의 성격과 삶의 양상에 대해서는 어떻게 알게 되었는가? 부분적으로는 그들의 노래를 보존한 필사본 상송집chansonnier들을 통해서 알 수 있다. 이들은 선집으로, 각 음유시인의 작품들에 앞서 시인의 전기vida를 소개하는 경우가 종종 있고, 일부 노래의 경우 창작 시의 상황들을 통해 암시된 내용을 밝히는 주석razo을 동반한다. 어떤 전기는 진실에 가까운 내용을 담고 있으나, 어떤 전기는 시들을 바탕으로 거의 완전히 지어낸 것인데, 그렇다고 해서 흥미롭지 않은 것은 아니다. 이 전기들은 이 시들이 쓰이고 이들을 담은 필사본이 만들어지던 당시, 즉 13세기에서 13세기 말에 이르러 어떤 방식으로 음유시인들의 작품이 읽혔는지 잘 보여준다. 이런 접근법, 즉 전기적 일화의 정신은 남부 음유시인들의 시가 지향하는 관념적 일반화와 상당히 거리가 있는 듯하다.

이와 같은 차이가 발견되는 이유는 시대가 바뀌었기 때문이었다. 즉 프랑스 북부로 전해지면서 궁정풍 예의 자체가 변화했고, 13세기 초 알비 십자군 당시 북부 프랑스가 남부 궁정에 변화를 심하게 강요했기 때문이었다.

궁정풍 서정시는 12세기 중반경 프랑스 북부에 이식된다. 이러한 전파의 상징으로—그 원인이 아니더라도—1137년 최초의 남부 음유시인의 손녀 알리에노르 다키텐Aliénor d'Aquitaine과 프랑스 왕 '젊은' 루이 7세의 결혼, 그리고 1152년 결혼이 무효화된 후 영국 플랜태저넷 왕가의 헨리 2세와의 결혼을 들 수 있다. 첫번째 결혼에서 낳은 두 딸 중 샹파뉴 백작 부인이 된 마리는 앙드레 르 샤플랭, 그리고 특히 크레티앵 드 트루아Chrétien de Troyes의 후원자였던 것으로 추정된다. 이리하여 궁정풍 정신은 프랑스어로 소통하는 모든 대궁정에 보급되었다.

하지만 남부 음유시인들을 모방했던 북부 음유시인들은 여러 측면에서 그들과 구분된다. 궁정풍 대가곡의 틀 안에서 그들은 일반적으로 더 점잖고, 심지어 지나치게 정숙한 경향을 띤다. 그들은 매우 의도적인 능숙함으로, 작시와 수사학의 갖은 수단을 동원하여 남부 음유시인보다도 더 그 효과들을 숨기고,• 남부인들이 선호했던 거칠고 화려하며 역설적이고 긴장감 있는 문체를 전혀 사용하지 않았다. 또 남부에서도 실제로 잠시 동안 유행했을 따름인 트루바 클뤼스 기법은 북부인들에게 전혀 알려지지 않았다. 반면, 남부 음유시인들보다 북부 음유시인들의 가락이 우리에게 더 많이 전해졌고, 1280년대의 아당 드 라 알Adam de la Halle처럼 마지막 북부 음유시인들은 다성부 음악에 결정적 발전을 가져오는 한편, 동시에 궁정풍 서정시가 근거를 두었던 텍스트와 음악 사이의 조합을 돌이킬 수 없게 깨뜨리기도 했다.

더욱이 문인들의 생활 조건 또한 달랐다. 물론 북부 음유시인들도 남부 음유시인들만큼이나 다양한 사회적 출신을 자랑했다. 이들 중에는 다작을 남긴 섬세한 시인이자 나바르Navarre의 왕이었던 샹파뉴 백작 티보 4세나 실제로 오직 한 편의 시만을 남긴 사자심왕 리처드Richard Cœur-de-Lion 같은 군주, 그리고 코농 드 베튄Conon de Béthune이나 가스 브륄레Gace Brulé처럼 막강한 영주나 중요한 인물이 있었다. 그러나 사교 활동의 일환으로 몇 편의 시를 지은 아마추어 귀족 시인의 비율은 남부에 비해 낮았다. 한 예로 전체 시의 수

• Roger Dragonetti, *La Technique poétique des trouvères dans la chanson courtoise*, Bruges, 1960 — 원주.

는 거의 같은 데 반해, 북부 음유시인의 경우 200여 명, 남부 음유시인의 경우 450명의 이름이 알려져 있다. 특히 샹파뉴 등 문학을 향유하는 큰 궁정들의 중요성이 어떠했든, 12세기 말부터 대부분의 북부 음유시인들은 특히 아라스와 같은 프랑스 북부에 위치한 부유한 상업 도시의 문단에 속했다.

이 도시들에서는 13세기에 여러 문단이 생겨 시 경연을 조직했다. 그중 가장 유명한 것은 아라스의 퓌Puy 경연으로, 의미심장하게 '아라스 음유시인과 부르주아의 협동조합'이라 불리는 단체와 연관이 있었으며, 아라스 시의 대상인 가문들의 영향하에 있었다. 부르주아만큼이나 성직자, 광대 또는 귀족일 수 있었던 도시의 시인들은 물론 궁정풍 대가곡의 전통을 이어갔다. 그러나—13세기의 '부르주아' 문학을 정의하고자 했던 선대의 오류를 되풀이해서는 안 되겠지만—이 시인들이 남부 음유시인들에게서는 거의 찾아볼 수 없는 특정 서정 장르를 선호했다는 점을 인정하지 않을 수 없다. 이 서정 장르는 때때로 희극적이고 추잡한 궁정풍 시의 일종의 아류작이거나 궁정풍 시에 앞선 전통을 계승한 듯하다.

그렇기 때문에 비록 일부가 로망스어 시의 원시적인 형태에서 파생되어 내려온 듯해도, 궁정풍 전통에서 벗어난 서정 장르들을 다루기에 앞서 북부 음유시인들까지 소개한 것이다.

여성시와 비궁정풍 시

비궁정풍 장르는 실제로 두 종류로 나뉜다. 그중 하나는 대중시의 흔적을 간직하거나 인위적으로 만들어내 대중시의 존재 여부에 대한 의문을 직접적으로 제기하는 장르로, '오브aube'(여명시)와 '베 짜는 여인의 노래chanson de toile'(베틀가)다. 다른 하나는, 앞에서 언급했던 궁정풍 시와 반대 성향을 띤 장르로, 지금까지 남아 있는 작품들로 미루어 오직 궁정풍 시와의 관계 속에서만 상대적으로 구별되는데, 기회만 주어지면 대중적인 기원이 되는 요소들을 담아낸다. 바로 봄노래reverdie, 잘못 결혼한 여자의 노래chanson de malmariée와 전원시pastourelle다. 그리고 그 형태—이따금 그 오래된 형태—로 정의되는 무도곡chanson à danser은 다른 모든 장르에서 그 소재를 빌려와, 후렴과 때로는 곡조까지 첨가한다.

앞에서 사랑에 대한 서정시의 원시 형태가 일반적으로 여성의 노래chanson de femme였다고 언급한 바 있다. 비록 로망스어로 된 문학에서는 궁정풍 서정시의 갑작스러운 등장으로 이러한 상황이 주목을 받지 못했지만, 적지 않은 증거가 그 존재를 확인해준다. 일찍이 교회는 선정적인 여성들의 노래를 비난했고, 『롤랑의 노래』에 나오는 "아름다운 오드Aude"의 죽음처럼 최초의 무훈시에 등장했던 사랑에 대한 에피소드들은 사랑의 애절한 표현들을 주로 여성을 통해 전달하는 듯하다. 더욱이 이슬람 스페인의 기독교 시에서 빌려온 모든 종결구khardja가 일반적으로 사랑을 열정적이고도 관능적인 진중함으로 표현한 여성의 노래들의 발췌본이라는 사실에 주목할 만하다. 이러한 특징은, 몇몇 남부의 여성 음유시인 즉 트로베리츠trobairitz가 지은 시에서 가끔씩 발견되기도 한다. 관례적으로 이 시인들은 '궁정풍 대가곡'의 틀에 박힌 요소들을 여성형으로 바꾸는 데 그쳤지만 말이다.

그러나 무엇보다도 오일어로 된 베틀가라고 하는 매우 특이한 장르가—비록 우리에게 전하는 20여 편의 작품은 궁정풍 시보다 한참 후에 나타났고 그 영향을 받은 흔적이 역력하지만—이 전통을 이어가는 듯하다. 형태상으로 베틀가는 짧은 무훈시와 흡사하다. 거의 모두 10음절의 시행으로 되어 있고, 가끔 각운을 맞추기도 하나 주로 반해음을 가진 연들은 무훈시의 레스와 비교했을 때 상대적으로 간결하고 규칙적이며, 후렴구를 동반한다는 점에서 구별된다. 3인칭 서술체로 된 이 노래들은 무훈시처럼 뻣뻣한 문체로 되어 있으며, 종속문을 피하고 한 시행을 넘는 문장이 좀처럼 없다. 그리고 무심한 유혹자나 멀리 떨어진 연인에게 빠져 창가에 앉아 바느질을 하며 그를 기다리는 젊은 여인을 등장시킨다. 베틀가라는 명칭은 바로 여기에서 나왔다. 일부는 장 르나르Jean Renart의 『장미 또는 기욤 드 돌 이야기*Roman de la Rose ou de Guillaume de Dole*』라는 13세기 초 소설에 삽입되어 있는데, 소설에 서정시를 인용할 생각을 최초로 했다고 자부하는 이 섬세하면서도 장난기 넘치는 작가는, 나이든 성관의 여주인을 등장시켜 "옛날에 귀부인들과 왕비들이 자수를 하며 역사시를 낭송했다"고 말하게 한다.

이러한 문헌학적 증거와 베틀가의 형태를 근거로 학자들은 오랫동안 별다른 논쟁 없이 이 노래들이 매우 오래되었다는 사실을 인정했다. 그러나 이처럼 두드러지게 나타나는 의고주의와 들어맞지 않는 특징들이 존재하는 것으로 미루어, 이는 오히려 다른 측면에서 변화를 겪은 시들 속에 남아 있는 과거의 잔재거나 의도적으로 꾸민 효과라고 보아야 마땅할 것이다. 분명한 것은 이 시들을 남성이 썼다는 점이다. 베틀가 중에는 이를 공공연하게 인정하는 작품도 있고, 오드프루아 르 바타르Audefroi le Bâtard처럼 유명한 북부 음유시인이 지은 작품도 있다. 이 노래들은 13세기 초엽 궁정풍 피카르디, 왈로니, 로렌 지방의 세련된 문단에서 유행했던 것으로 보이는데, 아마도 대가곡의 완벽성에 익숙한 문인들이 베틀가의 단순함에 매료되었기 때문일 것이다. 그러므로 이 노래들의 창작 과정이나 인기에 인위적인 요소가 분명히 개입되었을 것이다. 그러나 정황상 이 노래들이 순수 창작일 거라 여기는 것은 부적절해 보이며, 오래된 전통에 근거를 둔 것이 아니라고 믿긴 어렵다.

다른 서정 장르들은 궁정풍 예법의 관습에 더 수월하게 순응했다. 한 예로 중국에서 고대 이집트, 그리고 그리스까지 전 세계 거의 모든 시에 등장하는 새벽 노래, 즉 오브를 들 수 있는데, 항상 그랬던 것은 아니지만, 이 장르는 중세 서구에서 종종—특히 가장 오래된 작품들의 경우—여성의 노래였다. 이 노래들은 밤을 같이 보낸 연인들이 겪는 비통한 아침의 이별을 주제로 다루는데, 이러한 주제가 비밀 연애를 전제로 하기 때문에 궁정의 세계에 쉽게 합류할 수 있었다. 실제로 비궁정풍의 서정 장르 중 북부 음유시인보다 남부 음유시인들 사이에서 오브만큼, 또는 그보다 인기를 모았던 장르는 없었을 것이다.

그 외에, 곧이어 살펴볼 장르들의 경우 유행하는 주제에 맞추어 번안한 흔적이 더욱 명백하지만, 간혹 로망스어 서정시의 민속적 근원을 알려주는 장르들로 평가받기도 했다.

봄노래reverdie는 그 명칭이 암시하듯이 음유시인들이 시 초반부에 사용했던 봄에 관한 연을 하나의 노래로 늘려 형성된 장르이다. 그러므로 우리에게 알려진 몇 안 되는 작품이 궁정풍 문학의 아속

亞屬을 이루는 것은 결코 놀라운 일이 아니다. 그러나 봄에 관한 연에 잔존하던 봄노래가, 이교도 전통으로부터 흘러내려와 거의 오늘날에 이르기까지—비록 약해진 모습으로나마—그 명맥이 유지되어온 봄 축제의 잔재라는 주장도 있다. 다소 방탕한 분위기의 이 축제 기간 중에는 여인들은 먼저 연애를 제안할 수 있었다. 단적인 예로 『4월의 여왕을 위한 발라드*Ballade de la reine d'avril*』라는 제목의 매력적인 시를 들 수 있는데, 한편으로 이 시는 생각만큼 오래된 작품이 아닐 수 있으며, 유일한 용례는 아니나 오크어를 가장한 오일어로 된 부자연스러운 언어로 기묘하게 쓰여 있다.

그러나 궁정풍 시와 죄파르티 외에 북부 음유시인들이 특히 선호했던 장르는 서술체와 대화체로 된 구애를 다룬 시다. 이 시에서 시인은 어떻게, 그리고 얼마나 성공적으로 젊은 여인—가장 흔히는, 잘못 결혼한 여인의 노래에 등장하는 남편에 대해 불만을 품은 귀부인이나 전원시에 등장하는 양 치는 여인—을 유혹했는지 얘기한다. 표면상 세련된 구애는 정욕의 야만성이나 양 치는 여인의 촌스러움과 극적인 대조를 이룬다. 불륜녀의 남편은 농부vilain로, 남편 구실을 못하는 만큼 불행해야 마땅한 존재다. 이처럼 시의 모든 요소는 궁정풍 규칙을 우스꽝스럽고 외설적으로 패러디하기 위한 구실에 불과하다. 더욱이 목가에서는 양 치는 여인이 발산하는 매력이 가미되는데, 이 여인은 마치 봄날 자연의 발로인 양 그녀를 둘러싼 자연에서 뿜어져 나오는 관능적 매력으로 충만해 있다. 이 시들에 나타난 환상들은 이처럼 전원과 봄의 모티프들을 중심으로 일종의 성적 보복을 위해 조직되는데, 잘못 결혼한 여인의 남편에 대한 보복, 사랑을 금하는 어머니에 대한 처녀의 보복, 애태우게 하는 궁정풍 귀부인에 대한 난봉꾼 기사의 보복 등을 그린다.

이러한 환상들의 강렬함은 춤에 곁들인 짧은 론도•에서 특히 인상적으로 표출되는데, 이 론도들은 아주 오래된 연 구조에서 파생되어 나온 듯하다. 그리고 암시적이고 단편적이며, 절의 3행과 후렴의 2행 사이에 분리된 형태로, 온갖 서정적 주제들, 즉 초원과 새로 피어난 꽃들, 샘터의 처녀, 양치기 처녀와 양떼, 불행한 아내와 질투하는 남편, 사랑의 고통과 춤의 동작들을 혼잡하게—그러나 그 피상적인 부조화가 어떤 비밀스러운 유대로 이어져 있는지 충분히 숙지하면서—상기시킨다. 각각의 론도는 5개의 행 안에 이 시의 옅지만 관능적인 향기를 압축한다.

• rondeau. 13~16세기 중반 유행했던 정형시의 하나. 대개 8행으로 이뤄지며, 후렴구는 2~5행까지 다양하다—역주.

제5장

소설

부차적인 장르

소설은 그 자체의 중요성이나 후일의 대단한 성공을 보더라도 결코 부차적인 장르가 아니다. 다만 두 가지 측면에서 한정적으로 '부차적'이라 할 수 있다. 우선 시기적으로 보았을 때 소설은 무훈시와 서정시보다 한발 늦은 12세기 중반에 나타났는데, 완성된 형태로 출현하는 이 두 장르와는 달리 그 진화의 모든 단계가 우리 눈앞에서 펼쳐진다. 둘째로, 글의 특성을 고려할 때 소설은 처음부터 자신의 행보를 숙고하며 돌아보는 지적인 성격을 보인다.

무훈시와 음유시인들의 서정시는 가창을 목적으로 만들어졌다는 공통점이 있다. 반면 소설은 독서를 목적으로 한 최초의 문학 장르다. 여기에서 독서란 물론 다수의 대중을 상대로 큰 소리로 읽는 행위를 가리킨다. 개인 독서는 사실상 시간이 더 흐른 뒤에나 보급된다. 그러나 소설의 출현까지 유일한 서술 장르로 군림했던 무훈시와 비교할 때 독서를 목적으로 쓰였다는 특징만으로도 소설을 참신한 장르라고 할 수 있다. 서사 노래mélopée의 반복적인 매력이 지배적이던 시대에, 고유의 장면 전개와 리듬을 청중에게 강요하는 절節, strophe 구성을 버리고, 형식적 문체와 평행 시절詩節, 레스laisse가 가져오는 반복적인 메아리를 거두고, 더 나아가 후렴 효과들도 지양한다. 대신 8음절의 2행 연구couplet d'octosyllabes를 사용하여 끊기지 않고 매끄러운, 무한한 연속성과 눈에 잘 띄지 않는 투명한 문체를 추구한다. 실제로, 프랑스 산문 문학이 아직 존재하지 않던 당시에, 그리고 그 이후로도 오랫동안 '평탄운rime plate'으로 된 8음절의 시행은 가장 무난한 형태로서, 일종의 문학 글쓰기의 기초를 의미했다. 그렇기 때문에 언어와 노래의 감정적이고 감각적인 효과들을 이끌어내려 하지 않는다. 이야기에 모든 관심이 쏠리게 하면서 그 이야기의 흐름을 임의적으로 끊지 않고, 독자로 하여금 그 흐름을 주도하고 질서를 부여하며 곰곰이 생각하고 이해하도록 내버려둔다. 서술을 최우선시하는 문체와 표현 방식을 사용하여, 때로는 노골적으로 독자의 참여를 촉구한다. 이 두 특징은 중세 소설의 항구적인 속성이다.

최초의 프랑스 소설들: 고대 소재에서 브르타뉴 소재로

최초의 프랑스 소설들은 다루는 주제로도 무훈시와 구별된다. 이들은 라틴어 고전들을 번안한 작품으로, 가령 1130년에서 1190년 사이에 세 판본이 나온 『알렉산더 이야기*Roman d'Alexandre*』는 가假

칼리스테네스pseudo-Callisthène의 기록을 바탕으로 마케도니아 왕의 삶과 정복담을 적지 않은 허구를 가미해서 서술했다. 1155년경에 나온 『테바이 이야기*Roman de Thèbes*』는 스타티우스의 『테바이드*Thebaid*』를 바탕으로 오이디푸스의 후손들의 운명을 다루었고, 1160년경에 나온 『아이네이아스 이야기*Roman d'Éneas*』는 베르길리우스의 『아이네이스*Aeneis*』를 번안한 작품이다. 브누아 드 생트모르Benoît de Sainte-Maure의 『트로이아 이야기*Roman de Troie*』(1172년 이전)는 라틴어 편찬서들(다레스 프리기누스Darès le Phrygien가 저술한 편찬서 등)을 바탕으로 트로이아전쟁을 다루었고, 와스Wace의 『브루투스 이야기*Roman de Brut*』(1155)는 그 제목, 도입부, 원주제나 아이네이아스의 증손인 브루투스가 라티움에서 영국으로 이주한 경위만 보더라도 이와 같은, 소위 고대 소설 작품군에 속한다. 이에 대해 좀더 자세히 알아보기로 하자.

이들 소설의 작가들은 물론 라틴어를 읽을 줄 알고 옮길 수 있는 성직자였다. 그들은 실제로 그렇게 하지 않을 때도 자신이 고른 원저를 숭배하고 충실하게 따르는 척했고, 역사학자 및 언어학자로서의 능력을 발휘하여 라틴어를 모르는 동시대의 사람들에게 가장 정직한 방법으로—가장 확실한 원전을 찾고 그것을 정확하게 번역함으로써—과거의 대사건들을 알리고자 했으며 이러한 능력을 자랑으로 여겼다. 『트로이아 이야기』의 긴 도입부를 보면 이러한 작가들의 생각이 여실히 드러나 있다. 훗날 가장 자유로운 장르로 발전하는 소설 양식은 태초에 이처럼 번역이라는 비좁은 공간 안에 갇혀 있었으며 그것이 공공연히 추구하던 유일한 목표는 바로 역사적 진실이었다. 더욱이 이 장르는 로망스 속어로 바꾸기, 즉 라틴어로 된 이야기를 로망스 속어로 번역하는 장르로 규정되어 '소설 roman'(이 자체가 통상적인 의미에서 라틴어와 다른, 로망스 속어를 지칭하는 말이었다)이라 불리게 되었다.

그럼에도 불구하고 작가들은 당대의 문명에 맞게 작품을 번안하는 데 그치지 않고 주저 없이 원전을 쇄신했다. 신화의 비중을 줄이고 마법과 강신술이 소관하는 초자연의 세계를 확장하면서 가필을 늘려갔다. 그러나 그들이 가져온 가장 큰 혁신은 사랑이라는 주제에 아주 특별하고도 새로운 위상을 부여했다는 점이다. 원전에 나오는 연애 장면들을 더 발전시키고 새로운 장면들도 상상해냈다. 사랑의 시작, 사랑을 미처 알아차리지 못하는 초보 연인의 심적 동요, 연인들의 수줍음, 계략, 도피, 대담함, 배신, 고백 같은 것들을 아주 장황하고 관대하게 묘사했다. 사랑에 대한 소설의 관심은 곧 궁정풍 예법과 궁정풍 연애amour courtois에 특히 많이 집중되었다. 비록 고대 소재를 다룬 소설에 궁정풍 예법도 연애도 아직 분명하게 정의되어 있지 않았지만, 이미 이 시기부터 사랑은 소설의 중요한 이야깃거리가 되었다.

그러나 소설의 공공연한 명분은 역사 서술이었으므로 사랑이라는 중요한 주제는 그 그늘에 가려져 있었다. 여기서 역사란 아무 역사나 지칭하는 것이 아니다. 고대 소설들은 트로이아전쟁부터―실제로 테바이 이야기 중에서 '이아손과 아르고호 선원들Jason et des Argonautes'의 에피소드가 일종의 트로이아 전사前史를 이루기 때문에 트로이아전쟁 이전의 이야기 또한 담았다―같은 가계가 순차적으로 세운 왕조들의 이야기를 담았는데, 아이네이아스가 트로이아에서 도망쳐나와 라티움에 이르고 훗날 브루투스가 라티움을 떠나 영국 땅에 발을 딛는 여정을 다루었다. 『브루투스의 이야기』의 작가 와스와 『트로이아 이야기』의 작가 브누아 드 생트모르가 각각 『루 이야기*Roman de Rou*』와 『노르망디 공작들의 연대기*Chronique des ducs de Normandie*』를 통해 롤로•가 노르망디에 정착한 시점을 시초로 영국왕 헨리 2세(헨리 플랜태저넷)의 조상들의 역사를 썼다는 점에 비추어, 역사에 대한 집착 뒤에 숨겨진 정치적 의도, 즉 수많은 문학작품들을 통해 거대한 왕조의 프레스코화를 만들려는 야심을 엿볼 수 있다. 요컨대 앵글로 노르만 왕가와 고대의 가장 영광스러운 사건 및 영웅들을 서로 연결하는 것이었다. 프랑스 왕가가 샤를마뉴의 후광을 받았고 프랑크족들이 가假 프레데가리우스 pseudo-Frédégaire의 저서가 나온 이후로 트로이아의 프랑쿠스의 후손들로 통했다면, 영국 플랜태저넷 왕가는 아이네이아스를 시조로 내세워—비록 중세 사회의 관점에서 볼 때 미심쩍은 영웅이었을지 모르지만—뼈대 있는 가문이라는 인식을 확립하고자 했다.

그러나 이 과정에서 언뜻 보기에 우연적인 요소가 소설의 운명을 뒤바꿨다. 소설에서 다루는 사건들이 고대를 배경으로 하고 출처가 고대의 원전인 이상 역사적 사실을 추구하려는 야망은 건재했다. 그러나 사건의 배경이 브르타뉴 섬들로 옮겨가고 작가들이 동시대 역사가들의 작품을 참고하기 시작하는 순간부터 상황은 달라졌다. 즉 아서왕이 브루투스의 뒤를 잇는 때부터 소설은 새로운 국면을 맞게 되었다.

와스의 『브루투스 이야기』는 본질적으로 후에 주교가 되는 웨일

• Rollon. 10세기경 프랑스로 건너온 노르웨이의 바이킹 왕 흐롤프—역주.

스의 성직자 몬머스의 제프리Geoffroy of Monmout가 1136년에 펴낸 『브르타뉴 왕실사*Historia regum Britanniae*』를 번안한 작품이다. 열정적인 브르타뉴, 즉 켈트 민족주의에서 영감을 얻은 제프리는, 전설에 따르면 6세기 초 색슨족 침입자들을 격퇴했다고 하는 아서왕과 그의 아버지 유서Uther, 그들의 보호자인 마법사 멀린Merlin, 그리고 아서왕의 위대한 통치하에 일어났던 모든 기적을 중점적으로 다루었다. 여기서 한 걸음 더 나아가 와스는 원탁을 처음으로 언급하는 작가가 되었다. 그러나 헨리 2세의 다른 궁정 역사가들은 아서왕과 브르타뉴의 신비를 다루는 제프리의 증언을 인정하지 않았다. 그들에게는 제프리의 이야기들이 전설에 불과했던 것이다. 만인이 매혹되었지만 아무도 이 이야기들을 사실로 받아들이지 않았을뿐더러 믿는 시늉조차 하지 않았다. 와스마저도 자신의 소설의 절반 이상을 차지하는 주제에 대해 회의적이었다. 12세기 후반에 이미 중세 소설의 중요한 배경이 된 아서왕의 세계는 이처럼 진실을 추구하지 않았다. 고대와 지중해 세계를 떠나 브르타뉴와 아서왕 시대를 선택하면서 소설은 역사적·고증적 진실을 버리고 다른 종류의 진실을 추구해야만 하게 되었다. 그리하여 기사도와 사랑에 대한 고찰에 근간을 둔다는 의미에서 진실을 찾게 되었다. 1170년대부터 나타난 크레티앵 드 트루아의 작품은 이러한 진실을 담았으며, 오래도록 궁정풍 아서왕 소설과 이 소설군이 추구하는 의미 탐구의 본보기를 제공했다.

크레티앵 드 트루아

적어도 13세기까지 많은 중세 작가들의 경우와 마찬가지로 크레티앵에 대해서는 알려진 바가 거의 없다. 다만 그의 작품과 후예들이 언급한 사실들을 바탕으로 짐작할 수 있을 따름이다. 실제로 1173년 한 헌장에 그 이름이 명시된 트루아의 생루Saint-Loup 수도원의 참사회원 크리스티아누스Christianus가 크레티앵과 동일 인물인지 확인할 길이 없다. 그나마 그의 이름을 알 수 있는 것은 그가 첫 작품 『에렉과 에니드*Érec et Énide*』에서 자신을 크레티앵 드 트루아, 나머지 작품에서는 크레티앵이라고 밝혔기 때문이다. 후대 작가들도 이 두 이름으로 그를 지칭했다. 여러 증거가 뒷받침해주듯이, 그리고 볼프람 폰 에셴바흐Wolfram von Eschenbach가 크레티앵의 『성배 이야기*Conte du Graal*』에서 영감을 얻어 쓴 『파르지팔*Parzifal*』에서 그를 '선생Maître'—트루아의 크리스티안 선생Von Troys Meister Cristjân—이라 불렀다는 점이 확인해주듯이, 그는 성직자였다.

그에 관해 확실하게 알려져 있는 유일한 사실은 그가 샹파뉴 궁정, 그리고 후에 플랑드르 궁정과 관련이 있었다는 점이다. 『마차의 기사*Le Chevalier de la Charrette*』는 마리 드 샹파뉴Marie de Champagne 백작 부인의 명으로 쓰인 작품으로 그녀에게 바쳐졌고, 『성배 이야기』는 플랑드르의 백작인 필리프 달자스Philippe d'Alsace에게 헌정되었다. 마리 드 샹파뉴는 프랑스 국왕 루이 7세와 알리에노르 다키텐 사이에서 태어난 딸로, 이 책 제4장에서 앙드레 르 샤플랭의 후원자였을 거라고 추측한 바 있다. 마리는 프랑스 북부 지방에 궁정의 기풍과 연애 화술을 보급하는 데 핵심적인 역할을 했다. 『마차의 기사』가 란슬롯Lancelot과 귀네비어Guenièvre 왕비 사이의 불륜 행각을 찬양하는 것은 크레티앵보다 마리 드 샹파뉴의 애정관을 반영한 것으로 추측된다. 크레티앵 스스로도 소설에서 이를 암시하고 있으며, 책임을 회피하듯 제2의 작가로 하여금—비록 크레티앵의 언급 외에 그 존재를 확인해줄 어떤 단서도 남아 있지 않지만—자신을 대신해서 작품을 마치게 한다. 한편 미성년이던 존엄왕 필리프(필리프 2세)를 대신해 섭정을 했던 필리프 달자스는 미망인이 된 마리 백작 부인에게 청혼하러 1182년 트루아를 방문하는데, 그 청혼은 허사가 되지만 이때 크레티앵과 만나고 그를 수하에 두게 된 것으로 추정된다.

크레티앵은 『클리제스*Cligès*』 초반부에 자신이 쓴 작품들을 열거한다. 『에렉과 에니드』, 오늘날 전하지 않는 오비디우스의 번역본 몇 편, 그리고 역시 전하지 않는 '마르크 왕과 금발의 이졸데'에 관한 시를 썼다고 밝힌다. 그중 두 편의 연애시와 다섯 편의 소설만이 남아 있다. 『에렉과 에니드』(1170년경), 『클리제스』(1176년경), 『사자의 기사 이뱅*Chevalier au Lion-Yvain*』과 『마차의 기사 란슬롯』(1177년과 1181년 사이에 두 편을 동시에 또는 번갈아가며 쓴 것으로 추측된다), 그리고 1182년과 1190년 사이에 썼으나—아마도 죽는 바람에—미완으로 남은 『성배 이야기 페르스발』이다. 소설 『영국의 윌리엄*Guillaume d'Angleterre*』의 작가가 자신이 크레티앵이라고 밝히나 동일 인물인지는 확실하지 않다.

이 다섯 편의 소설은 아주 뚜렷한 공통점을 가지고 있다. 모두 아서왕 소설이다. 다섯 편에서 모두 사랑이 중요한 역할을 하며 첫 네 작품에서는 가장 핵심적인 역할을 한다. 와스와 달리 크레티앵은 작품의 주제로 세대와 세대, 서로 다른 왕의 재위가 교차하는 역사를 다루지 않았다. 각 소설의 사건은 한 시대, 한 주인공을 중심으로 전개된다. 더욱이 아서왕 시대를 배경으로 한 소설들이라고 하지만 아서왕이 주인공은 아니다. 아서는 기사도와 연애의 이상적 가치들의 심판이자 보증인이다. 그런 만큼 아서왕의 세계는 주인공의 성장과 숙명의 배경이 되는 불변의 세계다. 아서왕 시대는 시간의 연속선상에서 분리되어, 특별한 연고 없이 과거라는 공간 안에서 막연히 떠다닌다. 전설 속 "옛날 옛적에"와 비슷한 신화적 시대가 되어버린 것이다. 그 결과 소설과 역사의 연계가 더욱 약해진다. 동시에 소설의 주제는 한 등장인물의 모험담과 숙명으로 귀결된다. 소설의 주제가 곧 한 생이 펼쳐지는 공간이 된 것이다.

이처럼 크레티앵은 몬머스의 제프리나 와스와 달리 아서왕 시대의 역사를 쓰는 시늉조차 하지 않을뿐더러, 불변의 요소들을 앞세워 독자들로 하여금 아서왕의 세계에 강한 친밀감을 느끼게 함으로써 굳이 그 이상의 설명이나 정보를 제공하지 않아도 되게 한다. 각 이야기는 하나의 파편, 그 잠재된 연결 고리가 만천하에 알려져 있는 굵직한 역사의 돌출된 일부로 소개된다. 아서왕, 귀네비어 왕비, 원탁 및 그 용도, 기사들을 일일이 소개하는 소설은 한 편도 없다. 다만 이들 요소가 어떤 예식, 결투, 축제의 분위기를 고조시킬 경우 기정사실을 확인해주듯 가볍게 언급될 뿐이다. 여기에 영웅의 여정과 모험의 특징인 낯선 세계와 친밀한 세계의 교차가 더해진다. 주인공은 아서왕의 성을 나서서 지척에 놓인 숲에 다다르는 순간 이상하고 위협적인 미지의 세계에 발을 들여놓게 된다. 놀라운 속도로 소식들이 전파되는 이 미지의 세계에서 주인공은 자신을 잘 알고, 단편적이지만 결정적인 방식으로 자신의 운명을 알려주는 사람들을 끊임없이 만난다. 심지어 이들 중에는 주인공 자신보다 주인공을 더 잘 아는 경우도 있다. 이러한 주인공과 마찬가지로 독자 역시 상징의 세계를 헤쳐나간다. 친숙하면서도 비밀스러운 상징에 이끌려 당연한 사실처럼 통하나 너무나 당연하기 때문에 언급되지 않은 의미를 향해 나아간다.

따라서 아서왕 시대와 소재의 배합에 크레티앵이 가져온 혁신들은 소설의 의미를 고려할 때 더욱 중요한 결과들을 초래했다. 크레티앵은 더이상 문헌학적 진실을 구현하려 하지 않았기 때문에 소설에 새로운 의미를 부여해야만 했다. 자신의 소설들이 다른 종류의 진실을 담고 있다는 것을 보여주어야만 했고 각 소설의 서문에서 특히 이 점을 강조했다. 크레티앵은 선대의 작가들이 했던 것처럼 원전의 진실성을 추구하는 것을 거부했고, 『에렉과 에니드』에서 그 무의미함을 강조한 바 있다. 원전을 논외로 하지 않을 때는 작품의 조직conjointure이 드러내는 의미의 유일한 원천이 바로 자신임을 시사했다. 교육적·교훈적 가치가 있는 이 의미는 이야기의 문자적 의미와 구별되지만, 우의적인allégorique 작품이 제시하는 부차적 의미만큼 독립적이지는 않다. 문자적 의미와는 구별되나 궁극적으로 문자적 의미에서 우러나오는 만큼 결코 독립적일 수 없다. 이야기는 어떤 의미를 구현하기 위한 구실이 아니다. 주인공이 겪은 모험들은 그의 성장의 원인이자 증표가 되고, 외적 모험은 내적 모험의 원인이자 투영이 된다. 왜냐하면 모험과 사랑이 모든 의미의 원천이기 때문이다. 크레티앵이 자신의 작품들을 통해 거의 발명하다시피 한 고독한 떠돌이 기사라는 인물상은 그의 소설의 목적—자아,

사랑, 타인의 발견—을 구현한다.

크레티앵은 소설에 새로운 방향을 제시했을 뿐만 아니라 특유의 말투, 문체, 서술 방식으로도 다른 작가들과 구별된다. 크레티앵의 말투는 해학적이다. 방백을 통해 서술에 느닷없이 끼어들어 등장인물들과 그 등장인물들이 처한 상황과 적당히 거리를 두고(물론 항상 그러는 것이 아니라 가끔씩 아주 가볍게 거리를 두지만), 어떤 행동, 어떤 상황의 상충되는 면이나 기계적인 면, 즉 생소하거나 너무도 뻔한 면모를 부각시켜 궁극적으로 등장인물의 무지를 명백히 보여줌으로써 웃음을 자아낸다. 이 경쾌한 말투와 해학에 일조하는 것이 크레티앵 고유의 문체다. 운문 형식을 절묘하게 이용하고, 쉽고 빠르며 미끄러지는 듯한 문체다. 크레티앵은 8음절의 2행 연구를 깬 최초의 작가다. 운문이나 2행 연구의 틀에 문장을 끼워 맞추지도, 그 리듬에 억지로 맞춰 글을 쓰지도 않는다. 즉 그의 문장은 2행 연구와 어긋나며, 연구의 리듬과 자신의 리듬 사이의 단절을 마음껏 활용한다. 심지어 그 경계를 초월하여 반향과 순종을 거듭하며 빠른 속도로 이어진다. 여기에 생략, 중음 탈락 haplologie, 그리고 2행 연구의 파괴가 가져오는 유연함 및 자연스러움과 융화되는, 일종의 표현의 간결성이 더해진다.

크레티앵 드 트루아는 프랑스 문학사에 중요한 한 획을 그었을 뿐만 아니라, 단연코 가장 뛰어난 프랑스 작가의 반열에 든다.

켈트 문화의 영향과 브르타뉴의 단시

크레티앵은 켈트 원전들에 대해 무람없는 태도를 보였지만 그렇다고 모든 이야기를 스스로 지어낸 것은 아니었다. 어림도 없었다. 몬머스의 제프리나 와스도 마찬가지다. 실제로 제프리는 브르타뉴 원전들을 사용했다는 사실을 명시적으로 밝혔다. 이 두 작가를 비롯하여 크레티앵과 그의 후계자들은 자신의 작품에 나오는 이름, 사건, 소재, 초자연의 세계, 그리고 간혹 이야기들마저 켈트 지방, 특히 아일랜드와 웨일스 지방의 민담과 텍스트에서 따왔다. 가령 『로나부이의 꿈*Le Songe de Rhonabwy*』, 『쿨루흐와 오웬*Kulhwch et Owen*』 등 산문으로 된 웨일스 지방의 전통 이야기mabinogion들을 보면, 아서왕과 그의 부하들은 물론, 크레티앵의 소설에 등장하는 인물들과 이름이 같고 비슷한 모험을 하는 인물들이 나온다. 웨일스 전통 이야기에 나오는 오웬Owen, 페레두루스Peredur, 게라인트Gereint는 이뱅Yvain, 페르스발Perceval, 에렉Erec에 상응하는 인물들이다. 그러나 13세기 문헌에 담겨 전하는 이 이야기들은 프랑스 소설들이 나타난 이후에 글로 옮겨졌기 때문에 어느 정도 프랑스 소설들의 영향을 받았을 수 있다. 그렇다고 하더라도 켈트 지방의 문학과 전통이 매우 독창적이고 오래되었다는 것은 주지의 사실이고, 프랑스 소설들과의 연관성도 너무나 변함없이 뚜렷해서, 프랑스 소설들이 켈트 문학에서 많은 요소들을 빌려왔다는 사실을 무턱대고 부인할 수도 없는 일이다. 에드몽 파랄•처럼 매우 회의적인 입장을

• Edmond Faral, *La Légende arthurienne*, 3 vol., Paris, 1929 — 원주.

취한 이도 있으나, 로저 셔먼 루미스Roger Sherman Loomis나 장 마르크스Jean Marx 같은 비평가들은 몬머스의 제프리가 사실상 켈트 원전에서 이야기들을 빌려왔고 이후 프랑스 소설가들 또한 직·간접적으로 같은 방식으로 자신의 작품을 썼을 것이라고 주장했다. 물론 그렇다고 해서 그들의 작품이 켈트 원전 이상의 것을 담지 못했다고 그 가치를 폄하해서는 안 될 것이다.

자신의 번안 작업에 대해 해명한 프랑스 시인이 실제로 있다. 주인공은 바로 크레티앵과 동시대인으로 추정되는 여성 시인 마리 드 프랑스Marie de France인데, 이 필명은 영국에 살던 그녀가 일드 프랑스 지방 출신이었음을 암시한다. 대표작으로는 운문으로 된 짧은 이야기인 단시lai 선집이 있다. 이 '레'라는 명칭은 서정적이고 음악적인 장르를 가리키기도 한다. 이 선집의 머리말에서 마리는 브르타뉴 단시들이 잊히지 않도록 프랑스어로 번안을 하기로 했다고 밝힌다. 그리고 각 단시의 서두에 원어 제목을 언급하거나 전설의 유래지를 밝히면서 이 시들이 브르타뉴 전통에서 유래했고 그 안에 뿌리내리고 있음을 강조한다. 그 예를 살펴보자.

> 모험담을 하나 들려드리려 한다.
> 브르타뉴 사람들은 이 모험담에 대해 단시를 만들었다.
> '라오스틱'이라는 제목으로, 그 지방에서
> 이 단시를 그렇게 불렀던 것으로 안다.
> 프랑스어로 꾀꼬리를 의미하며,
> 바른 영어로 나이팅게일이라고 한다.
> 생말로에…

Une aventure vus dirai
Dunt li Bretun firent un lai.
Laüstic ad nun, ceo m'est vis,
Si l'apelent en lur païs;
Ceo est《russignol》en franceis
Et《nihtegale》en dreit engleis.
En Seint Mallo…
(『라오스틱』, 1~7행)

이러한 단시들 중에서 『랑발*Lanval*』은 아서왕 전설과 연관이 있고, 『셰브르푀유*Chèvrefeuille*』는 트리스탄 전설과 연관이 있다. 마리 드 프랑스의 12편의 단시 외에 작자 미상의 브르타뉴 단시가 12편 남짓 더 있는데, 이들 모두를 통틀어 살펴봐도 마리의 주장을 부정할 만한 단서를 좀처럼 찾아볼 수 없다. 오히려 그 반대다. 단시에 등장하는 소재와 인물들은 민속적 색채를 띨 뿐만 아니라, 일부는 더 구체적으로 켈트 민담에서 온 것들이다. 예컨대, 망령을 인도하는 흰색 동물이나 물로 경계가 나뉘는 내세, 늑대인간, 연인 요정, 내세를 상징하는 깊은 물속이나 높은 하늘에서 온 연인 등이 그 증거다. 또 '레'라는 말은 켈트어로 노래를 의미하는데, 이 표현이 프랑스어에서 '단시' 또는 '노래'라고 하는 두 가지 의미를 갖게 된 것도 이러한 어원에서 비롯한 것이다.

이처럼 브르타뉴 소재를 다룬 프랑스 문학에는 켈트 전통의 흔적이 역력하게 남아 있다. 물론 작가들이 자신의 작품에 켈트적 요소가 실제보다 많이 녹아 있는 양 과장하기도 한다. 그러나 이는 한편으로 독자들뿐만 아니라 작가들이 얼마나 켈트 문화에 매료되어 있었는지를 잘 보여주는 예다. 이러한 매력은 어디에서 온 것일까? 공표된 명분이나 명백한 일관성만 보더라도 전혀 다른 차원에 속하는 프랑스 소설에 이처럼 두드러지게 나타나는, 켈트 지방뿐만 아니라 인도 유럽 전설들의 환영을 어떻게 설명해야 할 것인가? 프랑스 소설, 특히 크레티앵의 작품에서 가톨릭 기일표와, 그 기일표에 뒤섞여 있는 성자전 및 신화적 전통에 대한 세심한 관심으로 미루어, 이를 단순히 우연의 산물로 볼 수 없을뿐더러, 문학 창작에서 이것이 시사하는 바 또한 제대로 헤아리기 어렵다. 따라서 브르타뉴 문학과 신화 또는 민담 사이의 관계는 이후 원전에 대한 문제보다는 해석의 문제를 야기하게 된다.

트리스탄

코르누아유의 연인, 트리스탄과 이졸데에 대해 별도로 논의해야 하는 이유는 무엇인가? 이들도 브르타뉴의 세계와 소설의 일부이지 않은가? 더욱이 프랑스 문학에서는 아서왕 세계의 일원으로 귀결되지 않는가? 그러나 이들은 어떤 범주에도 귀속되지 않는다. 이 두 연인의 이야기는 아주 잘 알려져 있고 인용되지 않은 곳이 없을 정도지만, 정작 이들의 이야기를 담고 있는 최초 소설들은 그 일부만 우리에게 전한다. 이 두 사람은 이상적인 연인들의 귀감이 되면서도 동시에 그들을 한결 돋보이게 할 만큼 잘못된 사랑을 나눈다. 크레티앵의 경우 작품을 쓰면서 끊임없이 그들의 얘기를 다루지만 그들이 걸린 저주를 끝내 풀어주지 못한다. 이렇게 영광스러우면서도 기구한 운명을 겪은 문학작품의 주인공들도 드물리라.

비록 거론되는 증언들의 시기가 불분명하기도 하고 해석이 의심스럽기도 하나, 12세기 중반부터—크레티앵뿐만 아니라 와스보다도 앞선 시기에—남부 음유시인들이 트리스탄과 이졸데를 알았던 것으로 추정된다. 트리스탄의 정열적 사랑은 금세 음유시인들 사이에서 모든 사랑의 기준과 척도가 되었고, "슬픈triste 트리스탄Tristan"이라는 언어유희는 태곳적부터 존재했던 것으로 여겨질 만큼 꼬리를 물고 나타나는 소설의 아류작에서 더욱 집요하게 쓰였다. 그 외에도 두 연인의 이야기가 12세기 전반에 이미 유포되고 있었음을 암시하는 증거들이 있다. 한 예로, 토마스Thomas가 『트리스탄 이야기*Roman de Tristan*』(1172~1175년경)에서 트리스탄 소재의 권위자로 언급하는 이야기꾼 브레리Breri는 틀림없이 20년 후 『페르스발의 두번째 속편*Seconde Continuation de Perceval*』에서 언급되는 블레헤리스Bleheris와 동일 인물이며, 1180년경 작가 지로 드 바리Giraud de Barri가 웨일스 지방을 묘사하면서 1150년 이전에 활동했다던 "그 유명한 이야기꾼famosus ille fabulator"인 블레데리쿠스Bledhericus와 동일 인물이기도 하다. 또한 여러 문헌에 1116년부터 1135년 사이에 등장하는 웨일스 기사 블레드리 압 카디포르Bledri ap Cadifor와도 동일 인물일 것으로 추정된다.

브레리의 정체를 논외로 하더라도 트리스탄 전설이 일찍부터 유명했고 켈트 지방에서 유래되었다는 점만큼은 의심의 여지가 없다. 9세기경에 나타난 것으로 추정되는 아일랜드 지방의 납치 설화aithed 『디어뮈드와 그라니아*Diarmaid et Grainne*』는 전체적인 구성뿐만 아니라 극히 세부적인 디테일까지 트리스탄과 이졸데의 이야기와 많은 공통점을 가지고 있다. 웨일스의 세 인물 설화들도 마찬가지다. 비록 이를 전하는 필사본들이 후대에 옮겨진 것이라 그 원래 모습을 알기는 어렵지만 탈루츠의 아들로, 삼촌인 마르크 왕의 부인 에실트Essylt의 연인이었던 드리스탄Drystan 또는 트리스탄을 여러 차례 언급한다. 더욱이 이 설화들은 트리스탄이 아서왕의 측근 중 하나였다고 하면서 서로를 연결시킨다.

이처럼 일찍이 인기를 누린 트리스탄의 전설이지만, 이를 다룬 첫 프랑스어 작품들은 마치 저주를 받은 것 같다. 두 작품, '라 치에브르La Chièvre'라는 이름으로 불리던 소설과 '마르크와 금발의 이졸데roi Marc et d'Iseut la blonde'라는 크레티앵의 시는 흔적없이 사라졌다. 아무리 중세 작품이라 해도 이러한 사례는 생각하는 것과는 달리 정말 드문 일이다. 이 밖에도 그 이야기의 일부만 담고 있는 작품들이 있는데, 마리 드 프랑스의 단시 『셰브르푀유』나 두 가지 버전의 『광란의 트리스탄*Folie Tristan*』처럼 트리스탄 전설의 한 장면만을 다루거나 베룰Béroul과 토마스의 소설들처럼 훼손되어 일부만 전하는 경우이다. 이야기 전체를 재구성하기 위해서는 프랑스 작품들에서 영감을 얻은 아일하르트 폰 오베르게나 고트프리트 폰 슈트라스부르크가 쓴 독일 소설이나 스칸디나비아의 『트리스트람 사가*Tristramsaga*』 같은 전설을 참고해야 한다. 참으로 수수께끼 같은 일이다. 일종의 검열 때문이 아닌가 추정하는 이들이 있는데, 실제로 트리스탄 전설이 당대의 사람들을 매혹한 만큼 혼란에 빠뜨렸던 것도 사실이다. 궁정풍 연애의 정통적 교리에 충실한 시인들은—크레티앵도 자신의 작품 한 편에서 밝혔듯이—자신의 사랑이 트리스탄의 사랑보다 우월하다고 주장했다. 트리스탄이 사랑의 묘약에 힘입어 사랑을 했다면 자신들은 자발적으로 사랑을 택했기 때문이다. 한편, 크레티앵은 『클리제스』에서 트리스탄과 이졸데가 처한 상황을 공공연히 언급하면서 여자 주인공이 남편과 연인, 두 남자와 동시에 관계하지 않아도 되게 함으로써 더 윤리적인 얘기를 만들어보려고 시도하지만 성공하지는 못한다. 그러나 이러한 소재에 대한 거부감에도 불구하고 트리스탄 전설은 엄청난 성공을 거두었고, 더욱이 이러한 거부감은 트리스탄을 소재로 한 초기 프랑스 시들의 단편적 성격을 설명하는 데 전혀 도움을 주지 못한다. 분명한 것은, 트리스탄 전설이 워낙 인기가 많아 굳이 이야기를 처음부터 끝까지 하거나 베껴 쓰지 않아도 되었고, 그 결과 단편적으로 언급해도 되게 만들었다는 점이다.

중간 부분만 남아 있는 베룰의 소설(1175년경)은 트리스탄과 이졸데의 공통본version commune을, 여러 단편을 비롯하여 이야기의 결말을 담은 토마스의 소설은 궁정본version courtoise을 전한다. 이 둘 사이의 주목할 만한 차이는, 베룰의 소설에서는 사랑의 묘약이 유효기간이 있지만 토마스의 소설에서는 그 효력이 평생 지속되어 사랑의 상징처럼 작용한다는 것이다. 그러나 무엇보다도 두 소설은 문체에서 대조를 이룬다. 베룰은 덜 세련되었지만 효율적이고 단순한 문체로 굳이 감정을 분석하려 하지 않고 오히려 말을 아껴서 심오한 의미를 도출해낸다. 그런 만큼 이에 반하는 몇몇 대목이 간혹 나오는 것은 제2의 작가의 개입을 암시한다고 일부 학자들은 주장한다. 반면 토마스는 다소 자아도취적인 유창한 화술을 자랑하며 열정적인 사랑을 예리하고 강렬하게 묘사한다.

브르타뉴의 소설과 크레티앵의 유산

크레티앵 드 트루아의 소설들은 이후 문학에 깊은 영향을 미쳤고, 그 결과는 여러 형태로 나타났다. 크레티앵의 소설들은 초기 산문 소설들의 소재를 제공했고 모방작들도 나타났다. 크레티앵 생전에도 이미 많은 경쟁자들이 나타나 나름의 독창성을 내세우려 부단히 노력했으나 크레티앵이라는 절대적 기준으로부터 완전히 자유롭지는 못했다.

많은 모방작들이 출현하면서 운문으로 된 아서왕 소설은 하나의 문학 장르로 정착했고, 13세기 후반까지 큰 인기를 누리다가 차츰 산문 소설에 밀려 쇠퇴했다. 운문 소설들은 크레티앵이 아서왕 신화에 부여한 특징들을 그대로 유지하면서 주인공의 연인, 그리고 기사로서의 성장을 즐겨 그렸다. 주인공은 초자연적인 요소가 다분한 모험에 종종 나서는데, 무언가를 찾아나서는 여정을 그린 소설이 대다수였다. 다만 아서왕의 조카 가웨인Gauvain처럼 주인공이 기사로서나 연인으로서 인정받은 인물일 경우에는 무훈담만 전한다. 이런 소설들의 예로 르노 드 보죄Renaud de Beaujeu(실제 성은 드 바제de Bâgé)의 『이름 모를 미남*Le Bel Inconnu*』, 파이앵 드 메지에르Paien de Mézières의 『편자 없는 암노새*La Mule sans frein*』, 라울 드 우덩Raoul de Houdenc의 『검의 기사*Le Chevalier à l'épée*』, 『메로지 드 포를레스게즈*Meraugis de Portlesguez*』, 역시 라울의 작품으로 추정되는 『라기델의 복수*La Vengeance Raguidel*』, 『앵보*Hunbaut*』, 『위험한 묘지*L'Atre périlleux*』, 로베르 드 블루아Robert de Blois의 『보두*Beaudous*』, 『페르귀스*Fergus*』, 『이데르*Yder*』, 『웨일스의 뒤르마르*Durmart le Gallois*』, 『쌍

검의 기사*Le Chevalier aux Deux Épées*』, 『리고메르의 불가사의한 이야기들*Les Merveilles de Rigomer*』, 끝없이 긴 『클라리스와 라리스*Claris et Laris*』, 『플로리앙과 플로레트*Floriant et Florete*』, 『에스카노르*Escanor*』, 『글리글루아*Gliglois*』, 그리고 오크어로 된 『조프레*Jaufré*』 등을 들 수 있다. 꽤 설득력 있는 학설에 따르면, 이 장르는 13세기에 이미 인기가 사그라들어, 이후 문학적으로 보수적이었던 앵글로 노르만 궁정에서 그 계보를 이어가게 되었다.• 그리고 14세기 말, 운문으로 된 아서왕 소설의 맥이 끊긴 지 100년이 지난 후 프루아사르Froissart가 『멜리아도르*Méliador*』를 통해 그 전통의 불꽃을 마지막으로 다시 한번 되살린다.

그러나 크레티앵의 영향은 매우 특이한 하나의 주제이자 테마이기도 한 성배Graal의 전설을 중심으로 가장 풍성한 결실을 맺었다. 그의 마지막 소설 『성배 이야기』는 잘 알려져 있듯이 미완성작이다. 내용을 살펴보면, 페르스발은 성배의 성에서 삼촌 어부왕을 쾌차하게 할 수 있는 질문을 던지지 않고, 그후로 5년 동안 신과 사람들로부터 멀어져 방황하다가 다른 삼촌인 은자에게 고해성사를 한다. 처음의 실패를 딛고 이제 원하는 바를 이룰 준비가 다 된 듯한 찰나, 크레티앵은 페르스발에 대해서 더이상 언급하지 않고, 가웨인의 모험담들을 다루다가 도중에 그쳐버린다. 이렇게 멋진 소설, 흥미진진한 주제를 두고 어떻게 결말을 궁금해하지 않을 수 있겠는가? 바로 그런 이유 때문에 『성배 이야기』는 많은 속편들을 낳았다. 13세기 초에 쓰인 첫 속편은 소설의 종지부를 찍기는커

• Beate Schmolke-Hasselmann, *Der arthurische Versroman von Chrestien bis Froissart*, Tübingen, 1980 — 원주.

녕 페르스발을 다시 언급하지 않고 유려한 문체로 가웨인의 모험담을 이어가기만 한다. 보시에 드 드냉Wauchier de Denain의 작품으로 여겨지는—이에 대해 오랫동안 논란이 있었으나, 이제는 사실로 받아들여진다—두번째 속편은 진정한 의미에서의 『페르스발 속편*Continuation Perceval*』을 이루는데 역시 미완성작이다. 그러다가 1233년과 1237년 사이에 일명 마느시에Manessier가 썼다고 하는 세번째 속편에서 마침내 페르스발이 삼촌 어부왕의 뒤를 이어 성배의 성의 성주가 되면서 이야기가 완결된다. 한편, 1225년과 1230년 사이에 제르베르Gerbert라고 하는 시인—『제비꽃 이야기*Roman de la Violette*』의 작가 제르베르 드 몽트뢰유Gerbert de Montreuil와 혼동의 여지가 있다—이 앞의 세 작품과 다른 독자적인 속편을 내놓았는데, 1만 7000행의 긴 분량에도 불구하고 이 작품은 가장 궁극적인 성배의 모험을 제대로 완결하지 못한다. 참고로 마느시에와 제르베르는 크레티앵 소설에 조심스럽게 내재하던 종교적 색채를 부각시켰다. 그러나 이러한 경향은 그들에 앞서 이미 로베르 드 보롱Robert de Boron의 작품에서 더 두드러지게 나타났다.

이 프랑슈콩테 출신 기사의 작품으로, 운문으로 된 소설 『성배 역사에 관한 이야기*Roman de l'estoire du Graal*』—이칭 『아리마태아의 요셉*Joseph d'Arimathie*』—가 남아 있는데, 1215년 이전에 쓰인 것으로 추정된다. 이 작품에서 성배는 기독교의 유물이다. 최후의 만찬에 쓰였던 술잔으로 아리마태아의 요셉이 그리스도의 피를 담았던 잔이기도 하다. 로베르 드 보롱은 후에 『멀린*Merlin*』이라는 시도 썼는데, 비록 우리에게는 첫 500행만 남아 있지만, 이를 번안한 산문 소설이 그 내용을 짐작하게 해준다. 그는 산문 소설 『디도 페르스발

Didot-Perceval』의 전신인 『페르스발*Perceval*』의 작가로도 추정된다. 이 세 작품은 첫 성배 작품군을 이루며, 산문으로 된 '란슬롯과 성배Lancelot-Graal' 작품군에 앞서 나타났다. 로베르 드 보롱의 작품은 두 가지 측면에서 성배 소재를 다룬 시문에 큰 전환점을 가져왔다. 우선 앞에서 지적했듯이 성배 소재에 종교적이고 신비주의적인 색채를 확실하게 덧입혔다. 다른 한편으로, 운문으로 쓰였으나 곧 산문으로 번안된 그의 작품들은 크레티앵의 소설에 근간을 두고 성배 소재를 다룬 초기 산문 소설들과 같은 시기에 출현했다. 이 산문 소설들에 대해서는 다음 장에서 자세히 살펴볼 것이다.

이처럼 13세기 소설들은 전통적인 요소(운문으로 된 아서왕 소설)나 참신한 요소(산문으로 된 소설)를 미루어볼 때, 다양한 방식으로 크레티앵의 작품에 많은 빚을 지고 있다.

모험담의 다양한 행보

크레티앵의 동료이자 경쟁자였던 고티에 다라스Gautier d'Arras는, 실명을 밝히진 않았으나, 브르타뉴 전설 특유의 초자연 세계를 애호하는 크레티앵과 그의 후계자들을 비판했다. 그들이 깨어 있기보다는 꿈을 꾸고 있다는 느낌의, 믿을 수 없는 이야기들을 지어냈다는 것이다. 이리하여 크레티앵의 영향에 반하는 움직임이 나타났는데, 이러한 움직임은 종종 '사실주의적'이라는 그릇된 평가를 받았다. 이에 동참한 소설가들은 소설이라는 장르에 크레티앵이 기여한 요소들을 거부하지는 않았다. 크레티앵과 마찬가지로 소설이 허구의 장르라는 것을 암묵적으로 받아들였으며 이야기의 역사적·고증적 진실성을 추구하지 않았다. 다만 사실임직함逼眞性의 기준에 대해서만큼은 크레티앵과 의견을 조금 달리하여, 신비가 도사리고 있는 안개 낀 아서왕의 세계를 피해 갔다. 고티에의 첫 소설 『일레와 갈르롱*Ille et Galeron*』은 작은 브르타뉴가 아닌 로마를 배경으로 한다. 두번째 소설 『에라클*Éracle*』은 주인공의 모델이 7세기 비잔틴의 헤라클리우스 황제이고 제2부에서 성십자가의 발견을 다루기 때문에 고대 소설과 성자전의 중간 형태를 띤다. 장 르나르도 첫 소설 『소리개*L'Escoufle*』(1200년경)에서 고티에 다라스와 마찬가지로 사실임직함을 열정적으로 예찬했지만, 그 외의 작품에서는 전혀 다른 행보를 보였다. 짓궂으면서도 교묘한 천재적인 문장가였던 르나르는 부지불식간에 독자를 당황하게 하고, 흔해빠진 이야기들을 반복하는 척하면서 능수능란하게 그 이야기들을 비판하기도 한다. 그에 더해 대수롭지 않은 요소들을 모아 거창한 효과를 자아내고 성격 묘사를 즐겨 하는데, 가볍고 해학적인 문체로 겉으로만 일상적인, 매우 특이한 장면들을 그려냈다. 『장미 또는 기욤 드 돌 이야기』에서—비평가들에 따르면 1212년 또는 1218년경에 나타났다—르나르는 최초로 소설의 전개에 시를 개입시켰는데, 이후 중세 말까지 엄청난 인기를 누리는 이 기법에 대해 그는 책의 서문에서 노골적으로 자랑을 하며 그 의의와 효과를 설명한다. 이 기법을 비롯해서 그의 작품을 모방하는 작가들이 곧 나타났고, 한 예로 제르베르 드 몽트뢰유의 『제비꽃 또는 제라르 드 느베르 이야기*Roman de la Violette ou de Gérard de Nevers*』를 들 수 있다. 한편, 13세기 말에 자케메스Jakemes는 『쿠시 성주와 파이엘 부인 이야기*Roman du Châtelain de Coucy et de* *la Dame de Fayel*』에서 쿠시 성주라는 이름으로 알려졌던 12세기 음유시인을 주인공으로 삼아 그의 시들을 인용했다.

장 르나르는 감미로운 궁정풍 단편소설 『그림자의 단시*Lai de l'ombre*』의 작가이기도 하다. 이 시는 다른 시와 비교했을 때 그렇게 독보적인 작품은 못 된다. 가령 『베르지 성주 부인*La Chastelaine de Vergi*』, 위옹 르 루아Huon le Roi의 『초록색 명마*Le Vair Palefroi*』, 그리고 훗날 『자두나무 이야기*Dit du prunier*』 같은 작품들도 아주 단순한 줄거리를 통해 궁정풍 삶, 세련된 예법과—그늘진—감정들의 투영을 굳이 머나먼 브르타뉴 세계나 아서왕 궁정의 도움 없이도 잘 그려냈다. 이 작품들을 보면 크레티앵의 소설에 나타나는 세련됨이 당대의 것이라는 사실을 단번에 알 수 있다.

그러나 이 외에도 사실임직함을 추구하지 않고, 간결하고 단아한 문체를 굳이 버리려 하지 않으면서도 아서왕 궁정과 다른 배경·규율들 안에서 마음껏 모험을 좇는 수많은 소설들이 있다. 크레티앵과 동시대 인물로 추정되는 노르망디 출신의 성직자 위 드 로틀랑드Hue de Rothelande의 다소 비관적이면서도 외설스러운 가벼운 필체가 돋보이는 소설들인 『이포메돈*Ipomedon*』과 『프로테실라우스*Protesilaus*』가 그러한 예다. 또한 이야기의 출처 또는 배경을 살려 쓰느라 고대 문명에 충실한 작품들—『아티스와 프로필리아스*Athis et Prophilias*』, 『플로리몽*Florimont*』—이나, 지중해 인근 지방을 중심으로 헤어진 연인들이 서로를 찾기 위해 세계를 방랑하는 알렉산드리아 전통 이야기들—『플루아르와 블랑슈플로르*Floire et Blancheflor*』, 그리고 연인 요정이 흥미로운 역할을 하는 『파르토노푀 드 블루아*Partonopeus de Blois*』도 이 부류에 속한다—의 속편들도 모두 이에 해당된다. 13세기에는 각종 모험소설이 나타났는데, 모두 다양한 전통의 잔재, 전설과 신화에서 차용한 요소들, 상상력의 산물들을 담았다. 그 예로 필리프 드 레미Philippe de Remi의 『라 마네킨*La Manekine*』, 장 마이아르Jehan Maillart의 『앙주 공작 이야기*Roman du comte d'Anjou*』, 『콘스탄티노플의 아름다운 헬렌 이야기』, 그리고 라틴어 원전을 당대의 취향에 맞게 번안한 『티로스의 아폴로니우스 이야기*Roman d'Apollonius de Tyr*』 등을 들 수 있으며, 이 소설들은 운문으로 된 아서왕 소설들만큼이나 그 수가 많다. 이 가운데 다수가—앞에서 언급한 작품들 외에 『블랑캉드랭*Blancandrin*』, 아드네 르 루아의 『클레오마데스*Cléomadès*』 등—산문으로 다시 쓰여 중세 말까지 상당한 인기를 누렸다. 우리는 이에 대해 다시 살펴볼 것이다.

제3부 | 프랑스 문학의 확립

12세기를 장식했던 젊은 프랑스 문학의 비약적인 발전은 창의적이고도 풍성한 결실을 맺었는데, 13세기 초엽에 이르러 한풀 꺾이는 듯하다. 문학의 주된 형식들은 마침내 정착되었고, 쇄신되기보다는 그대로 답습되거나 그 잠재력이 소진되어가는 듯했다. 물론 이러한 인상이 전적으로 그릇된 것은 아니나 문학사에서 13세기의 중요성을 간과해서는 안 될 것이다. 우선 13세기는 모든 지적 영역에서 12세기에 축적한 지식을 흡수하고 체계화한 매우 중요한 시기로, 스페쿨라Specula 즉 '거울'이라 불리던 백과사전의 시대, 숨마에Summae 즉 '대전大全'의 시대였다. 한 예로 성 토마스 아퀴나스는 교회의 눈에는 다소 혼란스럽고 위험한 것으로 비칠 수 있었을 엄청난 열정을 가지고 11세기 후반부터 발전되어왔던 신학적 성찰을 종합한다. 이와 마찬가지로, 역시 도미니크회 소속이었던 뱅상 드 보베Vincent de Beauvais가 펴낸 세 편의 '백과사전*Miroir*'인 『자연의 거울』, 『교리의 거울』, 『역사의 거울』은 당시 지식의 총체를 집대성한 지성의 대작이다. 한편, 이 시기에 나타나 빠른 속도로 발전한 대학들은 지식의 체계화와 보급을 목표로 삼았다. 이러한 체계화와 성찰의 노력은 프랑스 문학이 조심스럽게 지적 사색에 흥미를 가져가는 동안 문학 영역에서도 자리잡는다.

13세기에 나타난 두번째 중요한 변화는, 그 보급 및 향유 조건들을 고려할 때 문학이 이때에 이르러서야 비로소 '문자lettre'에서 파생되어 나온 자신의 이름을 진정으로 가질 자격이 생겼다는 점이다. 13세기는 텍스트의 보급이 실질적으로 발전되고 체계화되는 시기로, 한 예로 12세기 프랑스 문학작품은 12세기에 필사본이 드물었던 만큼 13세기에 제작된 필사본들 덕분에 우리에게 전하는 것이다. 이처럼 13세기는 프랑스 문학이 기록l'écrit의 세계에 실제적으로 진입하는 시기였다. 13세기의 중요한 혁신을 가져온 산문의 발전은 분명히 이 움직임과 연관이 있다. 같은 시기에 텍스트는 더욱더 확고하게 개개의 의식을 반영하는 매개체로 정의되고, 문학적 '나'를 확인할 수 있는 지표들을 늘려가는데, 그럼으로써 동시에 문학 장르의 재편과 새로운 해석을 유도한다.

제6장

산문의 탄생: 소설과 연대기

12세기 말까지 프랑스 문학은 전적으로 운문으로 되어 있었으며 산문 문학은 존재하지 않았다. 프랑스어로 된 유일한 산문 텍스트는 그 수가 많지 않으며—헌장이나 성서 번역본, 또는 설교문처럼—법률적이든 교화적이든 실용적인 성격을 가진 것이었다. 이러한 특징은 모든 젊은 문학에서 목격되는데, 어디에서나 운문이 산문보다 먼저 나타난다. 놀라운 사실은 이러한 현상이 다른 언어로 산문을 사용할 줄 알고 사용하는 경우에도 재현된다는 것이다. 예컨대, 로마인들은 그리스어 운문보다 300년 후에 나타난 그리스어 산문을 이미 잘 알고 있었음에도, 그들의 라틴어 산문은 역시나 운문의 뒤를 이어 나타났다. 마찬가지로 중세 사람들은 처음부터 라틴어 산문을 알고 사용해왔지만, 그럼에도 불구하고 프랑스어 산문은 여전히 프랑스어 운문 다음에 나타났다. 그리고 프랑스어 산문은 초반에 소설과 연대기, 이 두 형태를 취하면서, 크레티앵풍의 소설들이 분리해놓았던 역사와 이야기의 관계를 부분적으로 복원한다. 비록—적어도 초기에는—형식적인 복원에 그치지만 말이다. 일반적으로 산문은 한결같이 진실을 추구한다.

최초의 산문 소설들

1220년경 성배를 소재로 한 3부작의 산문 소설이 나타난다. 앞에서도 살펴보았듯이 이 3부작 소설은 부분적으로—어쩌면 그 전체가—로베르 드 보롱의 소설들을 산문화한 것으로, 『성배 역사에 관한 이야기』와 『멀린』, 산문 『페르스발』(이 소설이 담긴 두 이본에 따라 『디도 페르스발』 또는 『모덴의 페르스발*Perceval de Modène*』이라고도 불린다)로 구성되어 있다. 그리고 그리스도의 수난으로부터 페르스발의 모험을 거쳐 아서왕 세계의 몰락까지 성배와 그 수호자들의 운명을 서술한다. 그런데 1225년에서 1230년 사이에 그 규모가 훨씬 방대한 또하나의 성배 산문 소설군이 등장한다. 바로 '란슬롯과 성배'라 불리는 방대한 장편 3부작이다. 그 첫번째 독창성을 꼽아본다면, 제목이 말해주듯 페르스발에서 란슬롯의 계보로 초점을 옮겨, 크레티앵의 『성배 이야기』뿐만 아니라 『마차의 기사』, 즉 귀네비어 왕비에 대한 사랑을 위해 사회적인 명예를 저버린 란슬롯과도 결부된다는 점이다. '원조 란슬롯Lancelot propre'이라 불리는 이 소설군의 핵심부만도 소설 전체의 약 3분의 2를 차지하는데, 전적으로 란슬롯의 탄생, 유년 시절, 모험담, 그리고 그를 세계 최고의 기사로 부상시킨 그의 사랑 등 란슬롯에 관한 이야기만을 다룬다. 그러나 후속 작품 『성배 원정*Queste del saint Graal*』에서 란슬롯은 왕비에 대한 비도덕적인 사랑 때문에 성배의 비밀에 다가가지 못하고, 그 영광은 그의 아들 갤러해드와 사촌 보르스, 그리고 페르스발에게 돌아간다. 이러한 란슬롯의 사랑은 소설군의 마지막 편인 『아서왕의 죽음*Mort le roi Artu*』에서 아서왕 세계의 몰락을 초래하는 파국의 간접적 요인이 되기도 한다. 참고로 이 마지막 편은 로베르 드 보롱의 3부작에서 번안하여 뒤늦게 추가된 『성배 역사』와 『멀린』으로 시작한다. 물론 이 소설군의 '이중적 정신double esprit'은 독자들을 놀라게 한다. 『란슬롯』에서 낭만적이고 궁정적인 세계를 그리다가 『성배 원정』에서는 고행적이고 신비주의적인 세계를 구현한다. 한편 『아서왕의 죽음』은 어둡고 비관적이며 신이 부재한 듯한 운명에 대한 번뇌로 가득하며 독자적인 성격을 띤다. 작가가 여럿이었던 것일까? 그랬을지도 모른다. 그러나 동시에 작품 전체의 구성이 놀라울 만치 탄탄하며, 모순이 거의 없고 미세한 디테일들이 수백 수천 장을 건너뛰어 들어맞는다. 장 프라피에Jean Frappier가 제시했듯 총책임자 한 명이 구상을 하고 여러 작가에게 글쓰기를 맡겼다는 추정은 그럴듯하나, 이러한 작품의 창작이 얼마나 어려운지 다시금 확인시켜주는 것 외에 별다른 도움을 주지 못한다. 사실 '이중적 정신'은 상반된 두 사고방식을 전제로 하지 않는다. 세속에서의 완벽함과 금욕적이고 신비주의적인 완전함의 교차에 바탕을 둔 이러한 다양성과 일체성의 어지러우면서도 신비로운 조화가 반드시 모순을 의미하는 것은 아니다.

마지막으로, 어떤 이들에 따르면 13세기 초에 쓰였다고 하고, 또 어떤 이들에 따르면 '란슬롯과 성배' 3부작 이후에 쓰였다고 하는 『성배 고전*Haut livre du Graal*』 또는 『페를레스보스*Perlesvaus*』가 있는

데, 이 작품은 다소 기이한 소설로, 『성배 이야기』에 대해 일종의 산문 속편을 이루며, 크레티앵이 남겨놓은 주제들을 마음대로 재해석하기도 했다. 이 작품은 가웨인과 란슬롯, 페르스발(즉 페를레스보스)의 후속 모험들을 다루며, 특히 페르스발은 어부왕이 죽은 후 성배가 있는 성을 찬탈자로부터 되찾는다.

이처럼 최초의 프랑스 산문 소설들은 성배에 관한 소설이다. 아마도 그것은 우연이 아닐 것이다. 아니면 적어도 우연 때문만은 아닐 것이다. 당대인들이 볼 때 이러한 특징은 우연적이지도 부수적이지도 않았다. 전적으로 명백한 특징이었다. 한 예로, 필리프 2세의 영예를 기리는 라틴어 서사시 『필리피드*Philippide*』의 번역자는 운문으로 된 머리말에서 "운문은 단 한 단어도 들어 있지 않은 란슬롯에 대한 소설"을 본받아 산문으로 작품을 써나갈 것이라고 선언한다. 또 이로부터 한 세기 후 길렘 몰리니에Guilhem Molinier는 오크어 문법과 시학을 논한 『사랑의 시*Leys d'Amors*』에서 산문을 제외한 운문 작품만 다룰 것이라고 하면서, 산문 작품의 대표적인 예로 '성배 소설'을 언급한다.

왜 이처럼 산문과 성배 이야기를 서로 결부하는 것일까? 아마도 산문과 종교의 연계 때문일 것이다. 산문 소설은 성배 문학이 신비주의적인 색채를 띠기 시작할 무렵 나타난다. 즉 세속의 영예와 궁정풍 연애가 예찬의 대상이 아니라 죄로 낙인찍히고, 갤러해드가 구속救贖을 완성하기 위해 나타난 기사도의 새로운 구세주로 부상하던 가운데 나타난다. 그도 그럴 것이 당시 소설가들이 활용할 수 있었던 프랑스 산문의 예는 설교, 교화 논설, 라틴어에서 번역된 성자전 등이 전부였기 때문이다. 더욱이 라틴어에서는 신성sacré의 표현에 산문을 사용했다. 따라서 산문이란 성서 주석과 설교의 언어이면서, 성서의 언어였다. 신약성서와 구약성서의 역사서뿐만 아니라, 산문prosa을 세비야의 이시도루스처럼 고대 라틴어 운율로 되어 있지 않은 모든 텍스트로 의미를 확대해서 생각한다면—성서에 나오는 운문 텍스트의 라틴어 번역본들, 복음서들과 아가雅歌, Cantique des Cantiques 또한 산문으로 쓰였다고 볼 수 있으므로—성서 전체의 언어라고 할 수 있다.

한마디로 산문은 신의 언어다. 운율의 제약에 얽매인 굴곡 많은 운문과 대조적으로, 이시도루스처럼 산문을 직설적인—직선적인—표현 방식으로 보는 것은, 완곡한 표현이나 미사여구가 생각을 숨기거나 왜곡하지 않는 산문이 그것을 전달하는 데 더 적절하다는 사실을 암암리에 인정하는 것이다. 플라톤 철학에 젖어 있던 중세 기독교의 풍토를 볼 때, 이 점은 산문의 우월성을 특징짓는다. 신의 말이 운문의 하찮은 규칙에 좀처럼 복종하지 않는다는 생각은 중세 문학이 원시적인 문학이 아니었음을 잘 보여준다. 중세 문학의 관점에서 운문은 절대로 신성의 언어가 아니었다.

산문은 이처럼 종교 문학의 언어이기 전에 성서의 언어였고, 성서의 언어이기 전에 신의 언어였다. 신의 의도를 드러내는 책은 산문으로 되어 있어야 했고, 그런 만큼 성배 소설들이 아리마태아의 요셉에서 갤러해드 또는 페르스발까지 성배를 지킨 계보의 이야기를 서술한 당시부터, 또 인류 전체의 구원과 결부된 것으로 여겨져 구원의 비밀과 결부된 종말론적 의미를 갖게 된 당시부터, 그리고 마지막으로 속내를 내비치지 않으면서도 효과적인 묵시默示의 마지막 말들이라는 일종의 꽉 차 있으면서도 비어 있는 핵을 중심으로 발전해나갔던 시절부터 마땅히 산문으로 되어 있어야 한다는 당위가 성립되었다. 그리하여 단순 명쾌한 신의 산문의 자리에 마치 그 상징처럼 이야기꾼—한 예로 멀린 어머니의 고해신부이자 그 이야기를 기록했다고 하는 블레즈Blaise 신부—의 산문이 전개되었던 것이다.

좀더 구체적으로 살펴보면, 이 소설들은 세부적으로 종종 성서나 설교 문학에서 영감을 얻었는데, 그렇게 함으로써 산문의 실제적 모델들을 드러냈다. 예를 들어 로베르 드 보롱의 작품을 산문화한 소설을 보면, 번안한 이가 자유롭게 영감을 얻었던 성서의 한 대목을 번역하기 위해 운문으로 된 보롱의 원작에서 멀어지는 것을 볼 수 있다. 또 세상과 신의 계시들을 해석함에서 우의에 할애하는 비중을 볼 때 『성배 원정』도 성서 주석의 방법론과 설교 화법에서 영감을 얻었다고 할 수 있다.

산문은 이처럼 진실과 결부되어 있었다. 요컨대 중세 산문가들은 산문이 운문보다 진실하며 미사여구를 위해 사실성을 버리지 않는다고 입을 모아 주장했다. 특히 성배 소설의 경우, 산문은 종교적 의미의 진실뿐만 아니라 역사적 의미의 진실을 표현하는 데 사용되었다. 성배 수호자들의 계보를 확립함으로써 이 소설들은 아서왕 시대에 대한 크레티앵의 해석 때문에 멈춰졌던 시간과 어떤 의미에서 다시 관계를 맺게 되었다. 그러므로 산문이 성배 소설뿐만 아니라 곧이어 살펴볼 프랑스어로 역사를 서술하는 연대기에 사용된 것은 놀라운 사실이 아니다.

물론 산문과 종교적 관념들 사이의 연계는 산문의 사용이 보편화되면서 매우 빨리 사라졌다. 이렇게 산문의 사용이 보편화된 데에는 문자의 사용이 다양해지면서 점차 친숙해진 점, 그리고 개인 독서의 발전이 기여했을 것이다. 앞에서 언급한 바 있듯이 '란슬롯과 성배'의 최종편인 『아서왕의 죽음』은 기이하게도 비종교적인 세계를 담는다. 13세기 초중반에 쓰인 방대한 『산문 트리스탄*Tristan en prose*』에 대해서도 똑같은 지적을 할 수 있는데, 우리에게 알려진 80여 개의 이본들만 보더라도 이 소설이 얼마나 인기가 있었는지 잘 알 수 있다. 트리스탄과 아서왕 소재를 결정적으로 혼합한 이 소설은 필사본들 사이에 나타난—때로는 에피소드 전체에 걸친—이문異文들의 수를 고려할 때 중세 말 산문으로 된 브르타뉴 소설들이 보인 텍스트의 유동성의 시작을 알렸다고 할 수 있다. 이 소설은 트리스탄 전설에 성배 원정을 추가한 것인데, 이 소설보다 약간 후에 나타난 거의 동시대 작품인 『예의바른 기롱*Guiron le Courtois*』은 한 걸음 더 나아가 이 소설을 '란슬롯과 성배'와 합쳐서 편찬하려 했다. 그리고 이를 기점으로 필사본과 표절본이 산재하게 되었다. 한 예로 마르코 폴로의 말을 받아적어 『동방견문록』을 쓴 장본인인 루스티켈로 다 피사Rustichello da Pisa는 자신의 작품에서 『산문 트리스탄』과 『예의바른 기롱』을 동시에 차용했다. 그런 만큼 여러 필사본을 비교함으로써 단 한 부의 완전한 필사본도 남아 있지 않은 가假 로베르 드 보롱 소설군의 흔적을 간접적으로 찾을 수 있다. 이처럼 운문보다는 산문이 "읽히고 또 쓰이면서" 개작을 유도했고, 여러 차례 필사되는 동안 자신들의 취향을 반영한 후대 독자들이 남긴 흔적들을 담았다.

연대기: 라틴어에서 프랑스어로, 운문에서 산문으로

중세의 대부분 기간 동안 역사 서술은 대개 라틴어로 이루어졌다. 라틴어에서 프랑스어로의 전환을 상징하는 시기는 꽤 늦었는데, 생드니에서 프랑스 왕들의 역사인 『프랑스 대연대기*Grandes Chroniques de France*』가 프랑스어로 번역되기 시작한 1274년에서 1350년 사이로 볼 수 있으며, 프랑스어가 직접 쓰이게 된 것은 그 이후였다. 그런데 역사와 소설의 글쓰기가 소설의 등장 이후 복잡한 체계 안에서 서로 밀접하게 얽혀 있었음을 이미 살펴보았다. 얼마 후 소설이 허구적 장르로 발전하면서 프랑스어로 된 연대기들이 나타났는데, 다소 인위적인 감이 없지 않지만, 이 연대기들이 프랑스어로 된 역사 서술의 시작을 알린다고 할 수 있다.

역사에 대한 흥미와 역사 집필에 대한 관심은 카롤링거 시대의 지적 중흥을 알리는 중요한 지표 중 하나다. 이러한 관심은 직접적이면서도 근본적이며 정치적이면서 사변적인 동기들에 기인한다. 샤를마뉴는 자신의 영예를 드높이기 위해 집권기 동안 실록을 기록하게 했다. 그와 동시에 신의 섭리와 구원의 역사에 대한 고찰이 인류 전체의 역사를 포용하려는 노력을 부추긴다. 교부 시대의 전례를 본받아 성서와 고대 이교 문명의 역사를 종합하여 보편적인 연표를 만들려는 시도가 여러 차례 있었다. 실록, 연대기, 역사서는 별개의 장르로, 사건으로부터의 시간적 거리와 지적·문학적 구상의 정도로 구별되는데, 실록에서 역사로 갈수록 그 거리와 정도가 늘어난다. 카롤링거 시대의 역사가는 글쓰기의 형태를 고르고 시험 삼아 고대 모델들을 모방해보며, 신의 섭리와 인간의 행위에 대해 고민하면서 참고 자료를 모으는—때로는 왜곡하기도 하고 날조하기도 하는—학구적인 사람이었다. 이러한 종류의 역사는 중세 내내 지속되었으나, 보편적 사관 대신 민족적 사관을 추구하는 국사國史가 등장하여 판도를 바꾸어놓았다. 이처럼 국사 집필에 대한 관심과 민족적—이 시기에 대해 이 표현을 쓰는 것이 아직 부적절하긴 하지만—기원을 조명하려는 노력이 최초의 프랑스 소설 집필의 초석이 되었다. 트로이아인들과 플랜태저넷 왕가 사이에 연속성을 확립하는 것은 프레데가리우스 때부터 유포된 전설, 즉 프랑쿠스의 후예인 프랑크족이 트로이아에서 왔다는 전설에 응수하는 것이었고, 프랑스의 국왕들이 의기양양해할 만한 일이었다.

그러나 12세기에 접어들어 새로이 확립된 속어 운문 형태들을 이용하여 근래의 역사를 프랑스어로 쓰기 시작한다. 우선 무훈시의 형태를 취한 작품으로, 1173년 스코틀랜드에 대항해 플랜태저넷가의 헨리 2세가 벌인 전투를 다소 특이한 시풍으로 서술한 조르당 팡톰Jordan Fantosme의 작품과, 특히 13세기 초 십자군 이야기 군과 『안티오크의 노래』를 모델로 삼았다고 내세우는 오크어 작품 『알비 십자군의 노래*Chanson de la croisade albigeoise*』를 꼽을 수 있다. 1135~1138년경 이미 저술을 시작한 제프레 게마르Geiffrei Gaimar의 『영국인의 역사*Histoire des Anglais*』와 그보다 먼저 쓰였으나 소실된 『브르타뉴인의 역사*Histoire des Bretons*』, 사자심왕 리처드의 광대였던 앙브루아즈 드 노르망디Ambroise de Normandie에 의해 1194년 이전에 쓰인—제3차 십자군 원정을 다룬—『성전의 역사*Histoire de la guerre sainte*』 등은 8음절로 된 2행 연구의 형태를 따랐다. 그리고 중세 말까지 특정 사건을 서술하거나 위대한 인물들을 기리는 각운을 맞춘 연대기들도 쓰였다. 한 예로, 필리프 무스케Philippe Mousket의 연대기는 아마추어 작가의 단독 작업이 종종 야심적일 수 있듯 다른 작품들에 비해 더욱 야심찬 작품으로, 서사시와 소설들에서 풍부하게 차용하여 트로이아전쟁부터 1243년까지의 장구한 시간을 아우르고 있다.

한편 13세기 초엽, 성배라는 소재가 산문 소설의 등장을 알리던 당시에 이미 라틴어 역사 서술에 주로 사용되었던 산문이 프랑스어 역사 서술에도 사용되기 시작한다. 그러나 최초의 프랑스어 연대기 작가라고 불리는 사람들은 사실 회상록 작가였다. 그들은 전문 작가가 아니라는 공통점을 가지고 있으며, 자신들이 개인적으로 관여했던, 즉 단순한 증인이 아니라 관계자, 더 나아가 드물게는 중요한 당사자였던 사건들을 서술했다. 그들은 사건에 대해 간직한 강렬한 인상이나 더 흔히는 자신들이 맡았던 역할과 관련된 개인적 이유 때문에 그 얘기를 쓰거나 다른 사람으로 하여금 받아 적게 했다. 12세기 초 『익명의 제1차 십자군 역사*Histoire anonyme de la première croisade*』라는 제목으로 알려진 라틴어 작품이 이 경우에 해당한다. 이 작품은 물론 서생clerc에 의해 기록되었지만 분명히 속어밖에 모르는 기사나 십자군 용사가 불러준 내용이었을 것이다. 그로부터 한 세기 후 그 후예들이 쓴 작품이 프랑스어 산문으로 보존되어 있다. 운문이 아닌 산문으로 쓰였다는 것은 이들이 아마추어 작가였음을 시사한다. 그러나 그로부터 반세기 전만 해도 아무도 이처럼 프랑스어 산문으로 역사를 기록할 생각을 하지 못했을 것이다. 연대기 작가들의 이러한 산문의 사용은 상당한 반동으로 작용하여 산문과 소설이 발전하게 되었다.

이 연대기 작가들 중 우선 제4차 십사군 용사들을 꼽을 수 있는데, 겸손하나 남에게 속지 않았던 로베르 드 클라리Robert de Clari와, 공정함과 냉철함을 가장하며 자신에게 일부 책임이 있는 정치적·군사적 결정들을 정당화하는 데 급급했던 조프루아 드 빌라르두앵Geoffroy de Villehardouin을 그 예로 들 수 있다. 얼마 후 필리프 드 노바르Philippe de Novare도 키프로스 왕국의 정치 문제와 관련된 자신의 선택을 정당화하려 연대기를 썼는데, 오늘날 그 일부가 소실되었지만 이전 작품들과 성격이 매우 다른, 노바르의 말을 빌리자면 일종의 자서전이었다. 한편 14세기 초 매우 고령까지 살고 늦게까지 글을 썼던 장 드 주앵빌Jean de Joinville은 성왕 루이의 시성식을 정당화하는 것이 목적이었던 회고록을 자서전으로 둔갑시켰다. 작가 한 명 한 명을 거치면서 작가 자신에 대한 관심과 자기 연출이 점점 더 중요해진 것이다. 이렇듯 '연대기 작가'라고 할 수 있는 사람들은 자신이 대표했던 연대기 장르를 역사적 글쓰기로부터 점점 더 멀어지게 했다.

1230년보다 조금 앞서 쓰인 『카이사르까지의 고대 역사*Histoire ancienne jusqu'à César*』라는 제목의 편찬서처럼 성서, 플라비우스 요세푸스의 작품, 또는 오로시우스의 작품뿐만 아니라 다른 고대 로마 이야기들(『테바이 이야기』에 체계적으로 이용된 바 있는 이야기들)에 근거를 둔 몇몇 작품이 있으나, 14세기 중반에 이르러서야 프랑스어 산문으로 된 역사가 그 자체로 주류를 이루며, 회고록과 다른 형태로 발전한다. 그후 산문으로 쓰인 역사는 어떤 의미에서 소설을 제압할 만큼 풍부하고 유력한 장르로 성장한다. 그때까지 최초의 연대기들과 성배 소설들 사이에는 아직 어떤 공통점도 없었던 것으로 보인다. 그러나 나타난 모든 곳에서 산문은 등장과 동시에 진실을 추구한다는 일괄적인 특징을 보이기 시작했다.

제7장

극화와 웃음

문학의 극적 표현

앞서 제2장에서 가장 오래된 프랑스어 텍스트들을 살펴보면서 일부 전례극에 삽입된 속어로 된 대목들을 언급한 바 있다. 그러나 희곡은 신생 프랑스 문학이 대번에 그 창조성과 독립성을 드러낸 장르는 아니었다. 실제로 13세기 말까지 그러한 예가 거의 나타나지 않았는데, 이러한 지적은 문학의 근대적인 구분과 관습에 바탕을 두고 있기 때문에 부적절하고 시대착오적이다. 그도 그럴 것이 중세 문학은 대부분의 경우 낭창되거나 낭송되었고, 그런 만큼 공연을 통해서만 존재했기 때문이다. 그러므로 전적으로 상연과 연출에 의존했다고 할 수 있다. 우리가 흔히 희곡이라고 하는 장르는 이러한 일반적인 환경의 특수한 한 경우에 불과하다. 12~13세기에 프랑스어로 된 희곡 작품들은 많지 않았지만 어찌 보면 프랑스 문학 전체가 연극이었다. 에드몽 파랄이 제시했듯이 광대들 중 일부는 라틴어 희극 배우들의 후예였다.• 그들의 공연은 종종 극화되었고, 중세 문학에 대화체가 많이 사용되었던 만큼 광대들이 이 사람 저 사람의 목소리를 흉내내가며 극적 효과를 끌어낼 수 있었으리라 짐작해볼 수 있다. '샹트파블chantefable'이라 불리는—이 용어는 작가가 자신의 작품을 지칭하기 위해 직접 만들어낸 듯한데, 다른 용례가 없다—16세기의 매혹적인 노래이야기 『오카생과 니콜레트 *Aucassin et Nicolette*』는 어떤 부류에도 속하지 않는 작품으로, 이와 같은 1인극one man show을 위해 구상되었던 듯하다. 각 단락 앞에 명시되어 있듯이 낭창되어야 하는 운문 단락과 낭송되어야 하는 산문 단락을 번갈아 사용하고 많은 대화들을 개입시키면서 이 작품은 다른 문학 장르들의 진부한 표현들을 빠르고도 재치 있게 잇달아 언급하면서 전달하고자 하는 전원풍의 소박한 이야기를 다정하게 풀어간다. 반면, 뤼트뵈프Rutebeuf의 『약초 상인의 단시*Dit de l'berberie*』는 사기꾼의 감언이설을 흉내낸 작품으로, 자신의 존재를 청중들에게 각인시키며 사기꾼의 얘기를 들려주는 모방자의 재주를 한껏 과시하게끔 쓰였다.

그러나 13세기에 접어들어 구체적인 특성과 결과에서는 차이가 있었지만 이 같은 일반적인 극화가 문학 전반에서 부각되었다. 시는 의도적으로 자아의 풍자적인 구현을 추구하게 되었고, 이러한 시가 자아내는 웃음은—앞으로 살펴볼—당시의 상황하에서 극화된 새로운 장르들의 중심부를 이루게 되었다. 그러므로 이 장에서는 연극의 탄생과 발전을 살펴보고(어쨌든 명확한 설명을 위해서

• Edmond Faral, *Les Jongleurs en France au Moyen Âge*, Paris, 1913—원주.

따로 자리를 마련할 수 밖에 없다), 그와 동시에 이 시기부터 시에서 추구된 자아의 표출, 그리고 당대 희극 문학의 특정 장르들을 살펴볼 것이다.

연극

아직까지 연극에 대해 언급하지 않은 만큼 간략하게 그 원류를 살펴보는 것이 좋겠다. 프랑스 연극을 처음부터 중기 라틴어로 된 종교극에서 근본적으로 독립된 장르로 확립시켜준 어떤 변화나 출현도 없었다. 전례극에 쓰이는 라틴어와 속어의 비중만이 조금씩 변해 속어의 사용이 결국 주류가 되었듯이, 그 어떤 요인도 라틴어 연극과 프랑스어 연극 사이의 연속성을 실제적으로 단절시키지 못했다. 프랑스어로 쓰인 최초의 연극 『아담의 극*Jeu d'Adam*』은 12세기 중반 작품으로, 인간의 창조와 원죄를 구현한 전례극이다. 당일 의식에 삽입되는 점이나 라틴어에 대한 의존성은 여전히 두드러지게 나타났다. 실제로 필사본에는 '아담의 극'을 뜻하는 'Ordo representacionis Ade'라는 라틴어 제목이 붙어 있고 해설도 라틴어로 적혀 있다. 부활절 칠순주일 미사에서 빌린 독송과 일곱 개의 답창은 합창단에 의해 불려 『아담의 극』에 리듬을 가미하고 당일 미사의 해설처럼 작용한다. 극의 첫머리를 장식하는 독송은, 필사본에 라틴어로 기록된 'In principio creavit Deus caelum et terram'(태초에 하느님이 천지를 창조하시니)라는 창세기 첫 부분의 몇 글자를 읽은 것인데, 전례대로 창세기 1장을 모두 포함했던 것으로 이해해야 할 것이다. 그리하여 청중은 잠시 후 프랑스어로 전개될 사건들의 서설을 라틴어로 먼저 들었다. 이 사건들은 극에서 각각 장場 단위로 표현되었던 만큼 장의 경계를 표시하는 답창을 통해 구분되어 있었고, 각 답창은 뒤이어 나오는 극 전개의 예비 줄거리 역할을 하며 설명함으로써 미리 이야기의 정통성을 확립해 주었다. 이처럼 속어로 된 극시劇詩가 누렸던 자유는 성전의 그림자 아래에서만 발현되었다. 다만 성서에 대한 경외심으로 주어진 소재에서 벗어나지 못하고, 그 소재를 다룬 성서의 몇몇 구절에 매우 조밀하게 살을 붙이고 여러 구절을 배합할 수밖에 없었다.

50년 후 아라스 출신의 위대한 북부 음유시인 장 보델Jean Bodel이 쓴 『성 니콜라 극*Jeu de saint Nicolas*』도 언뜻 보았을 때보다 실제로는 훨씬 영적 깊이가 있는, 여전히 종교적인 연극이지만, 이것은 전례, 그리고 라틴어와 완전히 단절된 작품이다. 물론 성 니콜라우스 축일 전날에—아마도 1200년 12월 5일에—상연되었을 테고 성 니콜라우스의 기적들을 다룬 라틴어 전례극도 여럿 있었을 테지만 말이다. 이 작품 안에 라틴어는 단 한 자도 남아 있지 않다. 그 서문조차—진본이든 아니든—작품의 유일한 지문과 동일하게 프랑스어로 되어 있다. 그러나 이 작품의 참신성은 다른 곳에서 찾아볼 수 있다. 바로 섬세하고 재치 있게 묘사된 아라스의 일상을 묘사한 도입부인데, 사건이 '아프리카 왕국'의 이교도 나라에서 펼쳐지는 만큼 묘사의 진실성은 무시되었다. 한 예로, 성 니콜라우스가 지키던 아프리카 왕의 보물을 기습하는 도둑들의 묘사는, 술판과 도박으로 왁자한 긴 선술집 장면들을 늘어놓을 구실을 제공하는데, 옥세르의 포도주를 팔고 드니에 동전, 마이유 동전으로 돈 계산을 하는 것을 보면 아프리카와는 사뭇 다른 광경이다. 하나의 디테일에 불과한가? 우연적인 상황인가? 그럴지도 모른다. 그러나 이 작품을 필두로 13세기 동안 띄엄띄엄 나타났던—불과 몇 편의—아라스 지방 연극들은 세속적 주제로 점차 돌아서는 한편, 거의 예외 없이 선술집 장면에 자리를 할애한다.

같은 선상에서 『쿠르투아 다라스*Courtois d'Arras*』를 만날 수 있다. 이 작품은 희곡인가? 희곡을 근대적 의미로 해석할 경우 그렇다고 단정하기 어렵다. 다만 시 전체가 대화체로 되어 있고, 여러 배우들이 연기하든 모든 배역들을 소화하는 한 명의 광대가 홀로 연기하든 간에, 무대에 올리기에 안성맞춤이다. 누가복음 15장 11~32절에 나오는 탕자의 우화를 각색한 이 작품도 종교적인 주제를 다루는데, 복음서에서 작가의 관심을 가장 많이 끌고 작가가 가장 풍부하고 흐뭇해하며 발전시킨 구절들은 탕자가 문란한 생활에 자신의 유산을 탕진하는 대목이다. 이 우화를 핑계로 불쌍한 젊은이가 여관 주인과 두 명의 접대부의 꾐에 넘어가 파산하는 길고도 생동감 넘치는 장면이 펼쳐진다. 664행 중 328행이 되는 이 대목은 그 자체로 작품의 절반을 차지한다.

앞에서 서정시인으로 소개한 바 있는 또다른 아라스 출신의 작가 아당 드 라 알에 의해 1280년경 최초의 세속적인 프랑스 연극 작품들이 탄생한다. 13세기 중반에 나타난 짧은 익살극farce 『소년과 맹인*le Garçon et l'aveugle*』을 제외한다면 말이다. 아당 드 라 알은 두 편의 작품을 남겼는데, 그중 『로뱅과 마리옹의 극』은 전원시를 극화한 듯한 작품으로 전원시에서 다루던 여러 상황들을 다채롭게 재해석했다. 그러나 『녹음극綠陰劇*Jeu de la Feuillée*』은 완전히 다른 성향을 띤다. 이 작품의 등장인물들은 아당 드 라 알 자신과 그의 아버지, 친구, 이웃 등 매우 실제적인 인물들로, 아라스를 누비고 다니는 무리를 대표하는 얼빠진 촌사람, 수상쩍은 걸인, 문란하고 성미 고약한 마녀 등과 어우러져 나타난다. 연극 초반에 성직자의 복식을 하고 혈색이 좋은 아당 드 라 알은 파리 유학을 단단히 결심하고 있어 이들을 마지막으로 본다는 생각에 모두에게 작별을 고한다. 그러나 그렇게 편협하고 기괴하며 우스꽝스러울 정도로 마법이 풍미하는—연극 중간에 요정이 등장하는 장면이 나온다—세계와 실망스러운 결혼의 포로가 되고 만다. 그리고 다른 사람들과 함께 선술집에서 밤을 보낸다.

『성 니콜라 극』의 도둑들이나, 쿠르투아, 아당에게 선술집은 타락의 장소이지만, 동시에 이러한 타락이 웃음거리가 되는 곳이기도 하다. 『녹음극』의 경우 다른 인물들만큼이나 시인이 조롱의 표적이 된다. 그러나 『녹음극』에서 말 그대로 스스로를 무대에 올린 아당은 유사한 주제의 『작별*Congés*』이라는 시에서는 비유를 통해서만 자신을 연출한다. 그리고 비슷한 시기에 파리에서는 뤼트뵈프가 여러 편의 시에서 선술집을 전전하다 타락과 가난에 빠진 자신을 묘사하는데, 또다른 시들에서는—희극적인 것과는 거리가 먼—자신의 신앙심과 회개를, 신비극 『테오필의 기적*Miracle de Théophile*』에서 성직자 테오필의 입을 빌려 했던 말들과 매우 유사한 표현들을 통해 토로한다. 우리가 여기서 말하는 중세 연극은, 당시의 문학 전반을 물들이고 있던 극적 표현들로부터 인위적으로 떼어낸 것일 뿐이며, 그 시대에서 벗어난 오늘날 우리의 관점에 따른 것임을 다시 환기한다면, 이 중세 연극이란 것은 13세기 내내 시가 겪었던 변화,

즉 시의 진화와 관련된 문제이기도 하고, 또한 그 정의상 지극히 엄격하면서도 자기만족적인 자아의 풍자화된 연출과 관련된 문제이기도 하다는 것을 알 수 있을 것이다.

디트: 시의 탄생

북부 음유시인들의 궁정풍 대가곡은 13세기 말까지 잔존한다. 다재다능했던 작가 아당 드 라 알도 이 장르를 대표하는 마지막 시인들 중 한 명이었다. 그러나 이 시기부터 시적 표현은 서정적 장르와 별개의 행보들을 모색한다. 그리하여 그 유래와 관습이 궁정풍 서정시와 전혀 무관한 낭송체의 시가 발달하고 근대시 개념의 전사를 이루게 된다. 오늘날 우리가 일상적 대화에서 소위 '개인시' 또는 심지어 '서정시'라고 지칭하는, 더이상 노래를 가리키지 않는 시가 탄생하는 데, 바로 이 낭송체의 시가 상당한 기여를 한다. 또 낭창chant되지 않고 낭송dit되는 바로 이 시 장르에서 비로소 자아의 극화가 나타난다.

이 시 장르는 교훈적이고 종교적이며 풍자적인 주제에서 주된 영감을 얻는데, 12세기 중반부터 운문으로 된 '설교sermon'나 각계의 악폐를 고발하는 "사회 계층에 대한 보고서état du monde"의 형태로 발전하다가, 13세기로 접어들면서 시인의 특수한 경험과 세계관을 원천으로 삼게 된다. 1190년경 엘리낭 드 프루아몽Hélinand de Froidmont이 지은 『죽음의 시*Vers de la Mort*』의 서문과 결구를 보면 이러한 작가의 경험과 세계관이 반영되어 있는데, 이 작품은 엄청난 성공을 거두고 큰 영향력을 발휘하며 이후 여러 작품에서 그 연 구조를 다시 사용했다. 한편, 나병 환자가 된 『성 니콜라 극』의 작가 장 보델이 쓴 『작별』(1202)과, 70년 후 역시 나병 환자였던 아라스 출신 보드 파스툴Baude Fastoul이 지은 『작별』의 경우, 작가의 경험과 세계관이 더욱더 단적이고 극적인 양상으로 내용과 구조에 풍부하게 반영되었다. 자신이 걸린 끔찍한 병을 형벌이 아닌 구원으로 인식하려 하고, 신의 섭리와 고난, 죽음에 대해 명상하며, 산 자들의 세상에서 생전에 배척당한 시인은 냉소적인 해학으로 이제 자신의 것이 되어버린 끔찍하고 징그러운 모습으로 자신을 묘사하고, 남의 눈을 통해 자신을 보며, 남들이 비웃기 전에 자신을 비웃어가면서 친구들 모두에게 차례로 작별을 고한다. 그리고 앞에서 살펴보았던 것처럼, 그로부터 몇 년 후 아당 드 라 알은 병이 아닌 고향과 고향 사람들에 대한 환멸로 인해 나름의 『작별』을 쓰면서 같은 주제로 『녹음극』을 지어 이러한 자아 극화의 논리를 한계점까지 몰아가는데, 이 작품은 희곡이지만 연극보다 시의 진화를 더 잘 드러내 보여준다는 평가를 받고 있다.

그러나 그 어떤 시인보다도 1250년과 1280년경 사이에 활동한 뤼트뵈프가 이러한 시 언어의 변화를 잘 구현한다. 샹파뉴 태생이었지만 평생 파리를 무대로 활동한 이 직업 시인은 다양한 명분, 즉 십자군과 십자군 국가의 수호, 성자 또는 성모 마리아의 예찬, 그리고 특히 1250년대 파리 대학에서 탁발수도회와 세속 교수들을 대립하게 했던 논쟁 등에 자신의 펜을 바쳤다. 한편 그는 자신의 가난을 즐겨 한탄하기도 했다. 그의 '디트'들은 구체적인 상상계가 투영된 자아와 세계를 희화화한 풍자와도 같다. 뤼트뵈프는 자신에 대해 얘기하고, 자신의 삶과 동시에 방탕과 가난을 나누는 동지들의 삶을 얘기한다고 주장한다. 비록 불행한 결혼, 배고픔, 추위, 병, 도박과 술로 인한 타락 등 거짓된 고백들에서 자전적 사실들을 찾는 것이 명백히 헛된 일임에도 불구하고 말이다. 동시에 그는 자신에게 내려진 은총인 양 꿈과 우의적 환영들을 늘어놓고, 그 와중에 농담과 말장난을 늘어놓으며 근거 없는 어원들로 자신의 이름을 해석하기도 한다. 한마디로 그의 시는 종종 자아의 과시 같은 인상을 준다. 또, 청중 앞에서 체면과 겉치레를 포기하고 자신을 슬프게 또는 씁쓸하게 비웃도록 하는 것 말고는 아무것도 할 수 없는 찰나, 순간의 기분 또는 낙심에서 즉흥적으로 털어놓는 꾸밈 없는 고백이라는 인상을 주어야 할 때, 전적으로 청중을 뒤흔들 목적으로 시인이 구상한 연극의 독백 같은 인상을 준다. 시인의 가장된 건방짐과 능란하다못해 무료해하는 모습은 '테르세 쿠에'• 형식처럼 그가 이용하는 몇몇 운율들을 통해 더욱 강하게 각인된다. 이 사물에 대한 시는 궁정풍 시—사물에 대한 시에 비해 더 추상적이고 엄격한 형태적 규칙의 제약이 있어 진실성을 추구하는 데 더 어려움이 따르는—와는 달리, 진실성을 선행 조건으로 하지 않는다. 다만 자아의 구체적인 극화만을 목표로 할 뿐이다. 그것은 익숙한 특정 현실, 그러나 그 현실을 묘사하면서 자신을 넌지시 드러내는 자아만큼이나 가장한 현실의 시다.

앞의 '디트'에 대한 설명 때문에 이 장르가 본래 희극적인 요소를 가진다고 생각할 수도 있겠다. 그러나 전혀 그렇지 않다. 희극성이

• tercet coué. 꼬리를 물고 이어지는 3행 연구—역주.

극화와 자아의 표출을 강조한 예들만 집중적으로 들었기 때문에 그런 인상을 주는 것뿐이다. 더욱이 극화와 자아의 표출이 항상—또는 대부분의 경우—고백의 형태로 나타나는 것은 아니다. 그러나 '디트'에는 항상—표현의 형태로나마—그것이 존재한다. 자클린 세르키글리니Jacqueline Cerquiglini가 지적했듯이 "디트는 자아를 상연하는, 자아를 항상 구현하는 담화다. 그리하여 낭송된 텍스트는 말의 풍자 희극이 된다." 이제 우리는 중세 말의 시가, 디트와 순수하게 서정적인 장르들의 배합을 통해, 어떻게 시인의 정체성을 구축해갔는지를 살펴볼 것이다.

우화시

연극 및 디트와 함께 우화시를 다루는 것은 인위적이지도 역설적이지도 않다. 우화시도 공연을 전제로 하며 이들에 대해서도 "낭송된 텍스트가 말의 풍자 희극이 된다"고 할 수 있다. 또 말하는 화자 '나'를 공공연히 드러내고, 선술집, 가난과 웃음을 항상 등장시킨다. 더욱이 이 세 장르 사이에는 공통된 배경과 효과에서 기인하는 유사성이 존재한다. 작가들을 보더라도, 장 보델, 뤼트뵈프, 장 드 콩데Jean de Condé처럼 우리에게 잘 알려진 같은 인물들이 자주 나온다. 마지막으로, 중세에 디트와 우화시 이 두 용어 사이의 경계가 언제나 분명하게 정립되어 있었던 것은 아니다.

조제프 베디에에 따르면, 우화시는 '운문으로 된 웃긴 이야기'로, 12세기 말에서 14세기 초까지 대단한 인기를 누렸다. 일반적으로

약 150여 편의 텍스트를 우화시로 분류하는데, 이들은 대개의 경우 몇백 행 남짓으로 구성되어 있다. 가장 오래된 『리쇠*Richeut*』나 서정적인 운율의 『찬장에 갇힌 신부*Prêtre qui fut mis au lardier*』 등 몇몇 재미있는 예외들을 제외하면 우화시는 보통 8음절의 2행 연구로 이루어져 있다. 그리고 주제는 전통적이고 관습적이며 간혹 교훈적인 성향을 띠기도 했는데, 중세에 이미—개종한 스페인 출신 유대인 페트루스 알폰시Petrus Alfonsi의 『수도사의 교리*Disciplina clericalis*』 같은 교훈적인 문집이나, 교훈 예화exempla, 우화fable, 동물 설화conte d'animaux의 선집 등—여러 나라의 민간 설화에도 나타났다. 이러한 보편성 때문에 장르의 기원에 대한 추정이 불분명해지기도 한다. 사건의 원동력은 대개의 경우 사기로, 남을 속이려고 하다가 도리어 속아넘어가 웃음거리가 된 등장인물을 그린 경우가 많다. 그러나 『의미로 가득찬 주머니*La Pleine Bourse de sens*』, 『마의馬衣 조각*La Housse partie*』의 예에서처럼 가끔식 상황이 웃기기보다 신랄할 때가 있고, 이야기의 교훈이 심각하기만 할 때도 있다.

내용을 보면 배신당한 남편과 음탕한 사제, 거세된 색마 이야기가 상당 부분을 차지한다. 우화시의 3분의 1가량은 오늘날처럼 조금 점잖지 못한 시대의 사람들조차 상황의 외설스러움이나 표현의 노골성으로 종종 놀랄 만큼 지저분하거나 추잡하다. 그 예로 완곡어법 없이 쓰인—『입 싼 보석들*Bijoux indiscrets*』의 조상격인—『질과 항문의 말문을 터놓는 기사*Le Chevalier qui faisait parler les cons et les culs*』와 『십자가에 못 박힌 사제*Le Prêtre crucifié*』, 『남근의 꿈*Le Rêve des vits*』, 『남근을 찾은 세 귀부인*Les Trois Dames qui trouvèrent un vit*』, 『멍청한 기사*Le Sot Chevalier*』, 『성교에 대해 말하는 것을 차마 못 듣던 규

수*La Demoiselle qui ne pouvait entendre parler de foutre*』, 『똥*La Crotte*』, 『농부의 방귀*Le Pet au vilain*』 등 많은 작품들을 들 수 있다. 이러한 특징은 연구의 대상이 되었고, 가끔식 매우 다른 분석과 해석을 낳았다.● 어쩌면 부끄러운 신체 부위pudenda의 직설적 지시를 제외한 모든 대담한 행위들을 용인하는 궁정풍 시의 관능성과, 반대로 사랑과 직접적으로 관련된 신체 부위들만을 위주로 사랑에 대해 얘기하는 우화시의 외설스러움을 관련지어볼 수 있을 것이다. 그리하여 앙리 레이플로드가 말한 『궁정풍 신경증*Névrose courtoise*』■의 대립되는 양면을 고려해볼 수도 있을 것이다.

이러한 외설스러움과 상스러움이 장르의 일반적인 어조와 세속적인 견유주의犬儒主義에 더해져, 선대 학자들 사이에서 우화시가 궁정풍 소설과 동일한 향유층을 상대로 했으리라는 점을 의심하게 했다. 귀족들이 향유하던 것과 매우 다른 '평민들의 시'라는 평가도 제기되었는데, 그러나 이러한 구별은 근거가 없는 것이다.▲ 페르 니크로그가 보여주었듯이 이 모든 문학 장르의 청중은 동일했으며, 궁정풍 문화와 '사실주의'의 구분은 문체적 관습의 대립을 반영할 뿐이다.★ 그렇기 때문에 두 장르를 서로 관련지어 설명하려는 시도를 얼마든지 해볼 수 있다.

일부 우화시의 주제와 정신은 중세 말 단편소설nouvelle과 희극에 남았지만, 장르 자체는 14세기 초엽에 사라져버렸다.

● Philippe Ménard, *Les Fabliaux*, Paris, 1983; Howard Bloch, *The Scandal of the Fabliaux*, Chicago, 1984 — 원주.

■ Henri Rey-Flaud, *Névrose courtoise*, Paris, 1983 — 원주.

▲ J. Bédier, *Les Fabliaux*, 1893 — 원주.

★ Per Nykrog, *Les Fabliaux*, Copenhague, 1957 — 원주.

『여우 이야기』

앞에서 우리는 우화시와 동물 설화들의 접점에 관해 언급했었다. 두 장르 모두 웃거나 미소짓게 만들면서 교훈적이라는 공통점이 있다. 중세에 우화들이 알려져 있기는 했지만, 우화시와 동시대에 나타났던 동물에 관한 설화들은 특히 『여우 이야기*Roman de Renart*』를 중심으로 집결되었다.

중세에는 그 이름 외에 이솝에 대해 알려진 바가 없었다. 다만 그의 이름에서 따와 우화를 일컬어 '이조페isopet'라고 불렀다. 9세기에도 여전히 건재했던 파이드루스Phaedrus의 라틴어 작품들은 그후 잊혀 16세기 말까지 빛을 보지 못했다. 그러나 그의 뒤늦은 모방자 플라비우스 아비아누스Flavius Avianus의 라틴어 우화집인 『아비오네*Avionnet*』는 프랑스어로 번역되었으며, 10세기에는 새로운 선집과 번안본들이 나오는데, 이 가운데 일부는 큰 인기를 누렸고 속어로 번역되었다. 그 예로 산문으로 된 『아데마르의 이솝*Ésope d'Adémar*』과 『비셈부르크의 이솝*Ésope de Wissembourg*』이 있고(『아데마르의 이솝』은 아데마르 드 샤반Adémar de Chabannes이 필사한 것이다), 그리고 특히 아들 티베리누스를 위해 로물루스라는 작자가 그리스 원문을 번역했다고 하는 『로물루스*Romulus*』라는 작품도 있다. 산문으로 된 『로물루스』는 13세기의 뱅상 드 보베 등 다수의 작가들이 때로는 간추려 인용하고 필사를 하기도 했다. 12세기에는 여러 편의 운문 작품으로 번안되었는데, 그중에는 알렉산더 네캄Alexandre Neckam의 작품도 있고 또 영국인 구알테루스Gualterus Anglicus라는 작자의 것으로 추정되는 작품도 있다. 또 합성본에서는—때때로

아비아누스의 우화에서 빌려온—다양한 가필의 대상이 된다. 이들 중 소위 『영어-라틴어 로물루스*Romulus anglo-latin*』라고 하는 작품이 영어로 번역되었고, 1170년경 마리 드 프랑스는 이를 이용해 프랑스어로 된 최초의 우화집을 펴낸다. 13~14세기에는 영국인 구알테루스의 우화집이 『리옹의 이조페*Isopet de Lyon*』와 『파리의 이조페 제1지편枝篇과 제3지편*Isopets I et III de Paris*』이라는 우화집이 되었으며, 알렉상드르 네캄의 『노부스 에소푸스*Novus Æsopus*』는 『파리의 이조페 제2지편*Isopet II de Paris*』과 『샤르트르의 이조페*Isopets de Chartres*』의 근간이 되었다.

『여우 이야기』의 경우에도 라틴어로 된 선행작들이 있었다. 샤를마뉴 때에 알퀸은 이미 『수탉의 시*Versus de Gallo: Poème du Coq*』라는 제목의 시를 지었으며, 11세기에는 『수탉과 여우*Gallus et Vulpes: Le Coq et le Renard*』라는 작품이 나타났다. 10세기 또는 11세기에 툴Toul의 한 성직자는 우화 서사시 『탈옥의 교훈*Ecbasis cujusdam captivi per tropologiam: Moralité sur l'évasion d'un prisonnier*』에서 수도원 수도사들을 동물들로 표현했다. 특히 니바르라는 이름을 가진 강Gand의 수도사가 1150년경에—『여우 이야기』의 가장 오래된 지편보다 약 25년 정도 앞서—지었다는 6500여 행으로 된 시 『이상그리무스*Ysengrimus*』가 주목을 요하는데, 이 작품의 일화 중 여러 개가 『여우 이야기』에 다시 나타난다. 니바르의 작품에서 여우가 레이나르두스, 늑대가 이상그리무스라 불리는 점만 보더라도 유사성이 명백하다. 이 작품들을 두고 학자들 사이에서 무훈시의 경우와 다소 유사한 기나긴 논쟁이 이어졌는데, 그럴듯한 가능성을 모두 배제한 채 『여우 이야기』의 모델로 라틴어 작품들만 인정하는 진영과, 우화들이 어디에나 보급되어 있었고 흔히 구전되었다는 점을—때로는 서투르게—강조하는 진영이 대립했다.

『여우 이야기』의 구성은 일관성 있거나 동질적이지 못하다. 상당수의 독립적인 부분, 또는 지편으로 구성되어 있는데, 각 부분들은 서로 다른 작가들에 의해 쓰였으며 매우 장황한 서술체로 엉성하게 연결되어 있다. 전통적으로 제2지편이라 지칭되는 부분이 가장 오래된 것으로, 1175년경 피에르 드 생클루Pierre de Saint-Cloud가 지은 것을 꼽는다. 여기에서 여우 르나르가 수탉 샹트클레르Chanteclerc le coq, 박새, 고양이 티베르Tibert le chat('함정' 우화), 까마귀 티에르슬랭Tiercelin le corbeau('까마귀와 여우' 우화)과 온갖 역경을 겪는다. 그러고 나서 여우는 암늑대 에르상Hersent la louve을 방문하여 새끼 늑대들을 학대하고 모페르튀Maupertuis에서 에르상을 겁탈하는 것으로 되어 있다. 이 지편에 12세기 말부터 일련의 속편들이 더해졌다. 모든 필사본 서두에 나오지만 논리적으로나 순차적으로 볼 때 제2지편의 속편인 제1지편을 우선 꼽을 수 있는데, 사자 노블Noble le lion의 판결, 모페르튀의 포위, 그리고 염색업자가 된 르나르의 일화가 다뤄진다. 다음으로 제2지편에 직접 접붙여진 제5a지편(사자 노블에게 재판을 받는 늑대 이상그랭Isengrin, 개 루넬Roonel le chiem의 주검 앞에서 서약하는 여우 르나르), 제5b지편(르나르, 이상그랭과 고깃덩이, 르나르와 귀뚜라미 프로베르)과 제15지편(르나르, 티베르와 순대)이 있고, 마지막으로 제3지편(뱀장어, 이상그랭의 복숭아), 제4지편(우물에 빠진 르나르와 이상그랭)과 제14지편(르나르와 프리모Primaut) 등이 있다. 13세기 내내 다른 지편들도 지어졌으나, 이미 1190년에 알자스 출신의 시인 하인

리히 데어 글리케헤제레Heinrich der Glichezäre가 『여우 라인하르트 *Reinhart Fuchs*』에서 여우의 모험담들을 일관성 있게 집대성했다.

동물들이 구현하는 각 사회 계층의 행실은 동물들의 행동에 투영되는데, 작가들의 기지는 이처럼 동물들에 의해 구현된 다양한 사회 계층, 즉 왕인 노블, 이상그랭과 그 친구들처럼 지체 높은 봉건영주, 당나귀 베르나르가 대표하는 성직자 등을 실컷 비꼬면서 발휘된다. 『여우 이야기』의 일부 지편들은 모호한 방법으로 등장인물을 때로는 동물과 같이, 때로는 사람과 같이 묘사한다. 한 예로 르나르는 마치 궁정풍 연인이 사모하는 귀부인을 대할 때처럼 정중하게 에르상을 찾아가나, 그 자식들 위에 오물을 뿌리면서 다시 동물계로 추락하고, 에르상의 성은 다시 늑대굴로 되돌아간다. 그리고 이상그랭과 에르상에게 쫓기자 르나르는 자신의 집인 모페르튀에 숨는데, 이 성 또한 여우굴에 불과하다. 암늑대는 이 성의 너무 좁은 입구, "나쁜 구멍mal pertuis"에 몸이 끼게 되고, 다른 출구로 빠져나온 여우는 이를 악용하여 동물들처럼 뒤에서 그녀를 겁탈한다. 한편, 오소리 그랭베르Grimbert le blaireau의 걸음걸이는 오소리라는 동물의 행태를 사실적으로 묘사한 것이나, 동시에 오소리처럼 뒤뚱거리며 걷는 사람을 떠올려보면 희극적인 묘사라 할 수도 있다. 르나르는 노블의 궁정으로 가기 위해 말에 올라타기도 하는데, 주인이 급하지 않은 만큼 말은 발을 끌며 주춤거리고, 어느새 독자는 말이 아닌 여우의 다리가 있을 뿐이라는 사실을 깨닫게 된다. 암탉 코페 귀부인Dame Coppée의 장례 행렬은 온전히 인간의 것으로 묘사되나, 망자는 "큼직한 알들을 낳았기 때문에" 애도할 만하다 하고, 행렬 선두에 선 샹트클레르는 주먹을 틀어쥐는 사람처럼, 또는 날

갯짓을 해대는 수탉처럼 "손바닥을 치며" 걸음을 옮긴다. 그 외에 다른 일화에서는 동물과 사람들이 복잡한 관계를 맺는다. 동물들은 자신들의 풍습과 조건에 충실하나, 야생의 맹수들로 동물의 왕국에서 제후이고, 이들이 상대하는 사람들은 낮은 사회 계층에 속하는 인간들—농부나 시골의 보잘것없는 성직자—뿐이다. 그런 만큼 인간들 앞에서 종종 귀족, 영주 노릇을 하며 귀족층의 까다로움과 잔인함을 구현한다. 이처럼 모호한 가면 놀이가 끊임없이 전개된다. 인간으로 가장한 동물들을 상대하고 있는지 동물로 가장한 인간들을 상대하고 있는지 항상 의문이 들 정도로 말이다.

그 신랄한 어조에도 불구하고 『여우 이야기』는 그 자체로 사회적 또는 정치적 풍자를 담은 작품이 아니다. 그러나 그런 목적으로 활용되긴 했다. 뤼트뵈프의 『위선자 여우*Renart le Bestourné*』나 이에 영감을 얻은 『여우의 대관식*Couronnement de Renart*』, 그리고 자크마르 지엘레Jacquemart Giélée의 『신 여우전*Renart le Nouvel*』(1288년경)과 『사기꾼 여우*Renart le Contrefait*』(1320년과 1340년 사이)는—이 두 작품의 경우 더욱 풍부하게—여우라는 인물과 그가 겪는 모험담을 재해석하는데, 뤼트뵈프의 경우는 정치적 풍자, 『여우의 대관식』과 『신 여우전』의 경우는 계층과 세상에 대한 비판, 그리고 마지막 『사기꾼 여우』의 경우는 백과사전적 요소까지 가미한다. 다만 『여우 이야기』가—상황 전개를 재미있어 하면서 비꼬는 일종의 초연함으로—여우와 그 적수들을 똑같이 비난할 만하고 가증스럽게 그려 균형을 유지했다면, 이후 속편들에서는 힐책이 종종 여우에게만 돌아간다. 여우는 악을 구현하며, 악의 색깔인 빨간색을 띠고, 그의 적수들은 선을 상징한다. 마찬가지로, 14세기 『포벨 이야기*Roman de*

Fauvel』에서 세상의 모든 천박함과 위선의 화신으로 권력자들이 서로 앞다투어 벌하려 하는 신화적 동물 포벨은, 그 이름이 시사하듯 담황색 털로 특징지어진다. 결국 『여우 이야기』를 제외하면, 이조페든 아랍 전집 『카릴라와 딤나*Calila et Dimna*』에서 영감을 얻은 라몬 룰의 『동물의 서*Livre des bêtes*』든, 동물에 관한 모든 이야기가 교훈적인 방향으로 기운다.

극적 과시와 풍자, 웃음이 특징인 이 장에서 소개한 모든 장르는 13세기의 도시적 정신을 반영한다는 공통점이 있는지도 모른다. 성과 궁정의 계급적 질서, 궁정풍 문화의 이상 대신 이 장르들은 거리의 풍경, 권력의 분배와 분쟁, 각성을 부르는 풍속화와 가난의 폭로 등을 담고 있다. 다시 한번 말하건대, 이는 장르 고유의 작가와 청중이 따로 있어서 그랬던 것은 아니다. 다만 이 장르들과 함께 문학계 전체가 변했던 것이다. 장 보델에서 아당 드 라 알 등을 아우르는 아라스 출신 작가들, 파리 출신 뤼트뵈프, 릴 출신 자크마르 지엘레, 그리고 『사기꾼 여우』를 지은 트로이아 출신의 익명 작가는 사방에 도시적 정신을 퍼뜨렸다.

제8장

우의

중세의 우의: 수사학과 주석

우의allégorie는 중세 문학, 그리고 더욱 근본적으로 중세 사상의 본질적인 요소다. 프랑스 문학에서는 지속적으로 엄청난 반향을 일으켰던 작품인 『장미 이야기』를 계기로 13세기에 가장 완성된 모습을 보여주었다. 그런데 우의는 현대인을 그만큼 매료하지는 못한다. 그래서 흔히 빈곤하고 단조롭다는 비난을 받는다. 그러나 그것은 우리가 우의를 잘못 이해하고 있기 때문이다. 우의와 상징symbole의 구별에 익숙한 우리는 우의에 불리하게 작용하는 이 같은 구별을 중세 작품의 이해에도 적용한다. 그런데 이 같은 구분은 중세의 범주와 전혀 들어맞지 않는다. 실제로 이 구분이 도입된 시기는 18세기에 이르러서였고, 괴테로부터 다음의 유명한 정의를 얻는다. "일반적인 것을 설명하기 위해 특수한 것을 찾는 시인은 특수한 것에서 일반적인 것을 도출해내는 시인과 매우 다르다. 전자의 접근

방식은 우의에서 나온다." 그 자체로 심오한 이 정의는 중세 세계에 적용하기 어렵다. 그도 그럴 것이 중세 세계에서는 오늘날 우리가 하듯 구체적인 것과 추상적인 것, 특수한 것과 일반적인 것을 구분하지 않았기 때문이다. 중세에 존재했던 유일한 구분은 상징을 신학의 범주에 국한해 쓰는 것이었다. 다시 말해, 던스 스코터스에 따르면 이 범주 안에서 상징은 일종의 우의를 지시했다. 반면, 주석의 용어이기도 한 우의는 수사학에 이용되어 점차 문학의 영역에 진입한다. 그러므로 중세의 우의를 다루기에 앞서 우의에 관한 근대적 개념들을 내려놓아야 할 것이다.

고대에는 우의에 대한 두 가지의 정의가 있었다. 그중 하나는 수사학에 국한된 것으로, 아리스토텔레스, 그리고 후대의 퀸틸리아누스가 사용했던 연장된 비유라는 정의다. 다른 하나는 더 일반적인 것으로 중세 전반에 걸쳐 받아들여졌는데, 이 정의에 따르면 우의는 어떤 개념을 통해 다른 것을 이해하거나, 말하는 바와 다른 무엇인가를 의미하는 전의轉義다. 이 정의는 헤라클리데스 폰티쿠스 Heraclides Ponticus를 필두로 성 아우구스티누스, 세비야의 이시도루스, 베다 베네라빌리스 등 많은 이들이 그뒤를 이어 채택했다. 순수하게 문법적인 첫번째 정의에 비해 두번째 정의는 우의의 해석학적 가치를 염두에 둔다. 그래서 이는 중세 동안 주석의 본질적인 방법으로 사용되었던 우의의 주된 용법과 잘 들어맞는다.

성서의 모든 요소가—즉 그리스도의 잠언, 씨 뿌리는 자의 우화에 대한 그리스도 자신의 해석, 글보다 정신을 앞세우라는 신약의 끊임없는 권고, 구약의 모든 텍스트와 히브리족 역사 전체에서 자연스럽게 그리스도의 탄생과 재림 및 구원의 예언 또는 예견을 찾는 기독교의 성향 등—성서에서 제2의 의미를 찾는 것을 독려한다. 일찍이 교부 시대부터—오리게네스, 히에로니무스, 성 아우구스티누스와 함께—이러한 제2의 의미 연구는 체계화되어 주석학의 핵을 이루었다. 이 시기부터 성서의 각 대목이 네 가지의 의미, 즉 문자적 의미, 우의적이거나 영적인 의미, 비유적이거나 교훈적인 의미, 그리고 종말론과 관련하여 신비적인 의미를 갖는다고 믿었다. 그리고 중세에는 신비적인 의미가 우의적 의미와 혼동되어 종종 앞의 세 가지 의미를 찾는 데 만족했다. 설교와 대학에서 이루어지던 성서에 대한 주해는 이 세 가지 의미를 순차적으로 밝히는 것을 전제로 했는데, 문자적 의미와 역사적 주석을 이따금 하찮게, 더 나아가 경계하며 다루기도 했다. 모두 제2의 의미이자 넓은 의미에서는 우의적인 의미의 범주에 속하는 나머지 두 의미는 특별한 관심의 대상이었다.

그리하여 신학 선생이든 평범한 신자든 매주 주일 설교를 듣던 중세인은 글자 또는 외양 뒤에 숨겨진 제2의 의미를 찾는 데 익숙했다. 사람은 신의 형상을 본떠 만들어졌고 우주론 전체는 상응 관계로 이루어져 있으며 대우주, 즉 삼라만상은 소우주, 즉 사람 안에—12세기에 가령 베르나르 실베스트르Bernard Silvestre가 『우주학*De mundi universitate*』에서 설명하듯—투영되어 있다고 믿었다. 텍스트allegoria in verbis뿐만 아니라 현상allegoria in factis도 우의적인 해석의 대상이 되었다. 심지어 몇몇 이교도 작가의 작품에도—예언적인 방식으로 계시를 참조하게 하는—제2의 종교적인 의미를 부여했다. 가령 세비야의 이시도루스는 allegoria의 의미를 명백하게 밝히기 위해 베르길리우스의 작품에 적용된 두 가지 우의적 주석의 예를 들었다. 또 970년경 북부 이탈리아에서는 빌가르도라는 이름의 문법학자가 이러한 원칙을 좇다못해 이단의 길로 빠져들기도 했다. 그러나 베르나르 실베스트르의 『아이네이스』에 대한 우의적 주석은 아무런 비판도 받지 않았다.

그러므로 중세가 성서, 세계, 문학을 우의에 따라 해석하는 데 만족하지 않고, 제2의 의미를 바탕으로 해석되도록 의도된 다수의 문학작품을 배출했다는 점을 의아스럽게 생각해선 안 될 것이다.

우의와 의인화

고대 문학은 수많은 의인화의 예를 제공했다. 의인화가 문학에서 우의를 사용하는 유일한 방법은 아니었지만 근본적인 역할을 하기는 했다. 다신교의 신들도 구체적인 현실이나 추상적인 개념들을 의인화한 것이 많았다. 그리고 호메로스의 세계에서 이미 영웅을 둘러싼 신들 사이의 다툼은 때때로 이 영웅을 뒤흔드는 내면적 동요를 반영한 듯하다. 그렇지만 한참 후에도, 예를 들어 베르길리우스나 스타티우스의 세계에 등장하는, 수많은 의인화된 추상적 관념들은 종교가 현실성을 부여하는 순간 단순한 문채文彩로만 간주하기는 어렵다. 그러나 4세기 말 최후의 이교도 대시인이었던 클라우디아누스Claudianus의 세계에서 이러한 추상적 관념들은 내면에서 선과 악이 벌이는 내란을 구현한 '사이코마키아psychomachie'의 등장인물들에 불과하다. 『사이코마키아』는 기독교 신자 프루덴티우스Prudentius가 쓴 작품으로 대강 이 시기에 나타났다. 이 작품은 신앙심과 우상숭배, 순결과 성욕, 겸손과 허영 사이의 전투를 그리는데, 이러한 대결의 기본 구도로부터 훗날 많은 작품들이 파생되어 나왔다. 그리고 중세에 엄청난 성공을 거둔 이교도 마르티아누스 카펠라Martianus Capella의 『메르쿠리우스와 필로로기아의 결혼*Noces de Mercure et de la Philologie*』은 의인화를 통한 연출에 전적으로 근거를 두기까지 했다. 메르쿠리우스와의 결혼에 즈음해서 어머니 프로네시스Phronesis(지혜)의 도움으로 정성껏 단장한 필로로기아는 라보르Labor(노고)와 아모르Amor(사랑)를 타고 승천하고, 결혼 선물로 의인화된 7대 자유학예를 받는다. 7대 자유학예, 즉 문법, 수사학, 논리학, 대수학, 기하학, 천문학과 음악이 중세 교육의 바탕을 이루었다는 것은 주지의 사실이다. 그런 만큼 마르티아누스 카펠라의 작품은 12세기까지 교과서로 사용되었다.

매우 활발한 지적 활동과 철학의 재발견이 나타난 이 시기에 라틴어 문학에서는 사변적 야심들을 구체적인 논증을 통해 표현한 여러 작품이 나타나는데, 이 작품들에서 구체적인 논증은 의인화된 추상적 관념의 구현에 근거를 둔다. 1150년경 베르나르 실베스트르는 앞에서 이미 언급했던 『우주학』에서 세계와 인간의 창조를 『티마이오스*Timaeus*』의 플라톤주의적 우주 생성론과 주석들을 본떠 설명하려는 포부를 피력한다. 그에 따르면 세계와 인간의 창조는 대우주를 만든 후 소우주(인간)를 만들고 싶어하는 노이스Noys(신의 관념)와 자연이 선Bien의 충고와 물리Physique의 힘을 빌려 이루어낸 것이다. 또, 1160년과 1180년 사이에는 알랭 드 릴Alain de Lille이 『자연의 탄식*De planctu Naturae*』과 『반反클라우디아누스*Anticlaudianus*』를 저술하는데, 첫번째 작품에는 자연을 등장시켜

대우주를 본떠 만들어진 인간이 특히 사랑에 관해 자신의 뜻을 거역한다고 탄식하게 한다. 그리고 두번째 작품은 그 제목이 시사하듯, 클라우디아누스가 『루피누스에 대항하여*In Rufinum*』에서 제시했던 악마 같은 인간에게 대비되는 이상적 인간형을 그리는데, 선한 가치들의 도움을 받아 완벽한 인간을 만들어내고자 하는 자연을 그린다. 이에 신중Prudentia은 7대 자유학예가 만들고 이성이 지휘하는 오감이 끄는 수레를 타고 신의 도움을 청하러 간다. 신앙심이 건내준 거울을 통해 신을 물끄러미 바라보던 신중에게 신은 그의 관념을 본떠 인간의 영혼을 만들고 그 영혼을 맡기겠다고 약속한다. 이윽고 자연은 육체를 만들고, 조화Concorde는 이 육체와 영혼을 결합하며, 선한 가치들이 막 탄생한 인간을 파괴하려는 악습Vice들을 정복한다. 훨씬 소박한 야심을 드러내는 장 드 앙빌Jean de Hanville의 『아르키트레니우스*Architrenius*』(1184)는 자연을 찾아 비너스의 궁전, 야심의 산 등 우의적인 장소뿐만 아니라 파리의 학교나 선술집처럼 현실의 장소들을 거쳐가는 주인공의 여정을 그린다.

13세기 초 우의적인 시의 유행은 프랑스어 문학에도 확산된다. 프랑스어 작품들은 선대 라틴어 작가들의 화두가 되었던 인간과 자연에 대한 고찰을 추구하지 않았다. 『장미 이야기』의 제2부에서 이러한 화두로의 회귀는 장 드 묑의 독창성에 기인한다. 나머지 프랑스어 작품들의 톤은 단순히 도덕적일 뿐이다. 1215년경에 나타난 라울 드 우덩의 『지옥의 꿈*Songe d'Enfer*』은 우의적 논증을 서술자의 꿈인 양 표현한 최초의 프랑스어 시로, 이 모티프는 엄청난 성공을 거둔다. 심지어 라울이 다룬 주제도 성행하여 13세기 내내 그리고 이후에도 지옥과 천국의 길에 관한 많은 작품들이 나타났다. 의인화를 풍부하게 사용했음에도 불구하고 1220년과 1230년경 사이에 나타난 몰리앵스의 은자Reclus de Molliens의 『자비 이야기*Roman de Carité*』와 『비참 이야기*Roman de Miserere*』는 이처럼 세련된 우의를 구현하지 않았다. 반면, 『장미 이야기』 1부보다 약간 늦게—1236년경—나타난 것으로 추정되는 위옹 드 메리Huon de Méry의 『적그리스도의 결투*Tournoiement Antéchrist*』는 단순한 사이코마키아가 아니라, 아서왕 소재를 도입하고(서술자는 와스와 크레티앵 드 트루아의 작품에서처럼 바랑통Barenton 샘의 둘레돌에 물을 쏟아 적그리스도의 사자의 등장을 유발한다), 이미 알랭 드 릴의 작품에 소개되었던 좋은 사랑과 나쁜 사랑에 대한 고찰, 연애 풍속에 관한 논쟁, 두드러진 자전적 색채를 담는 등 여러 측면에서 독창성을 보여주는 작품이다. 서술자는 선과 악의 전투를 구경하는 데 만족하지 않고, 비너스가 순결에게 쏜 화살을 대신 맞고 그 부상 때문에 기독교에 귀의하여 여생을 보낸다.

게다가 이 시들은 모두 서술자의 경험, 환각 또는 꿈처럼 소개된다. 그러므로 앞 장에서 살펴보았던 것처럼 디트라는 장르와 함께 13세기 시의 새로운 동향을 결정했던 자아의 구현이라는 배경을 그대로 반영한다. 그리고 정신 활동을 일반적으로 묘사한 사이코마키아를 유일무이한 개인적 경험의 특별한 토로로 변신시키는 갈림길에 서 있다. 중세 말까지 우의적 시는 이러한 성향을 띤다. 그러나 13세기로 돌아오자면 『장미 이야기』라는 비범한 작품이 나타나 우의의 기독교적 모델을 세속, 사랑 및 궁정의 영역에서 최초로 완벽하게 구현했을 뿐만 아니라, 동시에 결정적이고도 심오한 방식으로 우의적 문학 전체에 영향을 미친다.

『장미 이야기』

『장미 이야기』는 2만 2000행이 넘는 8음절 시구의 시로, 1230년경 기욤 드 로리스Guillaume de Lorris가 시작하여 4000행까지 썼던 것을 1270년경 장 드 묑이 완성했다. 서술자는 우의적 꿈의 형태로 연모하는 처녀를 상징하는 장미를 쟁취하는 과정을 그려나가는데, 일반적인 견해와 달리 꿈이 거짓이라 믿지 않는다고 주장하며 얘기를 시작한다. 5년 전 꾸었던 꿈이 이제 실현되었음을 근거로 제시하면서 사모하는 여인의 마음에 들기를 바라며 그녀에게 꿈 얘기를 바친다. 이 꿈 속에서 그는 5월의 어느 날 아침에 깨어 유희Déduit의 과수원에 들어가는데, 그곳은 사랑Amour이 연애를 용이하게 하는 덕vertu들에 둘러싸여 지배하고 있다. 오랜 옛날 나르키소스가 익사했다고 하는 샘에서 그는 장미 덤불이 비친 모습을 보고, 가까이 다가가는데 특히 매력적인 장미 봉오리 하나에 눈길이 끌린다. 그 순간 사랑이 그를 겨냥해 화살을 쏘고, 그 화살은 그의 눈으로 들어가 심장을 맞힌다. 그리하여 장미를 사랑하게 되고 사랑의 포로가 되어 그를 섬기겠다고 약속한다. 이성의 훈계에도 불구하고 친구Ami의 충고를 따라 환대Bel Accueil의 도움을 받으며 위험, 질투, 험담에 아랑곳하지 않고 장미를 쟁취하러 나선다. 그리고 한 번의 입맞춤을 얻어내지만 신고를 받은 질투는 성城을 쌓아올려 이 성에 환대가 갇히게 된다. 기욤 드 로리스의 시는 연인이 하소연하는 이 장면에서 중단되고 장 드 묑이 이야기를 이어간다. 몇몇 새로운 사건들—도미니크회 수도사의 옷을 입은 위선자 가식Faux-Semblant의 개입이나 환대를 감시하는 노파의 부패 등—과, 특히 수많은 여담과 객설, 논쟁, 그리고 뜻밖의 우회와 경쾌한 문체로 접근한 가장 거창한 철학적 문제들에 대해 고찰에 고찰을 거듭한 후, 이윽고 자연Nature과 그녀의 전속 사제 창조Genius—베르나르 실베스트르와 알랭 드 릴에게서 빌려온 등장인물—가 개입함으로써 사랑의 군대가 성을 장악하고, 서술자는 꿈에서 깨기 전 마침내 장미의 순결을 빼앗은 과정을 추잡스럽게도 낱낱이 밝힌다.

우선 두 작가의 존재와 관련하여 『장미 이야기』에 대해 상당수의 질문을 제기할 수 있다. 실제로 기욤 드 로리스에 대해 알려진 바는 전적으로 장 드 묑이 전한 것이다. 기욤 드 로리스가 쓴 제1부의 어떠한 요소도 작가나 쓰인 날짜를 밝히는 데 도움을 주지 않는다. 그러나 제2부에서 장 드 묑은 질투의 성을 공격하도록 부하들을 독려하는 사랑의 입을 빌려, 사랑을 쟁취하려는 기욤 드 로리스를 도와야 마땅하다고 말한다. 이처럼 장 드 묑은 선임자의 자리를 빼앗기는커녕 오히려 그의 이름을 밝히면서 자신이 정성스레 이어가는 작품의 주인공으로 삼는다(10496~10500행). 그리고 그의 뒤를 이어 사랑—이후 소설의 줄거리에 따르면 기욤 드 로리스라고 하는 서술자의 꿈에 나타난 등장인물—은 기욤이 자신의 모험담을 주제로 소설을 쓸 것이라 예언하고, 4023~4028행을 인용하면서 기욤 드 로리스가 쓴 마지막 행들이라고 밝힌 후, 그가 사망했음을 암시한다. 그리고 나서 다음과 같이 덧붙인다.

> 그리고 장 쇼피넬이 나타날 것이다
> 즐거운 마음과 날렵한 몸의 소유자
> 묑쉬르루아르 태생인 그.

Puis vendra Johans Chopinel,
au cuer jolif, au cors intel,
qui nestra sur Laire a Meün.
(10535~10537행)

이처럼 사랑의 입을 통해 자기 자신을 소개하는 장 쇼피넬, 즉 장 드 묑은, 기욤 드 로리스 이후 40년이 지나, 소설을 이어간다고 밝힌다. 그런데 장 드 묑은 우리가 모르는 인물이 아니다. 그는 파리의 서생으로서 라틴어로 된 작품을 몇 편 번역했고, 1260년대 말 대학의 속인 교수들에 의해 탁발 수도회에 맞설 논전자로서 뤼트뵈프의 후임으로 임명되었던 것으로 추정된다. 그리고 『장미 이야기』에 나오는 현실에 대한 암시들로 미루어, 그가 1270년경 사람이라고 추정할 수 있다. 그런 만큼, 만약에 기욤 이후 "40년이 넘어" 집필을 했다면, 최초의 『장미 이야기』는 1225년에서 1230년 사이에 나타났다는 추론이 가능하다. 그런데 이 단서를 곧이곧대로 받아들여도 괜찮을까? "40년"은 그 어떤 긴 시간도 의미할 수 있는 상징적 가치를 가진 기간이다. 한 예로 히브리족은 사막에서 40년을 보냈다. 그러므로 이 단서는 기욤 드 로리스에 대해 아무런 새로운 정보도 제공하지 못한다. 만약 소설의 첫 부분만을 담고 있거나 장 드 묑의 시가 아닌 다른 연작으로 완성된 소설을 담은 필사본이 몇 개 존재하지 않았더라면, 장 드 묑이 기욤 드 로리스를 만들어냈다고 의심해볼 수도 있었을 것이다.

이 두 시인이 서로 완전히 다른 관점, 관심사, 사고방식, 어조를 가지고 있어서, 아마도 장 드 묑은 충실함의 가면을 쓰고 선임자의 작품을 자신이 원하는 방향으로 이끌기 위해 다소 짓궂은 장난을 동원했을 것이다. 기욤 드 로리스는 궁정풍 시인이었다. 문자적 의미에 구애되어 읽어보면 그의 소설은 서정시의 봄에 관한 절들을 서술적으로 풀어놓은 듯하다. 사랑의 포로가 된 연인이 기사도의 규칙에 따라 승자를 충실하게 섬길 것을 맹세하는 점이나, 사랑을 쟁취하는 단계들과 그 사이에 끼어드는 망설임과 장애물들, 그리고 사랑의 쟁취의 전제가 되는 인내, 비밀 엄수, 복종, 존경, 세련됨의 덕목 등 모든 요소가 궁정풍 문화의 이상에 부합한다. 다른 한편으로 우의적 의미, 그리고 기표signifiant와 기의signifié의 관계가 매우 일관성 있는 방식으로 전개된다. 또한 머리말에 나타난 몽환자의 의식과 시인의 의식, 기억, 기대의 섬세한 묘사나 꿈의 시간, 꿈속에서의 계절과 시간, 기억의 시간, 글쓰기의 시간, 그리고 암시된 진정한 사랑이 성숙하는 데 필요한 시간의 세밀한 구별도 일관성을 띤다. 서술자는 20세 때, 즉 사랑이 "젊은 사람들에게 통과의례를 부과하는"(21~23행) 나이에 꿈을 꾸고, 그로부터 5년이 지난 후 진정한 사랑이 꿈꾸었던 사랑의 의미를 깨우쳐주는 순간 그 꿈을 기억하게 된다. 게다가 기욤 드 로리스에게는 연애술art d'aimer을 쓰고자 하는 의지도 엿보인다. 오비디우스를 떠올리고, 아마도 우의시에 으레 나타나는 교훈적 색채도 떠올렸을 것이다. 만약 자신이 시작하는 소설의 제목을 물어온다면 다음과 같이 답할 것이라고 말한다.

이것은
연애술을 집대성한

『장미 이야기』다
Ce est li Romanz de la Rose,
ou l'art d'Amors est tote
enclose.
(36-37행)

연애술. 장 드 묑도 사랑의 입을 빌려 같은 방식으로, 그러나 다른 표현을 통해 이 소설을 정의한다.

모든 후대들은
이 책을 불러야 할 것이다
『연인들의 거울』이라고
tretuit cil qui ont a vivre
devroient apeler ce livre
le Miroër aus Amoreus.
(10619~10621행)

이 거울이란 앞에서도 언급한 바 있는 백과사전이다. 장 드 묑은 자신이 살았던 시대에 순응하여 총체적인 지식에 취미가 있었다. 선임자로부터 물려받아 어찌 보면 무람없는 줄거리와 우의적인 구성 덕에 그는 어떤 소재도 다룰 수 있는 기회를 얻은 셈이다. 언뜻 보기에 무질서한 그의 서술 방식은 이후에도 살펴보겠지만 실제로는 그렇지 않다. 장 드 묑의 시에는 질투를 부리는 남편이나 젊은 처녀를 어떻게 유혹할지 충고하는 늙은 중매쟁이의 말을 담은 매우 긴 여담이 이따금씩 서로 뒤엉켜 나타난다. 그러나 그게 전부가 아니다. 우주론, 천체의 운행, 인간의 운명에 천체가 어떠한 영향을 미치는지 등에 대한 과학적이고 철학적인 분석과 탁발 수도회의 위선을 폭로하는 논설, 그리고 다양한 신화—포르투나, 아도니스, 피그말리온, 황금시대 등—에 대한 설명과 해석도 들어 있다. 그리고 현실에서 따온 예들과 시대의 화두가 되거나 본인이 관심을 가졌던 문제점들도 담겨 있다. 보편성 논쟁—일반적인 개념들의 속성과 단어의 의미와 단어들 사이의 필연성 또는 자의성을 다룬 논쟁—과 루크레티우스부터 엘로이즈•까지 고대와 근대의 예를 통틀어 고찰한 여성들의 속성과 가치, 황금기의 종말을 가져온 사유재산 및 사회 계층의 등장, 그리고 물론 사랑의 속성과 계율 등을 그 예로 들 수 있다.

이 마지막 주제에 관해서 장 드 묑이 취하는 입장—더 정확히 말하자면, 자신의 이름을 걸고 절대로 주장을 펴지 않는 만큼 등장인물들에게 취하도록 하는 입장—은 궁정풍 문화의 것과 전혀 다르다. 무조건 자연에 순응해야 하고, 자연이 종족보존의 보증으로 인간에게 내린 성욕을 충족해야 한다는 입장이다. 정절은 미끼일 뿐, 자연은 단 한 명의 마리옹을 위해 로뱅을 만들지 않았고, 단 한 명의 로뱅을 위해 마리옹을 만든 것이 아니라, 모든 여성을 모든 남성을 위해, 그리고 모든 남성을 모든 여성을 위해 만들었다고 주장한다. 이러한 가치의 차이는 기욤 드 로리스의 세계에서 연모하는 여인이었던 장미가 장 드 묑의 세계에서는 그녀의 성기만을 지시하

• 장 드 묑은 아벨라르와 엘로이즈의 서한집을 번역했다—역주.

는 점, 또 기욤이 확립한 우의의 체계에서는 젊은 처녀의 연인에 대한 호의적인 마음만을 구현하는 환대가 장 드 묑의 소설에서는 젊은 처녀와 혼동되는 경향이 있다는 점 등을 통해 확연하게 드러난다. 기욤 드 로리스의 세계에서 천하무적이었던 사랑은 이처럼 자연과 뒤섞인 신성에 바탕을 두었다고 내세우며 쾌락주의를 예찬하는 장 드 묑의 세계에서 자연과 이성에 굴복하게 된다.

이처럼 아이러니와 전복을 통해 장 드 묑은 선임자의 작품이 의도하지 않았던 방향으로 그것을 끌고 간다. 장 드 묑의 시에 명백하게 나타나는 혼란은 일종의 빈틈없는 논리적 전개를 숨긴다. 다시 말해서, 친구, 노파, 가식 등 모든 등장인물이 직설적으로나 완곡하게, 또는 반어적 표현을 이용하여 궁정풍 사랑의 인위성과 근본적인 위선을 보여주고 나면, 자연과 창조가 자연에 순응하는 사랑의 실체를 권장할 수 있는 것이다.

기욤 드 로리스의 세련된 여유, 그리고 기표의 모든 가치와 구체적인 매력을 유지하면서도 부차적 의미를 흐리지 않는 능력과, 장 드 묑의 지적 위력, 깊이, 능변과 조밀한 문체. 이처럼 서로 다르면서도 뛰어난 두 작가의 손을 거쳤다는 점에서 『장미 이야기』는 큰 행운을 잡은 것이다.

『장미 이야기』의 영향

『장미 이야기』는 놀라운 성공을 거두었다. 속어로 된 중세 작품의 대다수가 10개 미만의 필사본에 남아 있고, 그중 다수가 불과 한두

개의 필사본에 보존된 반면, 『장미 이야기』의 경우 무려 250개 이상의 필사본이 알려져 있다. 장 드 묑의 논쟁적 기질과 도발적인 견해, 명백한 반反여성주의는 14세기에서 15세기로의 전환기에 『장미 이야기』의 논쟁을 일으키는데, 장 제르송, 크리스틴 드 피장, 장 드 몽트뢰유, 공티에 콜과 피에르 콜 등이 이 논쟁에 참여했다. 이처럼 우의는 장 드 묑이 제기했던 문제점들을 논의하는 구체적이고 지적인 목적으로 사용되었을 뿐만 아니라, 향후—상당 부분 장 드 묑의 영향으로—사고와 시적 표현의 방식으로서 군림하게 된다. 특히 우의적인 꿈은 개인적인 시뿐만 아니라 교훈적인 시의 고정적 모티프가 된다. 자전적인 고백을 가장한 얘기의 특수성과 사랑이란 여정의 일반성 사이를 넘나드는 유희는 뒤에서도 보겠지만 그후 14세기 시의 토대가 된다. 기욤 드 로리스의 등장인물들, 특히 젊은 처녀의 다양한 심정을 구현한—환대, 위험Danger, 거부Refus, 수치Honte, 두려움Peur 같은—등장인물들은 시인들의 공동 자산이 되어 시의 상투적 표현들의 근간이 된다. 르네 당주René d'Anjou 왕의 『사랑에 사로잡힌 마음의 서*Livre du Cuer d'Amours espris*』는 『장미 이야기』에서 확실하고 때로는 매우 직접적인 영감을 얻는다. 또한 샤를 도를레앙의 시에서 우의는 도망치듯 재빠르게 끊임없이 사용되어 다양한 심경을 소소한 일상과 이어준다.

그런 만큼 중세의 우의는 우리가 흔히 생각하는 것만큼 반복적이지도 빈약하지도 않다. 세상을 조직하는 관계들을 밝히고, 쉽게 지목하거나 직접적으로 분석하기에는 너무 모호하거나 강렬한 심리적 실재들을 표현하는 해석의 가치가 있다. 그러나 상응보다는 구별과 대비에 민감하고 의미보다는 인과관계에 치중하는 근대적 사고가 이 같은 우의의 해석학적 가치를 부인하기 때문에 우의는 문학적 미사여구라는 역할에 갇혀 메마르게 되었다.

제4부 | 중세의 끝

중세의 마지막 두 세기는 항상 별도의 세계, 그리고 끝나가는 세계처럼 인식되어왔다. 이 두 세기를 가리켜 중세의 '쇠락' 또는 '가을'이라는 표현을 사용하는데, 하위징아의 명저는 이 두 표현을 고스란히 제목으로 삼아 프랑스어로 발간되었다. 실제로 이 시기는 백년전쟁, 파리·루앙 및 플랑드르 도시들에서의 반란, 프랑스의 농민 폭동과 영국의 소작농 반란, 권력의 집중 및 민족주의의 출현과 양립할 수 없었던 봉건적 가치들의 몰락, 군대·사회의 변화에 적응하지 못한 기사들의 불만, 신종 악惡 인플레이션과 그것이 초래한 운명의 변화, 유럽 전역의 인구를 감소시킨 흑사병, 마지막 십자군 원정들과 니코폴리스전쟁에서의 처절한 패전, 서방 교회의 분열, 종교개혁의 전조를 알린—영국의 롤러드파와 그 이후 보헤미아의 후스파—종교 운동 등 특히 심각한 정치적·사회적·종교적 위기들을 겪었다. 이러한 위기들이 넓은 의미에서의 문화 영역 전반에 반향을 일으켰으리라는 사실은 쉽게 이해할 수 있다. 실제로 종말론적 예견, 편달 고행자나 유대인 박해 같은 신앙심의 변태적인 발현 양태, 행동의 통렬한 연극화와 사치·불안·방탕에 대한 걷잡을 수 없는 취향 등이 나타났다. 그런데 이러한 위기의 총체가 문학의 쇠락을 가져왔다고 너무 쉽게 받아들이는 경향이 있는 것 같다. 사실 문학은 위기로 인해 침체될 수 있는 만큼이나 그것에서 자양분을 얻을 수도 있다. 15세기 르네상스 당시 이탈리아는 다른 유럽 국가들과 똑같은 위기들을 경험했으나 문예부흥의 절정을 맞았다. 그런 만큼 훗날 프랑스의 르네상스 시인들이 매우 특이한 이유와 상황 속에서 사용했던 상투적 표현들을 정당화하기 위해 일련의 불확실한 인과관계에 의존해서는 안 될 것이다. 물론 14~15세기 프랑스 문학이 여러 방면에서 미래가 없는 행보를 택했던 것은 사실이다. 그러나 그후로 번성하지 못했다는 사실을 우리가 알고 있기 때문에 당시에 활력이 넘쳤던 사조들에서 쇠락의 증후가 느껴진다고 소급하여 평가하는 것이다. 만약 호사스럽고 화려했던 부르고뉴의 세계가 15세기에도 번창했다면, 프랑스 문학은 어쩌면 다르게 발전했을 것이고, 우리는 이 시기를 다른 눈으로 바라보고 있을지도 모른다.

제9장

14세기와 15세기의 시

서정 장르의 새로운 규칙들

르네상스가 그토록 경멸한 중세 말의 시는 당대 최고의 문학 장르였다. 다니엘 푸아리옹에 따르면 "기욤 드 마쇼 시대에는 시적 감흥이 문학 창작의 핵심을 이룬다." 실제로 이 시대에 시적 감흥은 부풀려지고 다양화되었다. 산문의 사용이 확산되고 서술 장르를 독점하면서 역으로 운문으로 된 모든 작품이 전에는 없었던 동질성을 갖게 된다. 앞에서도 살펴보았듯이 13세기에 등장한 시 개념은 이 시기부터 운문으로 된 모든 작품을 포괄하게 된다. 산문보다 더 장식적이고 어렵다고 여겨졌던 운문은 소위 더 많은 문학성을 부여받고, 바로 이 점에서 위세를 떨치게 되었다. 반면 산문 작가들은 더 진실한 얘기를 담는다고 자부를 하면서도, 다소 서투른 솜씨를 스스로 인정하면서 슬쩍 흡족해하기도 했다. 그런 만큼 '시인'이라고 불리기 시작한 작가들이 진정한 문인으로 추앙받게 되었다. 이

'시인'이라는 표현은 13세기 말 피렌체 출신 브루네토 라티니의 프랑스어로 된 백과사전 『보물의 서*Livre du trésor*』에 최초로 근대적 개념과 가까운 용례로 사용된다. 그런데 이러한 새로운 개념의 시가 추구했던 운문은—처음에는 암암리에, 그러나 무훈시와 운문 소설이 점점 줄어들어 유물이 되어감에 따라 나중에는 한층 더 명백하게—감수성의 표현과 자아의 묘사와 연관지어진다. 참고로 이 감수성의 표현과 자아의 묘사가 다른—거의 상반된—방식으로 궁정풍 서정성과 디트를 특징짓기도 한다.

이처럼 14세기에 융성하는 시는 디트의 미학과 엄밀한 의미에서의 서정적 미학을 결합한다. 디트는 반半서술적이며—적어도 초기에는—관습적으로 자전적인 틀을 제공한다. 이러한 틀 안에 서정적 작품들이 자연스레 들어앉는데, 이 작품들은 감정에 관한 해설을 담고, 이 감정에 관한 해설은 역으로 고정된 형태에 대한 의존성 때문에 이 작품들에 한정적으로 나타난다. 그리고 디트의 틀을 걷어내는 순간 홀로 남은 서정시들은 선집에 수록됨으로써 일종의 연속성, 더 나아가 서술의 환상을 유지하려고 한다. 예를 들어 『진실한 이야기*Voir dit*』에서 기욤 드 마쇼는, 늙어가는 유명한 시인인 자신이 어쩌다가 매우 어린 여성 팬의 편지를 받고 둘 사이에 시적이며 감정적인 서신 교환이 이루어졌으며 서로에 대한 사랑이 서신 교환 이상의 관계로 발전했는지 여러 편의 서한과 시를 곁들여 이야기한다. 마쇼는 20년 전 『운명의 치유약*Remède de Fortune*』에서도 비슷한 구성을 이용했다. 프루아사르의 『사랑의 가시덤불*Espinette amoureuse*』도 젊은 시절 시인의 사랑을 비슷한 방법으로 그려내듯, 유사한 작품의 예는 수두룩하다. 다른 한편으로, 서정시 전집들은 발라드 등 단일한 형태를 사용하거나 수록 시의 수가 우수리가 없도록 하여—크리스틴 드 피장이나 장 르 세네샬의 『100편의 발라드*Cent ballades*』 또는 존 가워의 프랑스어로 된 『50편의 발라드*Cinquante ballades*』의 예에서 볼 수 있듯이—통일성을 기했을 뿐만 아니라, 시 한 편 한 편이 함축된 이야기의 단계를 구성하고 시에 담긴 서정적 해설을 통해 그 이야기의 유추와 재구성이 가능하다는 것을 전제로 한다. 마쇼의 『귀부인들의 예찬*Louange des dames*』이나 크리스틴 드 피장의 『연인과 귀부인의 100편의 발라드*Cent ballades d'amant et de dame*』, 그리고 샤를 도를레앙의 친필 필사본에 담겨 있는 시들도 그러한 예로 볼 수 있다.

서정시들은 역사와 사랑의 절규를 표현하는 데 쓰였던 길고도 자유로운 칸소 형태의 사용을 지양했다. 역사는 디트나 구성에 관한 한 선집의 관할이 되었고, 진정한 의미에서 서정 장르로는 사랑의 절규만 남았는데, 후렴부 둘레에 감긴 정형시를 통해 표현되었다.

이처럼 후렴구를 중심으로 나선처럼 감기는 시 구조가 얼마나 강렬하게 느껴졌는지 론도의 명칭마저—그 어원이 되었을 법한 원무가 아닌—순환하는 원형의 형태, 또 혹자에 따르면 "시작과 끝이 같은 원처럼 동그랗게 말리는" 시의 형태 자체와 동일시되었다. 그것은 이 시기부터 시인들이 론도의 두드러진 특징, 즉 후렴구와 절 사이의 대조적 어조, 메아리 효과, 불연속성, 미완결의 느낌 등을 체계적으로 이용하기 때문이다. 한 예로 후렴구의 중요성을 잘 알고 있었던 기욤 드 마쇼는 절보다 후렴구를 우선시하는 경향이 있는데, 그 결과 그의 시에서 평범한 절들이 행으로 공백을 채우는 역할을 하는 데 그친다면, 후렴구는 애타게 기다려지고, 그래서 그 효과가 더 강렬하다. 또다른 작가들은 극히 간결한 텍스트를 통해 단시의 순환성을 강조했다. 순환성이 그 자체로 투명한 텍스트에 시적 깊이를 부여하기에 충분하다는 것을 보여주고, 더불어 훗날 대중적이라고 이르던 노래들을 특징짓게 된 단순하고도 단조로운 인상을 주기 위해서였다. 이 기법은 외스타슈 데샹이나 크리스틴 드 피장의 몇몇 론도에 사용되었는데, 두 시인의 일반적인 문체과 크게 대조를 이루었다. 그런데 론도도 애초의 특징이었던 매우 단순한 구조ABaBabAB에서 조금씩 벗어날 때가 있었다. 연의 수가 늘어날 때도 있고, 후렴구와 절의 길이가 길어질 수도 있었다. 게다가 중간에 끼어들거나 마지막에 나오는 후렴구가 단 한 행으로 축약될 때도 있었다. 이는 후렴구의 첫 몇 단어만 체계적으로 반복하도록 하는 필사 전통이 재구성을 허락하는 한에서 샤를 도를레앙의 시에 자주 나타나는 특징이다. 이러한 방법은 더욱이 새로운 시 읽기 방식을 예고하기도 한다. 반복되는 부분에 억지로 귀기울이지 않고 다만 반복의 가능성을 염두에 둔 채 시의 새로운 부분을 빠르게 훑는 것이다. 그런 만큼 론도는 후렴구가 반행, 심지어 한 단어로 축소될 때까지 오래도록 잔존한다.

다른 장르에서는 화려한 화술이 부르는 연장이 더 쉽고 자연스럽게 이루어질 수 있었다. '비를레virelai'는 후렴구의 반복을 반 정도로 줄였다. 각 연은 두 부분으로 나뉘어 두번째 부분은 후렴구의 운 구조를 반복했는데, 후렴구는 두번째 부분의 앞뒤에 놓였다. 이처럼 중간에 끼어드는 후렴구를 사용했다는 점만 제외하면 이 장르도 론도와 꽤 흡사하다. 비를레는 후렴구에 큰 자리를 할애했는데, 연의 두번째 부분이 후렴구의 구조를 그대로 따른 만큼, 후렴구가 풍부해야 연 또한 그러할 수 있었기 때문이다. 그런 만큼 시의 반복되는 부분을 줄이기 위해서는 원칙적으로 시의 담화 부분 또한 줄여야 했다. 그럼에도 불구하고 시인들은 이 장르를 감정의 면밀한 분석의 수단으로 이용했다. 매우 다른 론도를 구사한 데샹과 크리스틴 드 피장의 경우 비를레를 교훈시나 철학시를 쓰는 데 사용했는데, 그 형식이 내용과 잘 어울리지 않았다. 이 경우에도 방해가 되는 만큼 후렴구를 줄인 것을 목격할 수 있다.

이러한 상황을 감안할 때 후렴구에 거의 비중을 두지 않은 발라드나 후렴구가 아예 없는 왕의 노래chant royal 등의 형태들이 성공을 거둔 점은 놀랍지 않다. 발라드의 경우 세 개의 연과 발구跋句 뒤에 후렴구를 이루는 행이 하나씩 삽입되는데, 리듬과 반복이 초래하는 현기증으로 감흥을 줄 뿐만 아니라, 안성맞춤의 인용구처럼 매번 문맥에 기가 막히게 잘 들어맞도록 각색되어 지성 또한 매혹한다. 그와 동시에 발라드와 왕의 노래가 가장 즐겨 사용한 시행이 10음절의 시행이었던 만큼 운율의 규칙성과 길이는 시적 담화를 발전하게 하고 개개의 단어를 부각했다. 또한 발라드 선집들이 디트만큼이나 서술적 줄거리를 담는 데 특히 유리한 처지에 있었음을 짐작할 수 있다.

마지막으로 근본적인 특성 하나가 중세 말 서정 장르를 특징짓는데, 바로 음악과의 결별이었다. 『진실한 이야기』에서 자신을 연모하는 젊은 여인에게 작곡을 제하고 작시 능력만을 빌려준 기욤 드 마쇼는 시인과 작곡가로서의 능력을 겸비했던 마지막 시인이었다. 그의 '조카' 외스타슈 데샹은 작곡을 하지 못했으며, 자신이 쓴 최초의 프랑스어 시작론 『단시와 노래 짓는 법*Art de dictier et de faire* *chansons*』(1392)에서 시로부터 음악을 분리했다. 론도나 발라드라는 이름이 지시하듯 애초에 운율뿐만 아니라 음악적으로도 춤과 연관이 있었던 정형시들은, 더이상 낭창되지 않는 순간부터 역설적으로 새로운 중요성을 갖게 되었다. 15세기 대수사파 시인들의 작품에서 볼 수 있듯이 그 결과 운율과 운율의 범위에서 가능한 기교들에 대한 관심이 늘어났다. 반면에 칸소는 노래가 되었다. 두 권의 성대한 15세기 필사본을 보면 대중적 성격의 노래들이 담겨 있는데, 그중 다수가 초창기 궁정풍 서정 장르의 형태를 간소화하여 보존하고 있다.

기욤 드 마쇼와 그 후계자들

기욤 드 마쇼는 14세기 시문학계의 독보적인 인물이다. 1300년경 샹파뉴에서 태어난 마쇼는 적어도 문학 석사 학위까지 취득한 후 1323년을 전후해 보헤미아의 왕 장 드 뤽상부르의 수하로 들어가는데, 그의 도움으로 1337년 교황으로부터 랭스의 참사회원의 직위를 하사받게 된다. 얼마 후 마쇼는 자신의 후원자를 떠나 그의 딸인 본 드 뤽상부르, 후에 프랑스 국왕 장 2세가 될 노르망디 공작 장의 부인의 궁정에 머무른다. 1349년 본 공작 부인이 세상을 뜨자 마쇼는, 후에 샤를 르 모베로 불리게 되는 나바르의 왕 샤를 데브뢰의 후원을 받게 된다. 1357년 이후에는 베리의 공작 장 밑에서 일하며, 후에 프랑스 국왕 샤를 5세가 될 그의 형, 즉 노르망디 공작 샤를과 긴밀한 관계를 유지하는데, 샤를 공작의 궁정에 묵기도 하고 랭스에 있는 자신의 집에 그를 영접하기도 한다. 바로 이 집에서 마쇼는 1377년 4월에 숨을 거둔다.

이러한 마쇼의 경력은 그 자체로 중세 말 문예 후원제의 중요성을 잘 보여준다. 각 궁정들은 나름의 풍속을 강제하면서 가장 유명한 작가들을 고용했다. 15세기 부르고뉴 궁정의 작가들은 진정한 의미에서의 공직자였다. 다니엘 푸아리옹의 대표적인 저서 『시인과 군주—기욤 드 마쇼에서 샤를 도를레앙까지 궁정풍 서정성의 진화』(1965)•의 제목이 시사하듯, 시작詩作과 시의 본질은 이처럼 시인과 군주 사이의 관계에서 영향을 받았다.

유명한 『미사*Messe*』와 20편가량의 성가 합창곡motet 외에 여러 작품을 포괄하는 마쇼의 중요한 음악적 업적을 논외로 하더라도, 그의 문학작품은 400여 편의 서정시와, 다른 디트보다 훨씬 긴 최후의 디트인 『진실한 이야기』(1364)를 비롯한 약 12편의 디트, 그리고 키프로스의 왕 피에르 1세 드 뤼지냥의 삶을 다룬 장편 역사시 『알렉산드리아 정복*Prise d'Alexandrie*』 등을 아우른다. 말년에 그는 자신의 작품 전집을 위한 『서문*Prologue*』을 쓰면서 일종의 시학과 시문학 생활법을 털어놓는다.

궁정풍 영감, 『장미 이야기』로부터 물려받은 우의적 틀과 이미지들(예를 들면 『사랑의 샘*Fontaine amoureuse*』에서 볼 수 있는 것처럼), 그리고 디트의 바탕이 되는 자아의 연출에 덧붙여, 마쇼는 자신이 살았던 시대 고유의 관심사와 개성, 즉 시간·날짜·노화에 대한 관심, 그리고 현실과의 새로운 관계 등을 첨가하는데, 이러한 특

• Daniel Poirion, *Le Poète et le prince. L'Évolution du lyrisme courtois de Guillaume de Machaut à Charles d'Orléans*, Paris, 1965—원주.

징들은 그의 후계자들의 작품에 더욱 두드러지게 나타난다. 마쇼는 연애 풍속에 관한 논쟁의 도입부인 『나바르 왕의 재판*Jugement du roi de Navarre*』에서 흑사병, 편달 고행자, 유대인 학살 등 당대의 참화들을 언급하고, 『친구의 위안*Confort d'Ami*』에서는 프랑스 왕의 감옥에서 괴로워하는 나바르 왕—『나바르 왕의 재판』의 나바르 왕과 동일인—에게 위로를 보내고, 세대차, 시간, 그리고 모험의 과정에서 『진실한 이야기』의 매력과 비장함의 근원을 찾는다. 그리고 오랫동안 기피되었던 시와 현실 사이의 대화를 재개하는데, 그렇다고 해서 시가 반드시 현실을 반영하도록 강요하지 않으며, 외부의 정당화를 필요로 하지 않는 수사학과 작시법의 절대적 권위를 강력히 주장한다.

이러한 특성들, 특히 앞에서 언급한 다양한 가치들을 통한 시간에 대한 유희, 그리고 일상에 관한 관심은 장 프루아사르나 외스타슈 데샹 등 마쇼파에 속하는 차세대 작가들의 작품에 더욱 두드러지게 나타난다. 프루아사르(1337~1404년경)에 대해서는 연대기 작가로서의 면모에 초점을 맞추어 살펴보겠다. 연이은 후원자들의 보호를 받고 그들의 배려로 교회 참사회원직을 받는 등 인정받고 환영받았던 문인 프루아사르의 삶은 마쇼의 삶과 매우 흡사하다. 프루아사르와 동시대 사람이었던 데샹(1346~1406/1407)은 마쇼처럼 샹파뉴 출신으로, 15세기의 한 속설에 따르면 그의 조카로 통했다. 왕의 사자使者로 고용되며 법학 공부를 중단한 그는 발루아 왕가의 대법관 등 다양한 행정직들을 수행하는 한편, 소싯적부터 모셨던 왕의 아우 루이 도를레앙 공을 보좌하며 샤를 6세 궁정의 즐겁고 경박한 삶에 가담한다.

프루아사르와 데샹, 이 두 작가는 마쇼의 영향을 공공연히 인정한다. 마쇼의 작품에 나타나는 우의적 세계와 마쇼가 편애하며 그 세계에 등장시켰던 행운Fortune 같은 인물을 두 작가의 작품에서도 다시 찾아볼 수 있다. 특히 프루아사르의 명시들, 예를 들어 『사랑의 가시덤불』이나 『젊음의 어여쁜 덤불*Le Joli Buisson de jeunesse*』 등 우의에 자전적인 색채를 입히거나 『사랑의 감옥*La Prison amoureuse*』처럼 친구를 위로하고자 하는 시들에 나타난다. 그런가 하면 데샹은 유명한 발라드에서 '위대한 시인 마쇼'의 죽음을 애도했고, 프루아사르는 마쇼의 작품에서 직접 영감을 얻어 여러 편의 디트를 썼다. 그러나 마쇼에 비해 이 두 작가는 일상의 시에 조예가 깊다. 프루아사르는 자신의 말과 개 중 어느 동물이 주인이 여행할 때 더 고통받느냐를 가늠하기 위해 둘 사이의 논쟁을 상상한다. 또 『돈 이야기*Dit du florin*』에서는 푸아 백작 가스통 페뷔스의 궁정에서 체류하던 시절을 떠올리고, 자신의 소설 『멜리아도르』를 낭독해주고 받았던 상여금을 돌아오는 길에 어떻게 도둑맞았는지를 언급한다. 한편, 방대하고 다양한 데샹의 시들은 소소한 일상으로부터 더 많은 영감을 얻는다. 한 발라드에서 데샹은 자신은 물론 귀족 친구 다수의 속앓이거리가 되고 있는 탈모에 대해 얘기하고, 또다른 발라드에서는 왕의 삼촌들과 지체 높은 영주들과 어울려 파리의 평판 나쁜 선술집에서 흥청망청 보낸 폭음의 밤을 노래한다. 게다가 사람들이 빌려간 책을 돌려주지 않는다고 푸념을 하기도 하고, 영국인들이 점령한 칼레에 모험하러 갔었다고 허풍을 떨기도 한다. 상황의 시 또는 시사의 시라고 할 만큼 그는 시에서 사건들의 날짜를 꼬박꼬박 밝힌다.

칼레에서 데샹은 오통 드 그랑송과 어울리는데, 당시 영국인들에게 고용되어 있던 그랑송은 데샹이 어릿광대를 할 때만큼은 그를 모르는 척했다. 세련됨과 용기로 당시에 이름나 있던 이 비운의 사보이 출신 귀족 그랑송은 14세기 말 마지막 빛을 발한 대표적인 궁정풍 시인 중 한 명이었다. 모든 시인을 언급할 수 없는 만큼, 뛰어난 기교를 수월하게 구사하며 유창하면서도 애절함이 배어 나오는 시를 썼던 그를 잠시나마 짚고 넘어간다.

그러나 크리스틴 드 피장만은 특별히 다루어야 한다. 1365년에 태어난 그녀는 샤를 5세의 이탈리아 출신 점성술사의 딸로, 세 살 때 아버지를 따라 프랑스에 정착해, 1390년 25세 때는 아이 셋을 둔 미망인이었다. 그후로 1430년경 죽을 때까지 글을 써서 연명했는데, 자신의 특이하고도 슬픈 신세를 잘 인지하고 있었고, 그런 만큼 서슴지 않고 여성들의 평판과 처지를 변호했다. 크리스틴은 주로 주문을 받아 글을 썼기 때문에 다양한 종류의 작품을 썼으며 많은 수의 작품을 남겼다. 이 가운데 서정시는 중요한 부분을 차지하는데, 후세들도 사랑하는 남편의 죽음을 애도한 가장 단순한 작품들을 특히 기리고 있다. 그러나 무엇보다도 『긴 배움의 여정*Chemin de long estude*』이나, 크리스틴의 삶과 미망의 비애, 그리고 곧이어 찾아온 남성으로의 성변환 등 놀라운 우의적 발단이 담긴 방대한 『운명의 변화의 서*Livre de la mutacion de Fortune*』 등의 작품에서 마쇼와 자전적 성향의 우의적 디트가 미친 영향이 두드러지게 나타난다. 이 같은 요소들—꿈, 자연의 개입, 자전적 고백—은 산문 작품 『크리스틴의 꿈*Avision Christine*』에도 나타난다. 비록 크리스틴이 그 반여성주의를 맹렬하게 비판하기는 했지만 『장미 이야기』의 흔적들

역시 작품에 여실히 남아 있다.

15세기 초 궁정풍 전통의 잔재는, 가령 왕세자 샤를(후에 샤를 7세)의 비서관이자 서기였던 알랭 샤르티에(1385~1430년경)의 서정시에 아직 남아 있다. 그러나 샤르티에조차 『잔인한 미모의 귀부인*Belle Dame sans merci*』(1424)에서 당시의 궁정에서 겉치레에 불과했던 궁정풍 유희의 위선을 폭로한다. 그런 만큼 다음 장에서 그가 전적으로 서정적이거나 낭만적인 영감만으로 글을 쓰지 않았다는 사실을 확인할 것이다. 그리고 그렇게 함으로써 그는 중요한 시적 논쟁의 발단을 제공하게 된다.

그러나 서정시에 관한 한 15세기는 고유의 특징을 갖는다. 특히 두 시인, 샤를 도를레앙과 비용, 그리고 15세기 중반 이후에는 이론의 여지는 있지만 대수사파라는 이름으로 널리 알려진 시풍의 영향을 받는다.

샤를 도를레앙

샤를 도를레앙은 1394년에 샤를 6세의 아우 루이 도를레앙과 발랑틴 비스콩티Valentine Visconti 사이에서 태어났다. 이어 그가 13세 되던 1407년에 그의 아버지는 사촌 부르고뉴 공작 장 상푀르Jean Sans-Peur의 명으로 암살을 당하고, 21세가 되던 1415년에 그는 아쟁쿠르 전투에서 포로가 되었으며, 1440년에야 비로소 자유의 몸이 될 수 있었다. 그 포로 생활 기간에 그는 시를 쓰며 지냈으며—그중 몇몇 시는 영어로 썼다—또한 두번째 아내인 본 다르마냑을 여의

었는데, 그녀의 아버지는 루이 도를레앙이 암살당한 직후부터 아직 어린아이였던 샤를 도를레앙을 대신하여 매우 열심히 반부르고뉴파의 지도자로 활약했던 인물이다. 부르고뉴 공작 필리프 르 봉의 선의에 힘입어 거액의 몸값을 치르고 풀려난 이후 샤를 도를레앙은 한참 연하의 마리 드 클레브와 결혼하여 1462년에 후일 프랑스 왕 루이 12세가 될 아들을 낳는 것을 시작으로 여러 명의 자식을 얻는다. 1451년부터 그는 주로 자신의 블루아 궁에 은둔하면서 새로운 시를 쓰고, 1450년에서 1455년 사이에 이를 친필로 필사하여 작품 전집에 추가한다. 이 전집에는 르네 당주, 장 메시노, 올리비에 드 라 마르슈, 조르주 샤스틀랭, 프랑수아 비용 등 그가 가까이했던 시인들, 블루아 궁에 머물렀던 방문객들의 시가 수록되어 있다. 그리고 1465년 1월 5일, 그는 자신의 손에 넣을 수 있었던 위대한 정치적 숙명을 비켜간 인생, 그것만큼이나 공공연하면서도 비밀스러웠던 작품들을 뒤로하고 마침내 세상을 떠난다.

샤를 도를레앙의 시, 특히 초기 시들은 오를레앙 왕가에 헌신한 기사이자 시인이었던 충직한 장 드 가랑시에르의 영향으로 명백히 궁정풍의 성향을 띠고 있었으며, 주로 발라드와 론도로 구성되어 있었다. 그의 발라드 전집은 『장미 이야기』의 영향이 여전히 두드러진 1414년작 『사랑의 구류*Retenue d'Amour*』라는 서술적이고 우의적인 시로 시작하는데, 이 작품은 훗날 늙어가는 시인의 『사랑의 떠남*Departie d'Amour*』을 예고하는 시 『불만을 토로하는 꿈*Songen complainte*』(1437)과 짝을 이룬다. 이 발라드들도 이따금씩 연속된 이야기를 구성하는데, 예를 들어 사랑하는 이의 질병과 사별을 다루기도 한다. 이처럼 샤를 도를레앙의 시 세계는 자아에 투영된 시간, 시간에 투영된 자아에 대한 성찰을 담고 있다. 이 시간은 그의 론도에서 여실히 그 정체를 드러내곤 한다.("겨울, 당신은 정말 비루한 사람이로세." "시간은 자신의 외투를 놓고 갔다." "겨울에는 불, 불을 쬐고/ 여름에는 물, 물을 마시네.") 성 발렌티누스의 축일이나 오월의 봄맞이 축제처럼, 특정한 날짜와 계절로서 말이다. 지나가는 세월과 다가오는 노년. 흘러가는 인생과 길어지는 포로 생활. 그리고 "목욕하며 저녁을 먹고, 뱃놀이하며 야참을 먹는" 소소한 일상의 기쁨들. 이와 같이 샤를 도를레앙의 시는 한순간을 다룬 시이자, 늙어가는 이의 관점에서 매순간을 관조하는 시이다. 시간이 빚어낸 자아가 맛보는 끊임없는 슬픔, 그리고 그 슬픔의 소산 또는 충동인, '무기력nonchaloir'으로 흉진 모습을 담는다. 그의 시는 일상적인 언어("희망에 대해 뭐라 하시렵니까?/ 말만 그럴듯하게 하는 말장수지요")와 상투적인 언어("꼬마 잡화상, 꼬마 바구니"), 그리고 속담이 어우러진, 감정의 역할과 의미에 힘을 실어주면서도 그 정점을 파괴하는 시이자, 항상 나타나지만 미완으로 남겨지는—기나긴 기다림의 숲, 생각·우울·희망·근심의 책, 두 눈과 가슴의 대화로 이뤄진—우의의 시인 것이다. 이러한 일상의 시, 아무것도 아닌, 머릿속을 맴도는 말을 담은 시, 쉽게 침울해지기도 하고 또 쾌활해지기도 하는 듯한 시는 샤를 도를레앙의 론도에서 특히 잘 나타나며, 새로운 시파를 이룬 젊은 시인들의 현학적인 모습에 신경이 거슬린—"세상은 나에게 싫증을 느끼고/ 나도 똑같이 세상에 대해 싫증을 느낀다"—늙은 공작의 말기 작품 세계를 특징짓는다.

비용

비용 역시 블루아 궁정을 확실히 거쳐 갔던 것으로 보인다. 그의 시 여러 편이 샤를 도를레앙의 개인 필사본에 담겨 있다. 생전에 이미 유명했던 만큼—1489년에 그의 작품이 인쇄되고 1532년에 클레망 마로Clément Marot가 이미 그의 작품에 대한 고증본을 냈을 만큼—그의 시나 법적 문제들이 암시하듯 그가 사회에서 완전히 소외되었거나, 적어도 소외되기만 한 건 아니었다.

비용의 본명은 프랑수아 드 몽코르비에François de Montcorbier로 아버지도 재산도 없이 태어났다. 생브누아르베투르네의 전속 신부 기욤 드 비용Guillaume de Villon의 도움으로 파리 인문대학에서 수학하게 된 그는 1449년 입학하여 1452년 학사와 석사를 취득한다. 그러나 이 시기부터 그에 대해 남아 있는 확실한 기록들은 모두 법적인 것들이다. 1455년 6월 5일 그는 난투극을 벌이다가 사제 필리프 세르무아즈Philippe Sermoise에게 치명상을 입히고 도주했다가 1456년 1월 사면장을 취득한 뒤 파리로 돌아온다. 같은 해 성탄절 날 밤 그는 이른바 '코키야르Coquillard'로 불리는 떠돌이 걸인 패거리—비용도 그들의 은어를 사용했다—조직원 두 명을 포함해 네 명의 공범과 함께 콜레주 드 나바르에 무단으로 침입해 강도질을 하고 만일의 경우에 대비해 다시 파리를 떠난다. 아마 이 시기에 블루아에 들렀을 것이며, 어쩌면 장 2세 드 부르봉Jean II de Bourbon의 궁정에도 머물렀을지 모른다. 1461년 여름에는 오를레앙의 주교 티보 도시니Thibaud d'Aussigny의 명으로 묑쉬르루아르 감옥에 갇히는데, 그 이유에 대해서는 알려진 바가 없다. 특별히 고통스러웠던 이 경험으로 말미암아 그는 『유언시*Testament*』를 쓰기 시작했고, 루이 11세의 입성을 계기로 10월 2일 석방된 후 파리로 돌아온다. 그러나 1462년 11월 공범 중 한 명의 폭로로 인해 콜레주 드 나바르의 강도 사건에 가담한 혐의로 다시 구속되었다가 금화 120냥을 물어준다고 약속한 후 석방된다. 그러고는 같은 달 말 주교의 서기가 경미한 상해를 입은 난투극에 연루되어 다시 수감되고, 교수형 선고가 내려지자 항소한다. 1463년 1월 5일 파리 최고 법원이 사형을 10년 추방형으로 감형해주자, 비용은 다시 파리를 떠나게 되는데, 그후로 그의 발자취를 좀처럼 찾아볼 수 없다.

해석하기 어려운 코키야르 패거리의 은어로 된 몇 편의 발라드와 블루아 궁정 및 법적 분쟁을 다룬 몇 편의 다채로운 시를 제외하면 비용의 주된 작품으로 8음절 8행 연구로 된 두 시, 『유증시*Lais*』와 『유언시』를 꼽을 수 있다.

320행으로 된 『유증시』에는 1456년 성탄절 날, 즉 콜레주 드 나바르에서의 강도 사건 당일의 날짜가 기입되어 있다. 비용은 실연을 핑계로 앙제로 떠나겠다고 하고는 당시 풍습대로 돌아오지 않을 경우를 대비해 자신의 재산을 유증한다. 실제로 그는 자신의 소유물이 아닌 물건을 남겨준다고 하고, 다양한 부류의 파리 시민으로 구성된 상속자들을 풍자적이거나 반어적인 방법으로 소개한다. 소르본의 삼종기도를 알리는 종이 울리자 기도를 위해 시를 중단하고 반무의식 상태에 빠져드는데, 정신을 차렸을 때 잉크는 얼고 초는 꺼져버려 시를 마저 쓸 수 없다고 밝힌다. 이렇게 반무의식 상태에 빠졌던 시간 동안 강도 사건이 벌어졌던 것으로 추정해본다면 비용이 이런 알리바이를 대어 자신의 책임을 익살스럽게 경감하려 한 의도를 짐작해볼 수 있다.

　뮝에서의 수감 이후 1461년에서 1462년 사이에 비용은 15편의 발라드와 한 편의 이중발라드double ballade, 그리고 3편의 론도로 구성된 186개의 8행 연, 총 2023행의 『유언시』를 썼다. 어려운 수감 생활을 겪은 후 그는 『유언시』 제1부에서 달아난 청춘과 육체적·도덕적 타락, 빈곤, 사랑과 죽음으로 인한 고통 등에 대해 곰곰이 생각한다. 이러한 생각이 "먼 옛날 귀부인들dames du temps jadis"처럼 시의 흐름을 끊으며 끼어드는 발라드들을 통해 강조된다. 제2부에서는 『유증시』의 유증 형식을 다시 가져와—궁극적 이별이 아닌 다가오는 죽음의 관점에서—늘리고 체계화하고 세밀화하여 실제 유서처럼 묘소나 보시 등의 조치를 언급하기까지 한다. 제2부에 삽입된 발라드들은 상속자들에 대해 때로는 진지하고(어머니에게 바치는 발라드, 로베르 데스투트빌Robert d'Estouteville에게 바치는 발라드) 때로는 우스꽝스러운 헌사(연인에게 바치는 발라드, 장 코타르Jean Cotart에게 바치는 발라드)를 담고 있다.

　비용의 작품 세계는 그 자체로 아주 참신하지는 않다. 허구적이고 반어적인 유언시 장르는 이미 존재했고, 그가 다룬 '심각한' 주제들도 상투적으로 다루어지던 것이었다. 다만 13세기의 디트들에 도입된 풍자적이고 우스꽝스러우며 비통한 자아의 연출이 그의 시에 가장 강렬하게 표현되었다는 점은 주목할 만하다. 그는 비참하고 타락한 시인, 즉 세상만사에 관심을 잃고 도시의 길거리를 헤매며 몸을 파는 여성과 버림받은 아이들, 불한당과 함께 몹쓸 곳을 드나들고 선술집과 여자들에게 모든 것을 내맡긴 모습을 첨예하게 묘사한다. 그리고 다양한 어조와 문체, 갖가지 주제, 진지한 겉모습과 우스꽝스러움, 번민과 추잡한 웃음, 암시와 언외에 함축된 의미를 매우 대담하게 뒤섞는다. 그는 겉치레를 과장하고 추잡스럽게 매매되는 사랑과 동일시하며 이중적인 표현들을 많이 사용하여 궁정풍 사랑을 전복한다. 또 고문에서 교수대까지 가장 고통스럽고 가장 불명예스럽게 죽음을 맞는 사람들의 예를 통해 죽음에 대한 고찰에 한층 깊이를 더한다. 능숙하고 유려하며 조밀한 시체詩體와 매혹적인 리듬, 대담한 연속행enjambement, 형식과 표현 방식에 대한 예리한 감각도 그의 성공에 크게 기여했다.

대수사파 시인들

'수사학의 거장grands rhétoriqueurs' 즉 '대수사파 시인'이라는 명칭은 기욤 코키야르Guillaume Coquillart의 시 두 행을 오역한 데서 기인했기 때문에 적절한 표현이 못 된다. 그러나 이 용어는 15세기 중반에서 16세기 초반의 궁정풍 시 경향을 가리키는 데 널리 사용되고 있다. 노장 샤를 도를레앙과 그의 추종자들이 혁신을 반대했다면 이 새로운 경향의 시는 브르타뉴 궁정의 장 메시노, 부르봉 궁정의 장 로베르테, 특히 부르고뉴 궁정의 미쇼 타유방, 조르주 샤스틀랭과 그 후예들, 즉 올리비에 드 라 마르슈, 피에르 미쇼, 장 몰리네, 장 르메르 드 벨주 등의 시인들을 필두로 번영했다. 그리고 15세기 말 샤를 8세 집권하의 프랑스 궁정에서도 앙드레 드 라 비뉴, 기욤 크레탱, 옥토비앵 드 생즐레, 장 마로 등이 가세한다.

비록 하나의 시파를 형성하지는 못했지만 이 모든 시인은 공통된 특성들을 갖는다. 그들은 궁정 시인이었음에도 때로는 시쓰기와 무관한 관직에 고용되어 군주로부터 보수를 받았다. 군주와 국가에 대한 그들의 투철한 봉사 정신은—서정시를 비롯한 시 장르의 경계를 넘어서까지—창작된 그들의 작품에 잘 드러나 있다. 그들은 기꺼이 도덕을 논하고 공익을 위해서는 서슴지 않고 여론에 영향을 미치려 했는데, 반면에 사랑에 대한 시는 극히 제한적으로 썼다. 게다가 정치적 논쟁을 즐기고 궁정풍 연애의 이상을 무너뜨렸던 알랭 샤르티에를 자신들의 시나 시론(예를 들면 『제2의 수사학*Arts de seconde rhétorique*』 등)에서 즐겨 인용했다. 그들은 종종 정형시를 포기하고, 더 풍부하고 엄청나게 복잡한 연 구조의 단시dit strophique를 지었다. 기술적 유려함과 언어적 기량을 운문과 산문 양쪽에서 모두 관철하려고 했던 이 시인들은 언어의 잠재력을 그 한계점까지 시험하기 위해 부단히 노력했다. 16세기 플레이아드파 시인들의 조소로 오랫동안 도외시되었던 이들의 그러한 노력은 현대에 들어와 재조명되고 있다.

제10장

고찰의 형태: 증언, 비평, 지식

전쟁과 역사

역사 장르, 특히 연대기라는 형태, 이른바 현실의 서술이 14세기부터 도약한 데에는 아마도 시대의 재난과 전쟁, 그리고 온갖 종류의 분쟁이 한몫했을 것이다. 작가들이 자신의 작품에 현실을 반영한 것은 현실이 그들을 부단히 따라잡아 어느 누구도 현실에서 벗어날 수 없었으며, 현실의 난폭함과 존재, 무게가 더해져 다른 어떤 시대보다 개인의 삶을 짓눌렀기 때문일 것이다. 시대를 불문하고 현재는 항상 예민한 사안이기 마련이지만, 이 시기에 다수의 연대기가 집필된 점은 왕과 국가를 섬기던 작가의 수가 증가한 새로운 처지를 반영한다고 할 수 있다. 그런 각도에서 볼 때 이 같은 연대기의 풍작은 봉건제의 붕괴, 민족주의의 득세 및 군주에게로의 권력 집중으로 인한 변화들을 겪은 현실의 간접적인 산물이었다. 연대기 작가들이 현실에 쏟은 관심은 직업적인 것이었으며 현실에 대한 서술은 정치적 계산이 다분한 것이었다. 그 예로 『프랑스 대연대기』를 프랑스어로 쓴 작가들을 들 수 있는데, 우선 장 르봉과 샤를 5세의 집권기를 서술한 피에르 도르주몽은 재상으로, 집필 목적이 발루아가의 영예를 위한 것임을 숨기지 않았다. 또 샤를 6세의 집권기를 기록한 장 주브넬 데쥐르생은, 1382년 마요탱의 반란 이후 왕명으로 파리 시장이 된 장 주브넬의 아들이자 국상기욤 주브넬 데쥐르생의 형이었다. 맡은 직분 때문에 여러 중요한 사건에 연루된 왕의 사자들도 기꺼이 연대기 작가가 되었다. 챈도스의 전령(영국의 대사령관이었던 존 챈도스John Chandos의 전령)은 1385년경 『흑군주의 생애*Vie du Prince Noir*』를 썼고, 이에 대한 답시로 프랑스에서는 퀴블리에가 『베르트랑 뒤 게스클랭*Bertrand du Guesclin*』이라는 무훈시를 썼다. 베리의 전령 질 르 부비에는 『샤를 7세의 연대기*Chronique du roi Charles VII*』(1402~1455), 『노르망디의 수복*Recouvrement de Normandie*』(1449), 『리처드 2세 이야기*Histoire de Richard II*』(1440) 등의 작품을 남겼는데, 이 가운데 『샤를 7세의 연대기』의 도입부는 『프랑스 대연대기』에 인용되었다. 그리고 투아종도르Toison d'Or라는 별명을 가진 부르고뉴의 전령 장 르페브르 드 생레미는 자신의 『연대기*Chronique*』에 1408년에서 1436년 사이의 역사를 기록했다. 이처럼 자신들이 쌓은 업적과 선택한 행보들을 정당화하고자 했던 회상록 작가는 점점 늘어났다. 뒤에서 이들 중 가장 명성을 떨친 작가 코민에 대해 살펴보겠다. 요컨대 정치 또는 고위 행정직 출신 작가들이 문학에 입힌 색깔은 역사 외에도 의외의 영역에까지 영향을 미쳤다. 앞에서 대수사파 시인들의 예를 이미 살펴보았던 것처럼, 곧이어 샤를 5세와 6세 집권하의 프랑스 궁정에서도 다른 예들을 찾아볼 수 있다.

그러나 14세기에 프랑스어로 쓰인 역사서 중 단연 기념비적인 작품은, 앞에서 그 시인으로서의 면모를 살펴보았던 장 프루아사르가 집필한 방대한 『연대기*Chroniques*』일 것이다. 1337년경 발랑시엔에서 태어난 프루아사르는 1361년에 애노를 떠나 영국에 정착하고, 에드워드 3세의 프랑스인 부인 필리파 여왕의 총애를 받으며 8년 동안 체류한다. 이 기간 동안 그는 작시에 매진하면서 훗날 『연대기』의 집필을 위해 자료를 수집한다. 1368년 여왕이 타계하자 애노에 정착한 그는 뱅스라스 드 브라방 공작의 보호를 받게 되고, 1373년 로베르 드 나뮈르를 위해 『연대기』 제1권의 초판을 완성한다. 블루아 백작 기 드 샤티용의 도움으로—자신의 재산이 다할 때까지 그의 후원자가 되어주었고 후에 시매의 교회 참사회원직을 얻어주기도 했다—같은 해 에스틴오몽의 주임 사제가 된 프루아사르는 백작의 명을 받들어 『연대기』 제1권의 제2판을, 이어 제2권을, 그리고 마지막으로 푸아와 베아른 백작 가스통 페뷔스의 궁정에 다녀와서 제3권(1389)을 집필한다. 더불어 1380년대에는 소설 『멜리아도르』를 집필한다. 그후 1395년 영국을 찾지만 리처드 2세의 친절한 영접에도 불구하고 젊은 시절 보았던 영국이 아님을 깨닫고는 낙심한다. 애노로 돌아온 그는 『연대기』 제4권을 쓰고, 이어 제1권 전체를 개작한다. 그가 언제 사망했는지 확실히 알려지지는 않았으나, 1404년 이후인 것으로 추정된다.

일찍이 존경받고 추앙되던 작가들은 계속 후원자들 사이를 오가면서 경제적 안정과 성직자로서의 특권 덕분에 자유를 획득하는데, 이러한 환경 속에서 집필했던 작가로, 마쇼를 언급하지 않을 수 없다. 비록 그의 삶에서 궁정의 비중과 군주들의 환대가 큰 몫을 차지하지만, 그럼에도 불구하고 마쇼는 15세기 부르고뉴 궁정에서 역사가로서 활약한 관료들과는 달리 아직 프리랜서로서의 상대적 자유를 누린다. 반면 프루아사르는 사뭇 다른 길을 걷는다. 시인으로서 집필을 시작했던 그는 리에주의 참사회원 장 르 벨의 연대기들을 집대성하고 속편을 내기 위해 시작했던 『연대기』에 생애의 대부분을 바치게 된다.

연대기 작가로서 프루아사르는 종종 부당할 정도로 가혹한 평가를 받았다. 비평가들은 사실에 대한 오류뿐만 아니라, 깊이와 정치적 감각의 부재, 상황의 분석보다는 극적인 효과를 선호한다는 점, 귀족들의 관례를 경망하게 지지하고 기사도적 허식과 가치관—더욱이 자신이 전하는 사건들조차 이 기사도적 가치들이 얼마나 변덕스럽고 오만한지, 그리고 사회, 정치, 전술의 변화에 역행하고 그런 만큼 가식적일 수밖에 없는지를 드러냄에도 불구하고—에 매혹되어 동경한다는 점 등을 꼬집었다. 그러나 이러한 비판은 오인의 산물이다. 프루아사르는 사건들로부터 의미를 도출하려 했고, 그러기 위해서 당시로선 의미 전달에 최적이었던 문학 장르, 즉 소설의 구성과 글쓰기 방법에서 영감을 얻었다. 오해는 여기에서 기인한다. 『연대기』에서는 바로 이런 소설적인 요소가 중요한 의미를 갖는다. 다른 한편으로, 그의 노력과 작업 방식에 경탄을 금할 수 없다. 우선 조사 작업만 보더라도, 그는 사건의 목격자들과 관계자들을 찾아 영국, 스코틀랜드, 이탈리아, 베아른을 누비고 다니며 그들의 증언을 수집하고 대조하기를 항상 열망했다. 한 예를 들자면, 그는 1388년에서 1389년 사이에 가스통 페뷔스의 궁정에서 수집한 에스파냐의 사건들에 대한 '카스티아어' 기록을 이듬해 네덜란드의 제일란트에서 만난 포르투갈인 페르난두 파체쿠에게서 얻은 정보 덕에 수정한다. 다음으로 글쓰기 작업을 살펴보면, 그는 관점, 의도, 선택을 달리해가며 제1권의 여러 판을 연이어 내놓는다. 그리고 그의 주도하에 만들어진 각 필사본들은 대상에 따라 내용의 수정과 번안을 거친다. 조사와 집필, 이 두 작업을 통해 그는 자기 자신을 연구자 겸 작가로 생생하고도 노련하게 연출하여 내용의 개관을 보여줄 줄 안다. 그는 자신의 여행들과 만남들을 환기시키고, 『연대기』의 제3권은 베아른 여행을 다루면서 그 여정중에 오르테즈 궁정 같은 곳에서 정보를 수집하는 과정을 중점적으로 다룬다. 그리고 그는 독자에게 이따금씩, 왜 사건을 특정한 방식으로 엮고 특정 순간에 다시 과거로 거슬러올라가는지를 설명한다. 이 화려한 대목들을 성공적으로 다루는 그는 단언컨대 가장 유쾌한 독서를 제공하는 작가 중 한 명이다.

프루아사르가 쓴 『연대기』는 엄청난 인기를 누렸고, 그런 만큼 연작 작가들이 나타났다. 그리하여 부르고뉴 출신의 앙게랑 드 몽스트를레가 1400년에서 1444년까지의 기록을 이어가는데, 그의 작품은 다시 부르고뉴 궁정의 관료이자 당대에 명성이 자자했던 작가 조르주 샤스틀랭에 의해 인용된다. 그 일부가 소실된 샤스틀랭의 『연대기*Chroniques*』는 알려진 바에 의하면 1419년 장 상 푀르가 저지른 암살 사건에서 1475년까지를 다루었다. 앞에서 살펴보았듯이 시인이기도 했던 샤스틀랭은 운율과 총합문période에 유의하면서 과장되고 웅변적인 산문을 구사했는데, 이는 대수사파 시인들의 특징이기도 하다. 역시 대수사파 시인이었던 그의 제자 장 몰리네가 그의 뒤를 이어 부르고뉴 궁정의 공식 사료편찬관이 되는데, 1474년에서 1506년까지의 시기를 기록했다.

반면, 필리프 드 코민의 『회고록*Mémoires*』은 이와 완전히 다른 관점을 바탕으로 한다. 1447년에 태어난 코민은 1464년 훗날 부르고뉴 공작이 된 샤롤레 백작 샤를 르 테메레르의 시종이 되고, 이후 1468년 페론에서의 회견 때 루이 11세에게 비밀리에 매수된다. 그 후로도 몇 년 동안 샤를 공작을 위해 비밀 임무를 수행한 후 코민은 공작을 버리고 1472년 8월 7일과 8일 사이의 밤에 프랑스 진영에 합류한다. 그리고 루이 11세의 총애를 받으며 초기에는 요직을 맡았다가 점차 중책에서 밀려나 왕이 타계한 후 안 드 보죄의 섭정 때는 감옥에 갈 정도로 신임을 잃는다. 온갖 노력에도 불구하고 1511년 죽는 날까지 그는 다시 공직에 오르지 못한다.

『회고록』의 대부분은 1489년과 1490년 사이에 쓰였고, 1493년과 1498년 사이에 완결되었는데, 자신이 연루되었던 사건들의 심오한 이유들을 밝히려는 한 증인의 작품이다. 배신자로 낙인찍힌 자의 음험한 자기변호의 글이기도 하고, 사례 분석과 왕들에 대한 묘사, 민족성, 정치 제도들의 본질을 담은, 일종의 군주를 위한 정치 개론서이기도 하다.

이 시기에 대한 모든 개인적 증언 중 코민의 『회고록』만큼 야심차고 객관적인 작품은 없다. 그러나 원칙적으로나마 그 어떤 문학적 형태도 흉내내려 하지 않는 작품들이 나타났다는 점이 특히 주목할 만하다. 일찍이 14세기 말에 앙주 공작 루이 1세의 재상 장 르 페브르 주교의 일기가 있었는데, 이 기록은 특히 서방 교회의 분열과 관련된 사건들에 대한 서술로 인해 역사가들의 관심을 모았다. 그리고

1405년과 1449년 사이에 장 쉬파르Jean Chuffart 신부가 쓴 것으로 추정되는 『파리의 한 부르주아의 일지*Journal d'un bourgeois de Paris*』는 긴장감 있고 효과적인 문체로 백년전쟁이 끝나갈 무렵, 식품 물가 같은 일상생활에 대한 풍부한 지식과 파리의 여론을 전한다.

그러나 역사적 성향을 띠는 이들 작품의 진정한 문학적 가치는 다른 데서 찾을 수 있다. 나중에 다시 살펴보겠지만, 하나는 프루아사르를 설명하면서 언급했던 역사적 글쓰기와 소설적·허구적 글쓰기의 관계이다. 또다른 하나는 현실과 넓은 의미에서 정치적 관심사들이 다양한 문학 형태들을 장악했다는 점을 들 수 있다.

정치적 고찰

군주와 국가의 공복으로 구성된 이 새로운 작가 집단은 당대의 역사 서술뿐만 아니라 정치적·윤리적 고찰에 문학의 형태를 입혀 더 직접적인 방식으로 공무에 대한 관심을 표명했다.

이러한 성향은 특히 프랑스 궁정에서 샤를 5세와 그의 어린 후계자 샤를 6세의 고문들에게서 찾아볼 수 있다. 바로 이 고문 중 한 사람이 1376년에 『녹원의 꿈*Songe du Verger*』이라는 작품을 쓰는데, 꿈이라는 관습적 틀 안에서 산문으로 된 긴 대화를 통해 교회 권력과 세속 권력의 관계, 특히 한 신부와 기사에 의해 각각 변호되는 교황의 권력과 프랑스 왕의 권력 사이의 관계를 논한다. 샤를 5세가 감행했던 프랑스 재정벌의 결과를 공고히 한 브뤼즈 휴전(1375) 직후에 쓰인 이 작품은 브르타뉴와 영국에 관한 문제, 교황의 로마 귀환, 여성들의 상속, 그리고 브뤼즈 협상 동안 샤를 5세의 법적 지위의 근간이 되었던 프랑스 왕의 주권 등 시사성이 높은 여러 주제를 다룬다. 또 키프로스의 왕 피에르 1세 드 뤼지냥의 재상이었고 샤를 5세의 중요한 고문이었으며 훗날 샤를 6세가 될 왕세자의 스승이었던 필리프 드 메지에르(1327~1405)는 1389년 왕세자를 위해 종교적이며 정치적인 교훈을 담은 정책서 『늙은 순례자의 꿈*Songe du vieux Pèlerin*』을 쓴다. 이 책은 하느님의 나라를 쟁취하기 위한 마음의 준비를 하도록 도와주는 것을 목적으로 했는데, 키프로스 왕국의 전직 재상에게 이 같은 마음의 준비란 항해와 십자군 원정을 의미했다. 내용을 들여다보면, 왕비 '진실Vérité'은 작가의 분신인 '불타는 욕구Ardent Désir'의 손에 이끌려 '정의Justice'와 '평화Paix'와 '연민Miséricorde'의 호위를 받으며 동·서양의 관습과 제도를 탐방한다. 마지막으로 프랑스에 온 왕비는 왕을 비롯한 다양한 사회적 신분들을 검토한다. 뒤이어 여러 개혁들이 제안되고, 작품의 마지막 부는 진정한 정치 개론서다. 한편, 니콜 오렘은 메지에르보다 간접적이고 사변적인 방법으로 아리스토텔레스의 정치학을 통해 국가 윤리를 제시하고, 『통화에 관하여*De moneta*』라는 장에서 통화의 발전이 초래할 수 있는 패덕한 결과들에 대해 고찰한다.

그러나 동류의 작품들 중 가장 유명한 작품은 알랭 샤르티에의 『4자 간 독설 담화*Quadrilogue invectif*』이다. 샤르티에는 샤를 6세와 왕세자(샤를 7세)의 비서였다. 그리고 시인으로서 그의 영향력에 대해서는 이미 앞에서 살펴본 바 있다. 프랑스 왕국 최악의 암흑기였던 트루아 협약 이후 1422년에 쓰인 『4자 간 독설 담화』는 상복을 입은 프랑스가 자신의 자녀들에 대해 불평하는 모습을 그린다.

서로 다른 세 신분의 모습을 한 자녀들은 차례로 발언을 하는데, 평민은 비참함과 절망을, 기사는 고초를 토로하고, 성직자는 국가 전체의 재건을 위한 조건들을 내세운다.

비록 능력 면에서는 조금 뒤처지지만 이들 작가들 못지않은 열정으로 같은 문제들을 다룬 작가들도 있다. 크리스틴 드 피장이 대표적이다. 그녀는 1404년에 『샤를 5세의 무훈과 선행에 관한 서*Livre des faits et bonnes moeurs du roi Charles V*』, 1405년 10월에는 『이자보 드 바비에르에게 보내는 서한*Lettre à Isabeau de Bavière*』, 1404년과 1407년에는 『정책 총서*Livre du corps de policie*』, 1410년에는 『내전의 폐해에 대한 탄식*Lamentation sur les maux de la guerre civile*』, 그리고 1412년에 시작하여 1414년에 완성한 『평화의 서*Livre de la paix*』 등을 펴낸다. 피장의 마지막 작품으로 알려진 것은 1429년에 나온 『잔 다르크 이야기*Ditié de Jehanne d'Arc*』이다.

신기하게도 이 시기의 정치적 고민과 테마들은 이들을 전혀 맞아들일 것 같지 않았던 문학 장르, 즉 목가pastorale를 공략한다. 14세기 전반에 나타난 필리프 드 비트리의 단시 『프랑공티에 이야기*Dit de Franc-Gontier*』는 소박한 생활을 예찬하면서, 시골에 대한 전원시pastourelle의 경멸적이고 조소적인 태도에 등을 돌린다. 참고로 훗날 비용은 비트리의 이 시를 비웃을 것이다. 이러한 가치의 역전은 '전원시'에서 '목가'로의 변천을 알린다. 그러나 공교롭게도 같은 시기에 목가적인 것은 정치적 선전의 가면이 된다. 프루아사르도 몇 편의 전원시들을 남겼는데, 그의 작품에 등장하는 목동들은 전원적 사랑을 저버린 채 세평가가 된다. 또 1422년과 1425년 사이에 쓰인 『파스토랄레*Pastoralet*』는 목가라는 미명하에 샤를 6세 집권기 당시의 사건들을 서술하는 부르고뉴의 과격한 풍자서였다.

마지막으로 앞선 장에서 언급했던 일상에 관한 시는 이 시기에 자연스럽게 시사에 관한 시가 된다. 마쇼는 시대의 불운을 묘사하고, 데상은 뒤 게스클랭의 죽음을 애도한다. 전쟁으로 인해 문턱이 낮아진 감옥은 중요한 시적 테마가 되는데, 그 예로 마쇼가 장르 봉의 포로가 된 샤를 드 나바르를 위해 쓴 『친구의 위안』, 프루아사르의 『푸른 기사 이야기*Dit du bleu chevalier*』와 뱅스라스 드 브라방의 실제 감옥 생활을 우의적으로 표현한 『사랑의 감옥』 등을 들 수 있다. 또 15세기 작품으로는 익명의 시인이 쓴 『낙담한 죄수*Prisonnier desconforté*』, 장 레니에Jean Régnier의 『행운과 역경*Fortunes et adversités*』, 그리고 샤를 도를레앙의 작품들을 예로 들 수 있다.

교육적 노력

문학의 이 같은 진정성과 예지는 정치 영역 밖에서도 수많은 교육적 작품을 통해 발현되었다. 물론 중세 내내 교화와 영성에 대한 작품이 수없이 많이 나타났다. 그러나 장 제르송(1363~1429)처럼 파리 대학의 총장이자 신학자이며, 라틴어는 물론 프랑스어로도 종교 작가로서 활동하고,• 당대의 가장 존경받는 인사 중 한 명이 펜을 잡았을 때 구태의연한 작품들도 새로운 가치를 갖게 되었다. 또

• 작품으로 『관조의 산*La Montagne de contemplation*』, 『정신적 구걸*La Mendicité spirituelle*』, 『영혼의 약*La médecine de l'âme*』, 『일반인을 위한 입문서*L'ABC des simples gens*』 등이 있다—역주.

『귀부인들의 도성*La Cité des Dames*』(1404~1405)을 쓴 크리스틴 드 피장의 작품들처럼 여성들을 위로하고 변호하려 하는 도덕적인 성향의 작품뿐만 아니라, 카탈로니아의 괴짜 신비주의자이자 논리학자 라몬 룰(1232~1315년경)이 쓴 『어린이를 위한 지침』, 『펠릭스 또는 기적*Félix ou les merveilles*』, 그리고 야릇한 성장소설인 『에바스트와 블라케른*Evast et Blaquerne*』 같은 교육용 작품도 나타났다. 앙주의 기사 조프루아 드 라 투르 랑드리(1330~1405년경)는 회상, 일화, 그리고 다양한 출처의 모범적인 이야기exempla들을 집대성하여 『딸들을 위한 교과서*Livre pour l'enseignement de ses filles*』를 펴냈으며, 1393년을 전후해 부유한 노년의 파리 부르주아는 자신의 나이 어린 부인을 위해 절약에 대한 충고와 요리 비결을 담고 있는 『파리식 살림*Mesnagier de Paris*』을 썼다.

한편 과학서나 실용적 지식을 보급하는 작품들도 라틴어뿐만 아니라 속어로도 많이 편찬되었다. 천문학 또는 점성학, 의학 개론서들이 발간되는 한편 사냥이나 전쟁에 관한 책들도 쓰였다. 참고로 사냥에 관한 책들 중에서 가장 유명한 것은 프루아사르를 자신의 궁정에 초대했던 가스통 페뷔스의 작품이다. 또 전쟁에 관한 책 중에는 『궁술*Art d'archerie*』, 『포술*Art d'artillerie*』처럼 발전된 병법의 수법을 다루거나, 조프루아 드 샤르니의 『결투, 시합, 전쟁에 관하여*Demandes pour les joutes, les tournois et la guerre*』나 르네 당주의 『시합의 서*Livre des tournois*』처럼 싸움과 시합의 체계화만을 목적으로 하는 작품들이 있는가 하면, 전쟁의 규칙, 권력과 법의 관계에 대한 고찰을 담은 작품들도 나타났다. 프랑스 국왕의 기를 들고 나섰다가 1356년 푸아티에 전투에서 전사한 조프루아 드 샤르니가 『기사도의 서*Livre de chevalerie*』에서 근대적 전술로 인해 위협받는 기사도의 규칙을 수호하려 할 뿐 전쟁이 민간인들에게 미치는 영향을 고려하지 않았다면, 살롱Salon의 원장 신부 오노레 보베가 쓴 『전투의 나무*Arbre des batailles*』는 세기말에 전혀 다른 관점을 내비쳤다. 이 책은 대부대의 수탈 대상이 되었던 민간인들, 즉 성직자, 학생, 상인, 특히 농부들과 그들의 재산을 보호하기 위한 진정한 공공법규 및 전쟁법전이다. 물론 실제 효력을 발휘하지는 못했지만 이 책은 엄청난 성공을 거두었다. 오늘날 제네바 협정이 언급되는 것처럼 15세기의 여러 조약에서 언급되었고, 크리스틴 드 피장은 1410년에 쓴 『무공과 기사도에 관한 서*Livre des faits d'armes et de chevalerie*』에서 보베의 『전투의 나무』를 베게티우스Vegetius의 프랑스어 번역본과 함께 속속들이 인용했다.

성직자에서 인문주의자로

막연한 인상을 주는 데 그치는 이 교육적 노력 외에, 보다 심층적인 변화가 동시에 나타났는데, 이 변화는 어쩌면 지적 삶과 지식의 개념 자체에 영향을 미쳤는지도 모른다. 14세기에 접어들어 이탈리아로부터 새로운 정신이 불어오기 시작했다. 단테는 중세 사상과 미학뿐만 아니라 기독교적 영성과 고대 문화 유산의 비상한 개괄을 보여주었고, 페트라르카는 스콜라 철학풍의 체계화를 넘어 고대의 참된 모습을 복원하려 했다. 프랑스에서도 고대 작가들의 작품을 번역했다. 이미 장 르 봉의 집권기 동안에 피에르 베르쉬르가 티투스 리비우스의 작품을 옮겼고, 콜레주 드 나바르의 교수를 역임하고 리지외의 주교가 됐던 니콜 오렘(1320~1382년경)은 샤를 5세의 명을 받들어 아리스토텔레스의 작품을 번역했다. 오렘은 라틴어와 프랑스어로 매우 중요한 작품을 남겼으며 이 작품을 통해 실증적 학자이자 일류 수학자로서의 면모를 역력히 보여주었는데, 한 예로 『예견서*Traictié de la Divination*』에서 신비술의 위험을 고발했다. 몇 년 후 콜레주 드 나바르를 중심으로 한 식자들—니콜라 드 클라망주, 피에르와 공티에 콜 부자, 장 드 몽트뢰유 등—은 이탈리아와 교류하고 콜루치오 살루타티와 서한을 주고받기도 했는데, 프랑스어로 글 쓰는 것을 얕보지 않았고 당대의 어려움을 외면하지 않으면서도 고대 라틴어의 순수성과 고대 서한 문체의 세련됨을 회복하려 했다. 가령 15세기 초반의 몇 해 동안 장 드 몽트뢰유는 라틴어와 프랑스어로 된 풍자문에서 영국인들에게 맞서 프랑스 국왕의 권리들을 옹호했다. 이 인문주의 선구자들은 당장에는 결정적인 영향을 미치지 못했다. 1450~1470년에 이르러서야 파리 대학에 첫 인쇄기를 설치한 기욤 피셰가 스콜라적 글쓰기 대신 고대의 능변으로 돌아갈 것을 주장했다. 그러나 이미 15세기 초가 되면, 13세기에 이루어졌던 지식의 대융합은 흔들리고, '성직자clerc'라는 표현이 시사하듯 교회와의 불가분의 관계에 있던 지식인과는 다른, 보다 비판적이고 보다 독립적인 새로운 유형의 지식인이 나타날 시기가 도래했음을 예감할 수 있었다.

제11장

문학적 표현의 형태

문학을 통해 보는 세상

자신의 광휘에 자기 스스로 홀려버리는 경향 때문에 중세는 종종 혹독한 비판의 대상이 되곤 한다. 스스로의 쇠락에 대해 무심하고 무지한 세계가 기사들과 군주들의 화려함 속에 자신을 자족스럽게 비춰보는 듯한 인상을 준다. 인간 조건의 육체적·정신적 비참함조차 '죽음의 무도danse Macabré'와 그 문학적 구현들을 통해 스스로를 과시한다. 사실 이처럼 자기 연출에 적극적으로 임한 시대도 드물다. 연대기에 상세하게 서술된 왕의 행차들은 갖가지 구경거리를 제공한다. 권력과 영예를 자랑하는 군주의 행렬, 그 행렬이 지나가는 길에 나타나는 생생한 삶의 묘사와 우의적 방법으로 상황의 의미를 드러내는 짤막한 극적 순간들, 그리고 모두를 위한 만찬과 술이 흐르는 샘 같은 부의 상징적 표현들이 그러하다. 축성식, 대관식, 투항, 사절 영접 및 회담, 재판, 사형 등 모든 의례가 연극의 상연만큼이나 연출의 기회를 제공했다.

특히 기사 사회는 문학의 거울에 자신을 비춰보고 소설이 제공하는 모델에 따라 변장하는 것을 즐겼다. 아서왕 신화를 주제로 한 축제와 마상 창시합을 자주 벌였고, 각종 유희를 통해서도 소설 속 영웅들의 모험담을 재현했다. 장 드 뤽상부르는 란슬롯 또는 팔라메데스의 문장을 걸치고 아름다운 순례 여인을 위한 시합에서 도전자들을 상대할 때 『고아 알릭상드르*Alixandre l'Orphelin*』의 한 장면에서 영감을 얻었다. 또 르네 당주는 시농 근방에서 기사 모험과 시합을 개최할 때 '즐거운 호위병의 성château de la Joyeuse Garde'이라는 이름을 산문본 『란슬롯』에서 빌려왔다. 1449년 가을에서 이듬해 가을까지 1년 동안 자크 드 랄랭은 눈물의 부인Dame de Pleurs을 위해 모든 적수로부터 눈물의 샘Fontaine de Pleurs을 지켜냈는데, 이 실존 인물의 무공을 기리기 위해 『부시코 사령관의 무용담집*Livre des faits du maréchal Boucicaut*』과 유사하게 소설처럼 쓰인 책, 『자크 드 랄랭의 무용담집*Livre des faits de Jacques de Lalaing*』이 바쳐졌다. 같은 시기에 원탁의 기사들의 문장이 세심하게 정리되기도 했다. 이처럼 이 시기는 가공의 과거에 삶을 불어넣고 삶에 소설의 색채를 입히려고 노력했다.

소설의 거울

그것은 문학사에서 그 어느 때보다도 더 이 시기의 소설들이 과거의 세계를 구현했기 때문이다. 소설의 플롯만큼이나 당시의 가치와 상상계도 과거에 투영되었다. 물론 초기 소설들이나 무훈시들도 동일한 성향을 보였던 만큼 이것은 결코 새로운 면모가 아닌 듯하다. 그러나 중세 말에는 이야기의 과거가 문학 자체의 과거로 인해 배가되었다. 아서왕, 샤를마뉴, 알렉산더대왕은 먼 옛날에 살았던 사람들일 뿐만 아니라 오래전부터 얘기에 등장하던 인물들이었다. 트리스탄과 이졸데의 아들, 그리고 그 손자를 주인공으로 삼은 소설 『슬픈 이사이*Ysaïe le Triste*』의 초반부에 작가는 브르타뉴 모험담들 속의 시간 또한 계속 흘렀음을 강조한다. 자신이 이야기를 시작하는 순간에 아서왕은 연로하고 원탁의 기사들 중 몇 사람도 이미 세상을 떠났다. 이 모든 인물은 비단 오래전에 살았을 뿐 아니라, 문학작품 속에서 영위한 삶 또한 이미 매우 길어져 그 문학작품 속에서마저 노인으로 등장한다. 더욱이 최초의 프랑스 소설에 유입되었을 때처럼 그 삶이 고대 또는 출처가 불분명한 민속적 전통, 또는 꾸며진 역사적 전통 등 다른 문학적 세계가 아니라 바로 중세 소설 안에서 전개되었다는 점에 주목해야 한다. 그 어떤 언어학적·문화적 또는 연대기적인 단절도 없이 중세 말 소설들의 선조격인 작품들과 직접적인 모델이 되었던 작품들 속에서 말이다. 그리하여 처음으로 프랑스 문학은 자체의 과거를 통해 열린 새로운 시각들을 이용하게 된다. 유행과 언어가 시대에 뒤처져 있음을 느끼고, 200~300년 전, 즉 12~13세기의 프랑스어가 당시 언어와는 다른, 거의 이해할 수 없는 고어라는 것을 깨닫는다.

이렇게 새롭게 발견된 특성들은 중세 말 소설의 가장 두드러진 특징, 즉 완전히 새로운 작품들의 상대적 희소성과도 맥이 닿아 있다. 비록 『멜뤼진*Mélusine*』처럼—14세기 말에 나온 장 다라스 산문본과

쿠드렛 운문본이 현존한다—크게 성공한 신작들이 몇 편 있긴 하지만, 그에 비해 전에 있던 얘기들을 산문화한 소설들이 무궁무진하다. 산문화한 소설들은 말 그대로 12~13세기에 쓰였던 운문 소설을 산문으로 개작하고 번안한 작품들이다. 소설뿐만 아니라 무훈시 또한 산문화되었는데, 그것은 산문의 사용이 일반화되면서 종래의 서술 장르 간의 구분이 자연스럽게 그 타당성을 잃었기 때문이다. 실제로 서술 장르의 구분은 과거에 대부분 서로 다른 수용 방식과 연관이 있는 시 장르의 구분에 바탕을 두었다. 서로 다른 문학 장르, 그리고 그 각각과 연관이 있는 다양한 사용 방식들을 장章으로 나뉜 산문 서술로 일원화함으로써 이야기가 어떤 내용이든, 또 무훈시, 고대 또는 브르타뉴 소설, 성인전에서 파생되었든, 관객으로부터 그 이야기에 대한 똑같은 기대를 이끌어낼 수 있게 되었다. 이때부터 각 장르 고유의 세계관은 독자들 눈에 그 특수성을 잃게 되었고, 서술 문학 전체를 통틀어 공통된 이념적 융합체 안에 수렴되었다. 그리하여 다소 혼종적인 몇몇 소설은 운문으로 된 원작이 별반 인기를 못 얻었으나 산문화된 이후 널리 보급되었다. 그 예로 『베리누스 *Bérinus*』, 『콘스탄티노플의 아름다운 헬렌』, 그리고 약간 다른 관점에서 『티로스의 아폴로니우스』 등을 꼽을 수 있다. 산문 작품에서는 모든 요소가 모험에 기여한다. 각 산문 번안본이 원작에 얼마나 충실하든 그것과는 별도로, 이렇게 번안본들로 구성된 문학작품들의 총체는 새로운 색조를 띠고 가치를 갖게 되었다.

더욱이 역사 서술의 방식을 따르면서 소설은 생성 초기에 그랬듯이 역사에 준하는 장르로서의 특권을 되찾게 되었다. 한 예로 15세기에 서사 장르의 총체를 편찬하면서 부르고뉴 출신의 다비드 오베르David Aubert는 자신의 방대한 저서에 『샤를마뉴의 연대기와 원정들*Chroniques et Conquêtes de Charlemagne*』이라는 제목을 붙였다. 한편, 고대와 십자군 소재의 작품들은, 비록 신작들의 출처가 순전히 허구적이거나 서사적이고 내용 대부분을 신비적 요소에 할애하긴 했지만, 더 두드러진 역사적 색채를 띠게끔 개작되었다. 『보두앵 드 플랑드르*Baudoin de Flandres*』의 도입부에서는 플랑드르의 한 백작이 동양 공주의 시신에 들어간 악귀와 결혼한다. 인도와 아랍 문학에 익히 알려진 이 모티프는 얼마 후 『악귀 로베르*Robert le Diable*』의 속편 『겁 없는 리샤르*Richard sans peur*』에 다시 사용되었다. 그러나 이 시기부터 소설은 한 영웅의 모험담에 중점을 두는 대신, 필리프 2세, 성왕 루이, 필리프 3세의 집권기를 배경으로 여러 인물들의 이야기를 다루는 연대기로 둔갑했다. 사건이나 이야기가 결말에 이르러 매듭지어지는 것이 아니라 필리프 3세의 죽음과 필리프 4세의 즉위식을 끝으로 종결되었고, 부빈 전투 아니면 제7차 십자군 원정의 역사가 다시 쓰이기도 했다. 페랑 드 플랑드르나 장 트리스탕의 예에서 볼 수 있듯이 역사적인 인물들에 초점을 두고 그들에게 순전히 지어낸 운명을 뒤집어씌우기도 했다. 참고로 장 트리스탕은 루이 9세의 넷째아들로, 다미엣에서 태어나 튀니스에서 사망했는데, 소설에서 성왕 루이의 맏아들이 되면서 더욱더 파란만장한 삶을 살게 된다.

군주들의 후원으로 한 가문이 역사와 신화 속에 내린 뿌리, 그리고 가문을 빛낸 인물들을 기리기 위해 주문에 따라 쓰인 계보 소설들이 장려되었다. 『가브르 성주들의 이야기*Histoire des seigneurs de Gavre*』나 뤼지냥 가문의 일원들을 위해 쓰인 『멜뤼진』의 두 이본,

앵글로-노르만의 가족 소설 전통을 잇는 『푸크 르 피츠 바랭*Fouke le Fitz Warin*』과 『가이 오브 워릭*Gui de Warwick*』이 이 경우에 해당한다. 부르고뉴 궁정에서 쓰인 소설들도 역사적 외양을 적극적으로 이용하여 암시나 비유를 통해 암암리에 공작의 위신을 세워주었다. 『아르투아 백작 이야기*Roman du comte d'Artois*』나 황금 양모 기사단의 창단과 명백히 관련이 있는 라울 르 페브르의 『이아손과 메데이아 이야기*Histoire de Jason et de Médée*』에서와 같이 말이다. 가장 고전적이고 역사적인 성격이 덜한 소설들을 산문화한 작품들조차 역사에 가까이 다가가려고 노력했다. 서론과 종결문에서 왕조와 가문에 관한 상세한 정보를 늘리고, 연대기적 지표와 실제 사건·실존 인물에 대한 암시를 늘려갔다. 이러한 특징은 크레티앵 드 트루아의 『에렉』과 『클리제스』, 아드네 르 루아의 『아르투아 백작 이야기』, 자케메스의 『쿠시 성주와 파이엘 부인 이야기』를 산문화한 소설들을 비롯한 많은 작품에서 찾아볼 수 있다.

그와 더불어 많은 소설들이, 앞에서 살펴본 『부시코 사령관의 무용담집』, 『자크 드 랄랭의 무용담집』, 『주방셀』처럼 허구와 완전히 단절되었다고 자부하는 작품들과 마찬가지로 교육 및 교훈에 대한 관심을 담고 있었다. 이러한 관심은 『슬픈 이사이』나 『페르스포레스트*Perceforest*』 같은 브르타뉴 소설뿐만 아니라, 앙투안 드 라 살의 『장 드 생트레*Jehan de Saintré*』처럼 가까운 과거를 배경으로 하고 여러 면에서 『자크 드 랄랭의 무용담집』에 가까운 소설에도 나타난다.

그렇다고 해서 운문 소설이 하루아침에 사라진다고 여겨서는 안 된다. 14세기에도 운문 소설이 꽤 많았다. 그러나 산문이 점차 소설 전개의 자연스러운 형태로 주도권을 잡으면서 운문을 밀어냄과 동시에 반동적으로 운문에 특별한 가치를 부여한다. 운문의 사용은 그 자체가 과거 향수의 표현이 될 수 있다. 1380년대에 아서왕을 소재로 장편 운문 소설 『멜리아도르』를 쓴 프루아사르에게는 그랬던 것 같다. 이 작품은 한 세기 전 제라르 다미앵Gérard d'Amiens이 『에스카노르』를 쓴 이후로 끊겼던 운문 소설의 맥을 유일하게 계승하고 있다. 그러나 운문의 사용이 미숙한 글솜씨에 기인할 때도 있었고, 그런 만큼 준準대중적이거나 적어도 문학적으로 별로 발전하지 않은 작품들(『엘레두스와 세레나*Eledus et Serena*』, 『브룅 드 라 몽타뉴』)의 특징인 보수적 성향을 띠기도 했다.

그러나 운문 소설들은 감정적이고 주관적인 색채를 띠기도 하는데, 이러한 색채는 당시의 운문을 특징짓기 시작하고, 앞에서도 보았듯이, 시 개념의 탄생을 알렸다. 그리하여 운문 소설들은 연애 모험담에 종종 내면화된 우의적 표현을 사용하는 경향이 있다. 『일각수가 지키는 귀부인과 사자를 거느린 미남 기사*Roman de la Dame à la Licorne et du Beau Chevalier au Lion*』에서처럼 우의적 표현이 조심스럽게 암암리에 사용되더라도 말이다. 그리고 진짜 소설의 형태를 유지하는 이 소설과, 비록 서술적 성향을 보이지만 소설 장르에는 속하지 않는, 즉 서술자의 우의적 꿈이나 자아의 연애 모험을 그리는 '디트'들 사이에는 분류가 불분명한 시나 반산문시prosimètre가 존재하여 둘 사이의 연속성을 보장한다. 그 예로 『장미 이야기』의 영향을 받은 연애에 관한 디트(모델로 삼은 라틴어 작품의 번역본에 장 드 묑을 그대로 모방한 대목을 첨가한 장 브라드페르 드 다마르탱앙고알의 『팡필과 갈라테*Pamphile et Galatée*』), 그리고 우의적 소설과 브르타뉴 소설의 접점에서 나타난 자아 소설(살뤼스 후작 토마 3세의 『방랑 기사*Chevalier errant*』나 훗날 르네 당주 왕의 『사랑에 사로잡힌 마음의 서』)을 들 수 있다. 첫번째 작품은 『장미 이야기』에서 여러 대목을 통째로 차용해 오기도 하는데, 그렇다고 해서 제법 특이한 발상을 가진 이 방대한 작품이 표절작에 그치는 것은 아니다. 서술 방식이 소설의 모범을 가장 지속적으로 잘 따른 두번째 작품은, 공공연히 『장미 이야기』와 아서왕 소설들에서 영감을 얻었다. 문예애호가인 군주들과 독자들을 위해 쓰인 이 작품들은 서술의 주관적인 측면을 따라 당대의 상상력을 매혹하고 풍부하게 하는 요소들을 배합했다.

마지막으로, 15세기의 마지막 몇 해 동안 태동하는 인문주의는 운문에 새로운 가치를 부여한 듯하다. 옥토비앵 드 생즐레의 관점에서 볼 때—그것이 심지어 서투르다 할지라도—『아이네이스』나 『에우리알로스와 루크레티우스*Eurialus et Lucrèce*』를 운문으로 번역한다는 것은 명백한 식자의 면모였다.

운문 소설이 부차적 장르로 물러앉았다면, 서술 장르 중에서 중세 말에 비약적으로 가장 왕성한 발전을 보인 장르는 단편소설 즉 누벨nouvelle이다. 15세기 중반에 나타나는 『100편의 새로운 단편소설*Cent nouvelles nouvelles*』처럼, 보카치오의 『데카메론』에서 마르그리트 드 나바르의 『헵타메론*Heptaméron*』의 맥을 잇는 수많은 작품들이 나타났다. 이탈리아의 영향은 훗날 다른 문학 장르들을 섭렵하기 전에 일찍이 단편소설에서 나타났다. 우화시fabliau의 전통을 물려받은 단편소설은 기꺼이 추잡한 어조를 띠는 한편, 사랑과 사회에서 여성의 위치에 대한 논쟁적 고찰의 장을 제공했다. 이러한 고찰은 『결혼의 열다섯 가지 기쁨*Quinze joies de mariage*』의 여성 혐오적 성향이 잘 보여주듯이 여성주의를 둘러싼 분쟁과 맥이 닿아 있고, 각 '사건'의 진술이 새로운 일화를 언급할 계기를 제공하는 마르샬 도베르뉴의 『사랑의 판결*Arrêts d'Amour*』처럼 연애 풍습에 대한 궁정풍 논쟁을 이어가기도 했다. 오로지 과거로 편향된 소설과 달리 단편소설은 현재를 배경으로 한다. 소설이 현재의 가치들을 과거에 투영하여 예찬하고 정당화한다면, 단편소설은 그 가치들에 대해 의문을 제기하며, 또한 과장적인 성향이 있는 소설과 달리 비판적이다. 소설과 단편소설의 관계는 단편소설적 성향을 띠는 앙투안 드 라 살의 소설 『장 드 생트레』에 명백하게 드러난다. 비록 이 작품은 소설의 형태를 유지하고 있으나, 벨쿠진의 귀부인의 위선과 그녀의 연인인 사제의 의기양양한 외설스러움, 장 생트레의 굴욕과 복수의 잔인함 등 모든 요소가 그 허울만이 보존된 궁정풍 연애와 기사도 세계의 전통적인 특징, 즉 우아한 완벽함과 어긋난다. 당대의 관습들은 소설적 과거에 의한 미화美化가 사라지는 순간 본연의 모습인 저속함을 드러낸다. 이처럼 과거의 망상을 거부하기 때문에 15세기의 소설가는 풍속 비평가로서의 면모를 띤다.

그런 만큼 근대적 의미의 소설은 단편소설 즉 누벨의 소산이라고 할 수 있다. 그 외의 중세 소설이나 기사도 소설은 부차적이고 특이한 행보를 따르게 된다. 중세 말의 소설들은 15세기 말부터 대량으로 출판되어, 돈키호테의 상상력을 풍부하게 했다. 그러나 이 소설들은 점차 대중문학 속으로 파고들고, 일부 작품은 행상들이 파는 문고판 덕분에 19세기까지 살아남았다. 이렇게 널리 보급되어 있으면서도 무명의 모습으로 이 소설들은 18세기 말 중세가 부활하기를 기다린다.

연극

소설은 은유를 통해 반영하고자 하는 현실을 나타낸다. 그러나 앞에서도 언급했듯이, 중세 말은 모든 것이 재현되고 연출되는 시기이며, 희곡이 크게 발전하는 시기이기도 하다. 우선 종교극을 살펴보자면, 초기 대표작으로 꼽히는 장 보델의 『성 니콜라 극』이나 뤼트뵈프의 『테오필의 기적』 같은 인물 중심의 신비극miracle이 다수 나타나는데, 자신들의 수호 성인을 찬양하려 애쓰는 종교 단체들의 주문을 받아 창작된 작품이 많았다. 성자들의 신비극이나 『성모의 기적*Miracles de Notre Dame*』 같은 신비극—가장 유명한 고티에 드 쿠앵시(1177~1236년경)의 작품처럼 오래된 이야기 모음들을 희곡화한 신비극—은 승천 후 성자 또는 성모 마리아가 이룬 기적을 개별적으로 다루었다. 반면 성극mystère은 한 성자의 일대기나 성경의 한 권 또는 한 장 전체를 무대에 올렸다. 성극은 우의적 개체들을 바탕으로 종교, 윤리 또는 정치적 주제를 다루는 교훈극moralité은 물론 익살극farce과 함께 상연되었기 때문에 보통 하루 종일 공연했으며, 그리스도의 수난이나 사도행전을 다룬 대성극의 경우에는 며칠에 걸쳐 공연되기도 했다. 이들 공연은 각 도시에서 많은 돈을 들여 준비했는데, 특히 고문과 체형體刑을 생생하게 나타내기 위해 기계설비와 특수효과 장치들을 이용하여 무대를 연출했다. 연극 준비에 남녀노소 모두가 동원되었고, 이들은 공연을 구경하기 위해 또다시 모여 광장 하나를 가득 메우기도 하는 무대를 둘러쌌다.•

• Henri Rey-Flaud, *Le Cercle magique*, Paris, 1973—원주.

15세기에 그리스도의 수난을 다룬 성극—외스타슈 메르카데의 작품(1420)을 비롯해서 아르눌 그레방의 경이로운 작품(1452), 그리고 그것을 1486년에 번안하고 증보한 장 미셸의 작품—은 수만 행(장 미셸의 작품의 경우 약 3만 5000행)으로 구성되어 있었다. 성극은 그리스도의 수난 외에도 구약성서 전체를 거슬러올라가 인간의 창조, 원죄, 구세주의 기다림과 신의 약속을 다룸으로써 구원의 역사와, 인간과 신의 관계, 속죄의 원리에 대한 폭넓은 고찰의 기회를 제공했다. 한편 서슴지 않고 유다의 존속살해, 근친상간 등 진위가 불확실한 요소들을 더하고, 감동적이거나 재미있는 일상의 장면들을 담으며, 악마를 구현할 때에는 우스꽝스러운 장면들을 연출하기도 했다. 아르눌 그레방과 시몽 그레방의 장편 『사도행전 성극*Mystère des Actes des Apôtres*』(6만 2000행)은 그리스도의 수난 외에 추가로 로마제국 시대에 탄생한 기독교의 역사를 다루었다.

그 외에도 세속적인 주제들을 다룬 성극들이 있는데, 그중 잔 다르크가 명예를 회복할 무렵에 나타난 『오를레앙 전투 성극*Mystère du siège d'Orléans*』(1453)은 지역 성인을 예찬하는 작품으로 읽힐 수 있으며, 2만 7000행으로 구성되어 있어 나흘에 걸쳐 공연되었던 자크 밀레Jacques Milet의 『대트로이아의 파멸 성극*Mystère de la destruction de Troie la Grant*』은 샤를 7세에게 바쳐진 작품으로서, 최초로 고대 세계를 그려내고 프랑크족이 트로이아의 후예라는 신화를 이용했다. 또 『그리젤디스*Griseldis*』처럼 본질적으로 종교적이지는 않으나 신앙심을 고무하는 성극도 있다.

한편 희극은 종교극처럼 대망을 품지 않았으며 그만큼 발전하지 못했다. 소극sottie과 익살극farce이라는 두 개의 주요 장르에 속하는 약 300~500행의 짤막한 작품들이 남아 있을 뿐이다. 파리의 '근심 없는 아이들Enfants sans souci'이나 루앙의 '오쟁이진 남자들Cornards' 같은 취미 동아리의 활동과 일부 연관이 있었던 소극은 도시의 지식인 사회, 특히 파리처럼 법률가, 서기 등 법조계 인사들이 참여한 길드의 지식인 집단에서 기원했다. 소극에서 특이한 복장으로 알아볼 수 있는 바보들은 자신들의 왕자와 바보 어멈을 선출한다. 역설과 부조리로 이루어진 그들의 객설은 상식에 근거한 말보다 더 많은 진실을 내포하고 있다. 소극, 특히 법원 서기 길드에서 만들어진 작품들은 역설적인 방법으로 실제 재판 절차를 구현하는데, 피고는 개인Chacun 또는 대중Les Gens으로, 판결이 내려지면 판사는 바보들에게 왕궁을 개혁하라고 명한다.● 그 외에도 불쌍하거나 비루하다고 낙인찍힌 계층에 속하는 사회적 유형들을 주로 다루는 소극도 있다. 비록 어조가 완전히 다르고 정치적인 색채가 더 짙긴 하지만 이 작품들에 내재된 풍자의 수위는 이전 시대에 세태에 대한 잡지들에 나타났던 것과 비슷하다. 한 예로 앙드레 드 라 비뉴의 『7명의 소극*Sottie à VII personnages*』(1507)을 살펴볼 수 있는데, 엉뚱한 언어유희와 동음이의어를 이용한 말장난, 횡설수설하는 전개, 동어반복을 이용한 유희annominatio 등은 완벽한 듯한 자유 뒤에 대가들에 버금가는 뛰어난 기교를 숨기고 있다.

반면 익살극은 체계적인 방식으로 속이는 자가 속는 자가 되는 상황의 반전을 이끌어내기 위해 온갖 수단과 방법을 동원한다. 우화시의 정신을 계승하여 삼각관계의 인물들을 적극적으로 무대에

● 『서로 속이며 우쭐해하는 바보들의 소극*Sottie des Sots triomphants qui trompent Chacun*』, 『바조슈의 고발 소극*Sottie pour le cry de la Basoche*』 — 원주.

올리고, 무슨 말이든 곧이곧대로 믿는 순진한 익살꾼의 시선을 통해 진실을 드러내며, 굳이 의도하지 않고도 인습을 조롱거리로 만든다. 그리고 가끔씩 연식 구성을 통해 대사 사이에 상투적인 언사들을 끼워넣는다. 어떤 익살극은 문자대로 해석되는 격언을 발전시키는데,• 가장 유명하고 공들여 만들어진 작품으로는 대략 1461년과 1469년 사이에 나온 『파틀랭*Pathelin*』을 꼽을 수 있다.

이 모든 형태의 연극은, 정통성이 의심되는 성극이 종교개혁으로 인해 발생한 긴장 상황을 견디지 못하고 1548년 파리에서만큼은 금지되었지만, 중세 말뿐만 아니라 16세기의 산물이다. 연극뿐만 아니라 다른 문학 장르에서도 15세기 말은 그 자체로 명확한 단절을 의미하지 않는다. 대수사파 시인들은 15세기뿐만 아니라 16세기의 시인들이기도 하고, 중세적 서정 장르들은 오랫동안 숭앙되었다. 기사 소설들은 인쇄업자들에게 큰돈을 벌어다주었고, 『트리스탄』의 한 이본을 썼다고 하는 리옹 출신의 작가 피에르 살라는 프랑수아 1세에게 마치 신작인 것처럼 크레티앵 드 트루아의 『사자의 기사』를 선사했다. 한편 몽테뉴는 프루아사르를 인용하기도 했다. 이처럼 중세는 낭만주의에 의해 발굴된 것이 아니다. 프랑스 문학은 한 번도 중세의 영향에서 벗어난 적이 없다.

• 『잠자는 고양이를 깨우는 자들의 익살극*Farce des éveilleurs du chat qui dort*』, 『서방에게 방광이 등잔이라 속이는 아낙들의 익살극*Farce des femmes qui font accroire à leurs marys de vecies que ce sont lanternes*』—원주.

참고문헌

Bossuat, R., *Manuel bibliographique de la littérature française du Moyen Age*, Paris, d'Argences, 1950.

______, *Supplément (1949~1953)* avec le concours de J. Monfrin, Paris, d'Argences, 1955.

______, *Second supplément (1954~1960)*, Paris, d'Argences, 1961.

______, *Troisième supplément (1960~1980)* par F. Viellard et J. Monfrin, Paris, Editions du C.N.R.S., t. 1, 1986, t. 2, 1991.

위 편람은 오일어 문학에 대한 모든 출판물의 목록을 만드는 것을 목표로 하는데, 오크어 문학에 관해 이에 버금가는 목록이 존재하지 않는다. 그러나 유용한 선별적인 목록들은 있다.

Taylor, R. A., *La Littérature occitane du Moyen Age. Bibliographie sélective et critique*, Toronto U. P., 1977.

국제오크어연구학회지Bulletin de l'Association Internationale d'Études Occitanes에서 테일러Taylor의 목록에 최근 출판물들을 추가하여 갱신할 예정이다. 이 가운데 첫 목록으로 남부 음유시인들에 관한 목록이 1990년 5호에 수록되었다.

특정 작가들—크레티앵 드 트루와, 마리 프랑스 등—에 관한 몇몇 문헌 목록이 영국 출판사 그랜트 앤드 커틀러Grant & Culter에서 발행되었다.

1958년부터 10~13세기 오크어 문명, 예술, 사상과 문학 등 전 영역에 관한 주제별 문헌 목록이 해마다 아래의 논문집에 수록되었다.

Cahiers de Civilisation Médiévale (Centre d'Etudes Supérieures de Civilisation Médiévale de l'université de Poitiers).

중세 라틴어에 관한 문헌 목록이 1980년부터 아래의 논문집에 수록되었다.

Medioevo latino. (*Bolletino bibliografico delle cultura europea dal secolo VI al XIII*, a cura di Claudio Leonardi, Spolète)

프랑스에 국한하여 중세 역사는 물론 문학사를 비롯한 관련 연구 분야에 관해서는 다음 목록을 참고할 수 있다.

Bibliographie de l'histoire médiévale en France (1965~1990), textes réunis par Michel Balard, Paris, Publications de la Sorbonne, 1992.

학회들이 매년 출간하는 전문적인 성격의 몇몇 문헌 목록들도 있다. 이를테면 다음과 같은 것들이다.

Bulletin Bibliographique de la Société Internationale Arthurienne.

Bulletin Bibliographique de la Société Internationale Rencesvals, pour l'étude des chansons de geste romanes.

Encomia, Bulletin de la Société Internationale d'Etude Courtoise.

마지막으로, 프랑스 문학에 관해 매년 출간되는 문헌 목록들이 있는데, 특히 오토 클라프Otto Klapp, 르네 랑쾨르René Rancœur의 목록과 미국현대어문학회Modern Language Association of America의 목록 등이 참고할 만하다.

사전 및 안내서

Badel, P. Y., *Introduction à la vie littéraire du Moyen Age*, Paris, Bordas, 1969, édit. Revue 1984.

Baumgartner, Emmanuèle, *Histoire de la littérature française. Moyen Age (1050~1486)*, Paris, Bordas, 1987.

Boutet, Dominique et Armand Strubel, *La Littérature française du Moyen Age*, Paris, P.U.F., 1978 (Que sais-je? 145).

Dictionnaire des Lettres françaises, sous la direction du Cardinal G. Grente. *I. Le Moyen Age*, vol. préparé par R. Bossuat, L. Pichard et G. Raynaud de Lage.

Edition entièrement révisée et mise à jour sous la direction de G. Hasenohr et M. Zink, Paris, Le Livre de Poche, 《La Pochothèque》, 1992.

Gally, Michèle et Marchello-Nizia Christiane, *Littérature de l'Europe médiévale*, Paris, Magnard, 1985.

Gundriss der romanischen Literaturen des Mittelalters, Heidelberg, Carl Winter Verlag.Volume I, *Généralités*, sous la direction de M. Delbouille, 1972. Volume II, *Les Genres lyriques*, sous la direction de E. Köhler (seuls les fascicules 4, 5, et 7 du tome I concernant essentiellement les genres non courtois ont paru, respectivement en 1980, 1979 et 1990). Volume III, *Les Épopées romanes*, sous la direction de R. Lejeune (seul le fascicule 2 du tome 1 sur la *Chanson de Roland* et la Geste de Charlemagne a paru en 1981). Volume IV, *Le Roman jusqu'à la fin du XIIIe siècle*, sous la direction de J. Frappier et R. Grimm, t. 1, 1978, t.

2, 1984. Volume VI, *La Littérature didactique, allégorique et satirique*, sous la direction de H. R. Jauss, t. 1, 1968, t. 2, 1970. Volume VIII, *La Littérature française aux XVIe et XVe siècle*, sous la direction de D. Poirion, t. 1, 1988. Volume XI, *La Littérature historiographique des origines à 1500*, sous la direction de H. U. Grumbrecht, U. Link-Heer et P. M. Spangenberg, t. 1 en 3 vol., 1986~1987.

(이 시리즈의 각 편은 2부, 즉 대상 장르와 시대에 관한 논문들을 엮은 역사 부분과 각 텍스트에 대한 소개를 담은 문헌 부분으로 나뉘어 있으며, 일반적으로 각 편이 2권의 책으로 구성된다. 전체 기획에 따르면 총 13편이 발간될 예정이다.)

Le Goff, Jacques et Jean-Claude Schmitt, *Dictionnaire raisonné de l'Occident médiéval*, Paris, Fayard. 1999.

Lexicon des Mittelalters, Munich, Artemis Verlag, 1977~1999.

Littérature française, collection dirigée par Claude Pichois, Paris, Arthaud. *Le Moyen Age I, des origines à 1300*, par Jean-Charles Payen, 1970. *Le Moyen Age II, 1300~1480*, Daniel Poirion, Paris, 1971.

Poirion, Daniel (sous la direction de), *Précis de littérature française du Moyen Age*, Paris, P.U.F., 1983.

Typologie des sources du Moyen Age occidental, sous la direction de Léopold Genicot (Université catholique de Louvain), Turnhout, Brepols.

(여러 권의 별책으로 구성된 이 책은 편집과 출판이 진행중이나 구체적인 기획안에 따라 각 원전의 성격과 특징적인 해석학적 규칙들을 밝힐 것이다.)

Zink, Michel, *Littérature française du Moyen Age*, Paris, P.U.F., Collection 1er cycle, 1992.

비평본

이 책에서 언급된 모든 작품들의 판본을 단 한 편만이라도 모두 언급하는 것은 불가능하다. 위에 수록된 출판물 목록과 다음 전집들의 목록을 참고하기 바란다.

Société des Anciens Textes Français (S.A.T.F.), Paris: éditions critiques.
Classiques Français du Moyen Age (C.F.M.A.), Paris, Champion : éditions critiques.
(비평본 시리즈로 일부는 이중언어판으로 되어 있다. 최근에 몇몇 단일언어판들이 이중언어판으로 다시 출간되었다.)
Textes Littéraires Français (T.L.F.), Genève, Droz: éditions critiques.
(이 전집은 중세 작품에 국한되어 있지 않지만 많은 자리를 할애한다.)
Bibliothèque française et romane, Paris, Kincksieck: éditions critiques.
Lettres gothiques, Paris, Le Livre de Poche.
(이중언어본으로 중세 작품의 원문과 번연본을 나란히 수록.)
Bibliothèque médiévale, Paris, U.G.E. 10/18.
(일부는 이중언어본, 일부는 번역본만 수록.)
Sock Plus Moyen Age, Paris, Stock. (번역본만 수록.)

몇몇 중세 작품들은 클라시크 가르니에Classiques Garnier(중세 프랑스어-프랑스어 비평본), 가르니에-플라마리옹Garnier-Flammarion과 폴리오Folio(대개의 경우 이미 나와 있는 중세 프랑스어 비평본에 현대 프랑스어 번역본을 대조할 수 있도록 페이지 양면에 나란히 또는 상하로 수록; 폴리오에서는 드물게 현대 프랑스어 번역본만 수록)에서 출간되었다.

중요하거나 구하기 쉬운 비평서들

본 목록이 간략한 만큼 임의적으로 비평서들을 선택했다. 그러나 중세 프랑스 문학의 각 영역에 대해 적어도 한 편의 비평서를 수록하도록 각별히 주의를 기울였다. 과학적이기보다는 실용적인 이유로 프랑스어로 된 비평서들을 우선적으로 수록했다.

Accarie, Maurice, *Le Théâtre sacréà la fin du Moyen Age : le mystère de la*

Passion de Jean Michel, Genève, Droz, 1980.

Ainsworth, Peter F., *Froissart and the Fabric of History*, Oxford, Clarendon, 1991.

Akehurst, F.R.P, et Davis Judith M. (dir.), *A Handbook of the Troubadours*, Berkeley, University of California Press, 1995.

Aubailly, *Le Monologue, le dialogue et la sottie. Essai sur quelques genres dramatiques à la fin du Moyen Age et au début du XVIe siècle*, Paris, Champion, 1976.

Badel, Pierre-Yves, *Le* Roman de la Rose *au XIVe siècle. Etude de la réception de l'œuvre*, Genève, Droz, 1980.

Batany, Jean, *Approches du* Roman de la Rose, Paris, Bordas, 1973.

Baumgartner, Emmanuèle, *Le《Tristan en prose》. Essai d'interprétation d'un roman médiéval*, Genève, Droz, 1975.

______, *Tristan et Iseut*, Paris, P.U.F., 1987.

Bedier, Joseph, *Les Fabliaux*, Paris, Champion, 1893.

______, *Les Légendes épiques*, Paris, Champion, 4 vol., 1908~1913.

Bezzola, Reto R., *Les Origines et la formation de la littérature courtoise en Occident (500~1200)*, 5 vol., Paris, Champion, 1944~1967.

Bordier, Jean-Pierre, *Le Jeu de la Passion. Le message chrétien et le théâtre français (XIIIe-XVIe s.)*, Paris, Champion, 1998.

Bossuat, Robert, *Le Roman de Renart*, Paris, Hatier, 1967.

Boutet, Dominique, *Les Fabliaux*, Paris, P.U.F., 1985.

______, *La Chanson de geste*, Paris, P.U.F., 1993.

Boutet, Dominique et Armand Strubel, *Littérature, politique et société dans la France du Moyen Age*, Paris, P.U.F., 1979.

Cerquiglini, Jacqueline, *《Un engin si soutil.》 Guillaume de Machaut et l'écriture au XIVe siècle*, Paris, Champion, 1985.

Curtius, Ernst R., *La Littérature européenne et le Moyen Age latin*, Paris, P.U.F., 1956, nouv. Edit. 2 vol. 1986 (origin., allem. 1947).

Davenson, Henri (Henri-Irénée Marrou), *Les Troubadours*, Paris, Le Seuil, 1961.

De Bruyne, Edgar, *Etudes d'esthétique médiévale* (1946), 2 vol., Paris, Albin Michel, 1998.

Di Girolamo, Costanzo, *I Trovatori*, Turin, BollatiBoringhieri, 1989.

Doutrepont, Georges, *La Littérature à la cour des ducs de Bourgogne*, Paris, 1909.

______, *Les Mises en prose des épopées et des romans chevaleresques du XIV*e *au XVI*e *siècle*, Bruxelles, 1939.

Dragonetti, Roger, *La Technique poétique des trouvères dans la chanson courtoise. Contribution à l'étude de la rhétorique médiévale*, Bruges, De Tempel, 1960.

Dubuis, Roger, *Les* Cent Nouvelles nouvelles *et la tradition de la nouvelle en France au Moyen Age*, Presses Universitaires de Grenoble, 1973.

Dufournet, Jean, *La Destruction des mythes dans les Mémoires de Philippe de Commynes*, Genève, Droz, 1966.

______, *Les Ecrivains de la quatrième croisade, Villehardouin et Clari*, Paris, SEDES, 1973.

______, *Adam de la Halle à la recherche de lui-même ou Le Jeu dramatique de la Feuillée*, et *Sur le* Jeu de la Feuillée. *Etudes complémentaires*, Paris, SEDES, 1974 et 1977.

Duggan, Joseph, *The Song of Roland. Formulaic Style and Poetic Craft*, Berkeley U.P., 1973.

Faral, Edmond, *Les Jongleurs en France au Moyen Age*, Paris, Champion, 1910.

______, *La Légende arthurienne*, 3 vol., Paris, Champion, 1929.

Favier, Jean, *François Villon*, Paris, Fayard, 1982 (rééd. Marabout Université, 1983).

Flinn, John, *Le* Roman de Renart *dans la littérature française du Moyen Age et dans les littératures étrangères*, Toronto U.P., 1963.

Formisano, Luciano (sous la direction de), *La Lirica*, Bologne, Il Mulino, 《Strumenti di filologia romanza》, 1990.

Foulet, Lucien, *Le Roman de Renart*, Paris, 1914.

Foulon, Charles, *L'Œuvre de Jean Bodel*, Paris, 1958.

Frappier, Jean, *Etude sur* La Mort le roi Artu, Genève, Droz, 3e édit. Revue, 1972.

Gauchier, Elisabeth, *La Biographie chevaleresque. Typologie d'un genre (XIIIe-XVe siècle)*, Paris, Champion, 1994.

Gruber, Jörg, *Die Dialektik des Trobar. UntersuchungenzurStruktur und Entwicklung des occitanischen und französischenMinnesangs des 12Jahrhunderts*, Tübingen, Max Niemeyer, 1983.

Harf-Lancner, Laurence, *Les Fées dans la littérature française du Moyen Age. Morgane et Mélusine*, Paris, Champion, 1984.

Jauss, Hans Robert, *Alterität und Modernität der mittelalterlichen Literatur*, Munich, Wilhelm Fink, 1977.

Jeanroy, Alfred, *Les Origines de la poésie lyrique en France au Moyen Age*, Paris, Champion, 1889.

______, *La Poésie lyrique des troubadours*, 2 vol., Toulouse-Paris, Privat-Didier, 1934.

Jung, Marc René, *Etudes sur le poème allégorique en France au Moyen Age*, Berne, Francke, 1971.

Kay, Sarah, *Subjectivity in Troubadour Poetry*, Cambridge U.P., 1990.

Köhler, Erich, *Trobadorlyrik und höfischer Roman*, Berlin, 1962.

______, *L'Aventure chevaleresque. Idéal et réalité dans le roman courtois.* Préface de Jacques Le Goff, Paris, Gallimard, 1974 (origin. Allem. 1956).

Konigson, Elie, *L'Espace théâtral médiéval*, Paris, 1976,

Lacy, N.J., Kelly D. and Busby K. (sous la direction de), *The Legacy of Chrétien de Troyes*, 2 vol., Amsterdam, Rodopi, 1987-1988.

Le Gentil, Pierre, *La Chanson de Roland*, Paris, Hatier, 1962.

______, *Villon*, Paris, Hatier, 1967.

Lejeune, Rita, *L'Œuvre de Jean Renart. Contribution à l'étude du genre romanesque au Moyen Age*, Paris-Liège, 1935.

Loomis, Roger S. (sous la direction de), *Arthurian Literature in the Middle Ages*, Oxford, Clarendon, 1959.

Lot, Ferdinand, *Etudes sur le Lancelot en prose*, Paris, Champion, 1918.

______, *Etudes sur les légendes épiques françaises*, Paris, Champion, 1958.

Marx, Jean, *La Légende arthurienne et le Graal*, Paris, P.U.F., 1952.

Méla, Charles, *La Reine et le Graal. La Conjointure dans les romans du Graal*, Paris, Le Seuil, 1981.

Ménard, Philippe, *Le Rire et le sourire dans le roman courtois en France au Moyen Age (1150~1250)*, Genève, Droz, 1969.

______, *Les Lais de Marie de France*, Paris, P.U.F., 1979.

Menéndez, Pidal Ramón, *La Chanson de Roland et la tradition épique des Francs*, Paris, Picard, 1960 (origin. Esp. 1959).

Molk, Ulrich, *Trobar clus, Trobar leu. Studien zur Dichtungstheorie der Trobadors*, Munich, W. Fink, 1968.

Mora-Lebrun, Francine, *L'Enéide médiévale et la chanson de geste*, Paris, Champion, 1994.

Muhlethaler, Jean-Claude, *Fauvel au pouvoir. Lire la satire médiévale*, Paris, Champion, 1994.

Nykrog, Per, *Les Fabliaux*, Copenhague, 1957 (2e édit., Genève, Droz, 1973).

______, *Chrétien de Troyes, romancier discutable*, Genève, Droz, 1996.

Payen, Jean-Charles, *Le Motif du repentir dans la littérature française médiévale (des origines à 1230)*, Genève, Droz, 1967.

______, *Le Lai narratif*, Turnhout, Brepols, 1975 (Typologie des sources du Moyen Age occidental, 13).

Pepin, Jean, *Mythe et allégorie*, Paris, Aubier, 1947.

Petit, Aimé, *Naissance du roman. Les techniques littéraires dans les romans antiques du XIIe siècle*, Paris, Champion, 1985.

Petit de Julleville, Louis, *Les Mystères*, 2 vol., Hachette, Paris, 1880.

Poirion, Daniel, *Le Poète et le Prince, L'évolution du lyrisme courtois de Guillaume de Machaut à Charles d'Orléans*, Paris, P.U.F., 1965.

______, *Le Roman de la Rose*, Paris, Hatier, 1973.

______, *Le Merveilleux dans la littérature française du Moyen Age*, Paris, P.U.F., 1982 (Que sais-je? 1983).

______, *Résurgences*, Paris, P.U.F., 1986.

Regalado, Nancy, *Poetic Patterns in Rutebeuf: A Study in Non-courtly Poetic Modes of the Thirteenth Century*, New Haven, Yale U.P., 1970.

Rey-Flaud, Bernadette, *La Farce ou la machine à rire. Théorie d'un genre dramatique (1450~1550)*, Genève, Droz, 1984.

______, *Le Cercle magique*, Paris, Gallimard, 1973.

______, *La Névrose courtoise*, Paris, Navarin, 1983.

Ribard, Jacques, *Le Moyen Age. Littérature et symbolisme*, Paris, Champion, 1984.

Riquer, Martin de, *Les Chansons de geste françaises*, 2e édit., trad. I. Cluzel, Paris, Nizet, 1957.

Rychner, Jean, *La Chanson de geste. Essai sur l'art épique des jongleurs*, Genève, Droz, 1955.

Shears, F.S., *Froissart, Chronicler and Poet*, George Routledge and Sons, Londres, 1930.

Stanesco, Michel, *Jeux d'errance du chevalier medieval. Aspects ludiques de la fonction guerrière dans la littérature du Moyen Age flamboyant*, Leiden, Brill, 1988.

Strubel, Armand, *Le Roman de la Rose*, Paris, P.U.F., 1984.

______, *Le Rose, Renart et le Graal. La littérature allégorique en France au XIIIe siècle*, Paris, Champion, 1989.

Victorio, J. (sous la direction de), *L'Épopée*, Turnhout, Brepols, 1987 (Typologie des sources du Moyen Age occidental, 49).

Vinaver, Eugène, *A la recherche d'une poétique médiévale*, Paris, 1970.

Walter, Philippe, *Chrétien de Troyes*, Paris, P.U.F., 1997 (Que sais-je? 3241).

Willard, Charity C., *Christine de Pizan. Her Life and Works*, New York, Persea Books, 1984.

Zink, Michel, *La Pastourelle*, Paris, Bordas, 1972.

______, *Les Chansons de toile*, Paris, Champion, 1978.

______, *La Subjectivité littéraire. Autour du siècle de saint Louis*, Paris, P.U.F., 1985.

______, *Le Moyen Age et ses chansons ou un passé en trompe-l'œil*, Paris, Editions de Fallois, 1996.

______, *Froissart et le temps*, Paris, P.U.F., 1998.

Zumthor, Paul, *Essai de poétique médiévale*, Paris, Le Seuil, 1972.

______, *Langue, texte, énigme*, Paris, Le Seuil, 1975.

______, *Le Masque et la lumière. La poétique des grands rhétoriqueurs*, Paris, Le Seuil, 1978.

______, *La Lettre et la voix. De la 《littérature》 médiévale*, Paris, Le Seuil, 1987.

중세 문명과 사회, 정신구조, 지적 삶에 관한 서지

Aurell, Martin, *La Noblesse en Occident (Ve-XVe siècle)*, Paris, Armand Colin, 1996.

Banniard, Michel, *Genèse culturelle de l'Europe, Ve-VIIe siècle*, Paris, Le Seuil, 1989.

______, 《*Viva voce.*》 *Communication écrite et communication orale du IVe au IXe siècle en Occident latin*, Paris, Etudes augustiniennes, 1992.

Bloch, Marc, *La Société féodale*, Paris, Albin Michel, 1939.

Cardini, Franco, *Alle radici delle cavalleria medievale*, Florence, 1981.

Chenu, M.-D., *L'Eveil de la conscience dans la civlisation médiévale*, Paris, Vrin, 1957.

Contamine, Philippe, *La Noblesse au royaume de France, de Philippe le Bel à Louis XII*, Paris, P.U.F., 1997.

Duby, Georges, *Les Trois Ordres ou l'imaginaire du féodalisme*, Paris, Gallimard, 1978.

______, *Le Chevalier, la femme et le prêtre*, Paris, Hachette, 1981.

______, *Mâle Moyen Age*, Paris, Flammarion, 1988.

Flori, Jean, *L'Idéologie du glaive. Préhistoire de la chevalerie*. Préface de Georges Duby, Genève, Droz, 1984.

______, *L'Essor de la chevalerie (XIe-XIIe s.)*, Genève, Droz, 1986.

______, *La Chevalerie en France au Moyen Age*, Paris, P.U.F., 1995 (Que sais-je? 972).

Gauvard, Claude, *La France au Moyen Age, du Ve au XVe siècle*, Paris, P.U.F., 1996.

Genicot, Léopold, *Le XIIIe siècle européen*, Paris, P.U.F., 1968.

Gilson, Etienne, *Les Idées et les lettres*, Paris, Vrin, 1932.

______, *La Philosophie du Moyen Age*, Paris, Payot, 1944.

Guenee, Bernard, *Histoire et culture historique dans l'Occident médiéval*, Paris, Aubier, 1980.

Huizinga, J., *L'Automne du Moyen Age*, préface de Jacques Le Goff, Paris, Payot, 1977 (1re édit. aux Pays-Bas 1919, 1re trad. fr., *Le Déclin du M.A.*, 1932).

Knowles, David, *The Evolution of Medieval Thought*, 2e édit.Revue par D.E. Luscombe et C.N.L. Brooke, Londres, Longman, 1988.

Leclerq, Jean, *L'Amour des lettres et le désir de Dieu. Initiation aux auteurs monastiques du Moyen Age*, Paris, Le Cerf, 3e édit. revue, 1990.

Le Goff, Jacques, *La Civilisation de l'Occident médiéval*, Paris, Arthaud, 1964.

______, *Pour un autre Moyen Age*, Paris, Gallimard, 1977.

______, *L'Imaginaire médiéval*, Paris, Gallimard, 1985.

______, *Les Intellectuels au Moyen Age*, Paris, Le Seuil, nouv. édit. 1985.

Lemariginier, Jean-Louis, *La France médiévale. Institutions et société*, Paris, Armand Colin, 1970.

L'Histoire médiévale en France, Bilans et perspectives. Préface de Georges Duby. Textes réunis par Michel Balard, Paris, Le Seuil, 1991.

Libera, Alain de, *La Philosophie médiévale*, Paris, P.U.F., 1993.

Minnis, A. J. and Scott A.B., *Medieval Literary Theory and Criticism, c. 1100~c. 1375. The Commentary Tradition*, Oxford U.P., 1988.

Paul, Jacques, *Histoire intellectuelle de l'Occident médiéval*, Paris, Armand

Colin, 1973.

Smalley, Beryl, *The Study of the Bible in the Middle Ages*, Oxford, Basil Blackwell, 1952.

Stock, Brian, *The Implications of Literacy. Written Languages and Models of Interpretation in the Eleventh and Twelth Centuries*, Princeton U.P., 1983.

Vauchez, André, *La spiritualité du Moyen Age occidental, VIIIe-XIIIe siècle*, Paris, Le Seuil, 1994.

Verger, Jacques, *Les Gens de savoir en Europe à la fin du Moyen Age*, Paris, P.U.F., 1997.

Vincent, Catherine, *Introduction à l'histoire de l'Occident médiéval*, Paris, Le Livre de Poche, 1995.

Wetherbee, Winthrop, *Platonism and Poetry in the Twelfth Century. The Literary Influence of the School of Chartres*, Princeton U.P., 1972.

약식 연표

이 책에 언급된 모든 작품들을 이 연표에 표시할 수 없어서 가장 중요하거나 장르별로 최초인 작품들만 표시했다.

814년	샤를마뉴의 죽음
842년	스트라스부르 서약
881~882년경	『성 외랄리의 애가』
950년경	요나에 관한 미사 초안
987년	위그 카페의 대관식
950~1000년경	클레르몽페랑의 그리스도의 수난에 관한 이야기, 『성 레제의 생애』
1050년경	『성 푸아 다장의 노래』, 『성 알렉시스 전』
1054년	동서 교회의 분열
1066년	헤이스팅스 전투
1095~1099년	제1차 십자군 원정
1100년경	무훈시: 『롤랑의 노래』, 『고르몽과 이장바르』, 『기욤의 노래』 최초의 음유시인: 기욤 9세(1071-1127)
1120~1140년경	남부 음유시인: 마르카브뤼, 세르카몽, 조프레 뤼델
1135년경	알베릭 드 피장송의 『알렉산더 이야기』

1137년 몬머스의 제프리, 『브르타뉴 왕실사』

1147~1150년 제2차 십자군

1140~1170년경 남부 음유시인: 베르나르 드 방타두르, 피에르 도베르뉴Pierre d'Auvergne, 랭보 도랑주, 베르나르 실베스트르

1148년 『우주학』

1150년경 『테바이 이야기』, 『아담의 극』

1152년 루이 8세에 의해 폐위된 알리에노르 다키텐은 플랜태저넷가의 앙리 2세와 결혼한다.

1155년 와스, 『브루투스 이야기』

1155~1160년경 『아이네이아스 이야기』

브누아 드 생트 모르, 『트로이아 이야기』

1160년 알랭 드 릴, 『자연의 탄식』

와스, 『루 이야기』

1170년 토머스 베켓Thomas Becket의 암살

1170년경 마리 드 프랑스, 『운문 단편*Lais*』

크레티앵 드 트루아, 『에렉과 에니드』

토마스, 『트리스탄 이야기』

1170~1175년경 『여우 이야기』의 최초 지편들

크레티앵 드 트루아, 『클리제스』

고티에 다라스, 『일레와 가를롱』, 『에라클』

1176~1180년경 크레티앵 드 트루아, 『마차의 기사』, 『사자의 기사』

1180년 존엄왕 필리프 재위 시작

알랭 드 릴, 『반클라디아누스』

1185년경 크레티앵 드 트루아, 『성배 이야기』

베룰, 『트리스탄』

1187년 살라딘의 예루살렘 탈환

1180~1200년경 북부 음유시인: 쿠시 성주, 가스 브륄레, 코농 드 베튄, 엘리낭

드 프루아몽의 『죽음의 시』

1191년 제3차 십자군

1200년경 장 보델, 『성 니콜라 극』

로베르 드 보롱, 『성배 역사에 관한 이야기』

장 르나르, 『레스쿠플르』, 『그림자의 단시』

1202년 제4차 십자군

1204년 십자군의 콘스탄티노플 점령

1209년 알비 십자군 시작

1210년경 로베르 드 클라리와 빌라르두앵의 연대기

1212~1213년 기욤 드 튀델, 『알비 십자군의 노래』

1214년 부빈 전투

1215년 라트랑 4차 공의회

1219년 『알비 십자군의 노래』(제2부)

1220~1230년경 고티에 드 쿠앵시, 『성모의 기적』

산문 『란슬롯』, 『페를레스보스』

장 르나르, 『장미 또는 기욤 드 돌 이야기』

기욤 드 로리스, 『장미 이야기』

1226년 성왕 루이 재위 시작

1230년경 『성배 원정』, 『아서왕의 죽음』

『산문 트리스탄』(초본)

1248년 제7차 십자군

1250년 이슬람군의 성왕 루이 생포

1254~1259년 파리 대학 논쟁

뤼트뵈프의 대학에 관한 시들

1267년 전 브루네토 라티니, 『보물의 서』

1270년 성왕 루이 타계. 장 드 묑, 『장미 이야기』

1276~1277년 아당 드 라 알, 『녹음극』

1291년 아크레Saint-Jean d'Acre 함락

1298년 마르코 폴로, 『동방견문록』

1309년 교황청의 아비뇽 유수 시작. 장 드 주앵빌, 『성 루이의 생애』

1328년 발루아가의 필리프 6세가 카페 왕조의 마지막 직계 후손에 이어 즉위

길렘 몰리니에, 『사랑의 시』

1337년 백년전쟁 시작

1340년 슬로이스Ecluse 해전. 마쇼, 『보헤미아 왕의 재판』

1348~1350년 흑사병, 편달고행자, 유대인 학살, 마쇼, 『나바르 왕의 재판』

1356년 푸아티에 전투

영국군의 장 2세 생포

1356~1358년 에티엔 마르셀Etienne Marcel 지휘하의 파리 반란

자크리의 난

피에르 베르쉬르의 티투스 리비우스 번역본

마쇼, 『친구의 위안』

1360년 브레티니Brétigny 조약. 마쇼, 『사랑의 감옥』

1362년 필리프 3세의 부르고뉴 영지 상속

마쇼, 『진실한 이야기』

1364년 샤를 5세의 재위 시작

1365년경 프루아사르, 『사랑의 가시덤불』

1370년 뒤 게스클랭, 프랑스군 총사령관에 임명

프루아사르, 『연대기』 1권

1378년 서방교회 분열 시작

『녹원의 꿈』

1380년 샤를 6세의 재위 시작

뒤 게스클랭의 죽음

프루아사르, 『멜리아도르』

퀴블리에, 무훈시 『베르트랑 뒤 게스클랭』

필립 드 메지에르, 『늙은 순례자의 꿈』

오노레 보베, 『전투의 나무』

1392년 샤를 6세의 광기

외스타슈 데샹, 『단시와 노래 짓는 법』

1394년 샤를 도를레앙 출생

1396년 니코폴리스 패전

장 제르송, 파리 대학 총장에 임명

1400년경 『결혼의 열다섯 가지 기쁨』

몽스트를레, 『연대기』(1400~1444)

『장미 이야기』의 논쟁

1404년 필리프 3세 타계

크리스틴 드 피장, 『운명의 변화의 서』

1405년 『파리의 한 부르주아의 일지』(1405~1449)

1407년 루이 도를레앙의 암살

1408년 크리스틴 드 피장, 『정책 총서』, 『부시코 사령관의 무용담집』

1415년 아쟁쿠르 패전

영국군의 샤를 도를레앙 생포

1419년 장 상퍼르의 암살

조르주 샤스틀랭, 『연대기』(1419~1475)

1420년 트루아 조약

1422년 샤를 6세 타계

알랭 샤르티에, 『4자 간 독설 담화』

일명 뷔카리우스Bucarius의 『파스토랄레』

1424년 알랭 샤르티에, 『잔인한 미모의 귀부인』

1429년 샤를 7세의 축성식

크리스틴 드 피장, 『잔 다르크 이야기』

1431년 잔 다르크의 화형

1435년 아라스 조약

올리비에 드 라 마르슈, 『회고록』(1435~1488)

샤를 도를레앙, 『사랑의 떠남』

1440년 샤를 도를레앙 석방

1452년 아르눌 그레방, 『그리스도의 수난 성극』

1453년 투르크인들의 콘스탄티노플 함락

1454년 꿩의 향연

비용, 『유증시』

1456년 잔 다르크의 명예회복

앙투안 드 라 살, 『장 드 생트레』

1457년 르네 당주, 『사랑에 사로잡힌 마음의 서』

다비드 오베르, 『샤를마뉴의 연대기와 원정들』

1461년 루이 11세의 재위 시작

비용, 『유언시』

1465년 샤를 도를레앙 타계

『파틀랭 선생의 익살극』

1465년경 『100편의 새로운 단편소설』

1470년 소르본에 첫번째 인쇄기 설치

『사도행전 성극』

1477년 샤를 르 테메레르 타계

1489년 필리프 드 코민, 『회고록』(1489~1498)

1500년 장 몰리네가 『장미 이야기』를 산문으로 번안

서양 중세 문학으로 안내하는 동시에 문학의 보편적 기원을 해명하는 책

정과리(문학평론가, 연세대 교수)

미셸 쟁크 교수의 『되찾은 시대—중세 프랑스 문학 입문』은 중세 프랑스 문학을 이해하는 데 필수적인 교과서에 해당한다. 자크 르고프의 『서양 중세 문명』(유희수 옮김, 서울: 문학과지성사, 1994) 이후 서양의 중세를 소개하는 역사서들, 특히 문화사 저술들은 이제 많이 번역되었다. 하지만 서양 중세 문학을 제대로 다룬 소개서는 아직 한국어로 출간된 적이 없다. 쟁크 교수의 이 저서는 지금까지 나온 가장 명료하고 체계적인 중세 문학 입문서라고 할 수 있으며, 지금 한국어로 번역되는 데 가장 적합한 책이라 할 수 있다. 중세 문학의 기원으로서 속어 문자의 탄생에서 '무훈시' '음유시인들' '소설' 등을 통한 융성기를 거쳐, '산문소설' '극' '우화'라는 확립기 이후 15세기 시인들에게서 중세 문학이 마감되고 새로운 시의 시대가 열리기 직전까지의 과정을 간명하고도 조직적으로, 말 그대로 일목요연하게 보여준다.

게다가 이 책은 문학의 발생 자체를 다루는 책이라 할 수 있다. 중세 유럽은 로마제국이 몰락한 이후, 라틴 문화의 계승과 극복이라는 지난한 고투의 과정을 통해 매우 특색 있고 보편적 문화형을 만들어 냈으니, 그것이 오늘날 근대 문화의 뿌리가 되었다. 현대 문학의 기본 형태 역시 이 과정에서 형성되었다. 특히 중세 유럽은 무엇보다도 현대 문학의 가장 핵심이 되는 장르인 '소설'을 탄생시켰으며 그 모형을 만들었다. 중세 소설은 이제는 소멸된 '무훈시'라는 장르와 경쟁하면서, 그와 동시에 '시' '우화' '극' '비평' 등의 발달과 상호영향을 주고받으며 풍부한 이야깃거리와 상상력을 저장하면서 아주 다양하게 생장할 수 있는 기반을 구축했다. 특히 그러한 발달은 사유의 처소로서의 언어를 라틴어로부터 유럽지역어(로망스어)로 대체하는 과정에서 이루어졌다. 프랑스 소설은 이 유럽 소설의 발달사에서 중심부 역할을 했다. 크레티앵 드 트루아의 '아서왕 소설'은 오늘날 소설의 기본 주제들, 즉 내적 모험으로서의 자아와 사랑, 타인의 발견에 초안을 제공했다. 또한 다양한 말투, 서술방식, 비유 등을 통해 소설이 곧 문체임을 보여줌으로써 소설이 단순히 이야기를 전달하는 것이 아니라 언어의 조직이라는 사실을 누구보다 일찍 깨닫고 그 실제적 길들을 모색해주었다.

따라서 미셸 쟁크 교수의 이 책은 중세 프랑스 문학에 대한 모범적인 교과서일 뿐만 아니라, 문학의 보편적인 기원에 관한 해명서라고도 할 수 있다. 그만큼 번역이 되어야 마땅한 책이 이 책이라고 할 수 있다. 옮긴이는 서울대학교 불문과 재학 시절부터 뛰어난 학습 능력을 보여주었으며 다른 사람들이 접근을 꺼린 중세 문학에 과감히 뛰어들어 박사논문을 써낸 재원이자, 쟁크 교수에게 직접 가르침을 받은 제자로 이 책의 번역에 가장 적합한 분이라 할 수 있다. 그러한 짐작에 걸맞게 번역의 내용은 완벽하다 할 정도로 정확하게 문의를 전달하고 있으며 또한 적확한 어휘의 선택을 통해 군더더기 없는 깔끔한 문장으로 옮겨놓았다. 이 번역이 일반 독자로 하여금 중세 문학의 활발한 움직임과 문학이 태어나는 오묘한 사연을 금세 이해할 수 있도록 매우 친절하게 안내하리라는 것은 너무나 명백해 보인다.

옮긴이의 말

〈스타워즈〉나 〈반지의 제왕〉, 아니면 〈호빗〉이나 〈해리 포터〉 같은 영화들을 보고 있으면 중세 서양 문학의 수많은 인물들과 플롯, 모티프들이 뒤엉켜 우리 시대, 또는 미래의 이야기를 들려주는 듯하다. 멀게만 느껴지는, 혹자에 따르면 서양 역사의 암흑기였다고 하는 중세의 이야기들이 때로 이처럼 우리를 열광케 하고 마음 깊이 다가오는 이유는 무엇일까?

중세 문학을 공부할수록 매료되는 두 가지 요소를 꼽아본다면 인간으로서 지향해야 하는 가치들을 정립하기 위한 노력, 그리고 그 가치들을 전달하기 위한 소통의 방법을 찾는 노력이다. 중세는 무엇보다도 영웅들의 시대다. 용감한 기사, 의로운 왕, 희생적인 성직자 등 모범이 될 만한 인간상을 주조하고 연마하며, 종족·언어·역사·문화의 벽을 넘어 그 이상형을 나눌 최선의 표현과 방법을 끊임없이 모색하는 시대다.

빠른 속도로 세상이 변해가는 오늘날 화려하게 변신하는 기술·기계들 앞에서 문득 인간의 모습이 초라해 보이고 문명의 이기 속에서 오히려 고립된 듯 외로워질 때, 중세는 치열했던 영웅들의 이야기를 특유의 호소력 있는 목소리로 전하며 인류 문명의 주체가 실제로 우리라는 것을 일깨워준다. 이러한 중세의 가치를 중세 전반에 걸쳐 함축적으로나마 고스란히 담고 있는 쟁크 선생님의 책이 중세에 관심을 갖는 많은 이들에게 가장 좋은 입문서라 믿고 많은 도움이 되기를 희망한다.

2014년 가을, 쟁크 선생님을 서울에서 다시 뵈었다. 여느 때와 다름없이 선생님께서는 범접하기 어려운 주제와 섭렵하기 버거운 문학작품들에 대해 명쾌한 강연을 하시며 청중을 사로잡고 계셨다. 강연 후 이 책의 원제보다 한국 독자들에게 쉽게 다가갈 수 있는 제목을 찾아주십사 청을 드리니 특유의 인자한 미소를 지으시면서 『되찾은 시대*Un temps retrouvé: Introduction à la littérature française du Moyen Âge*』가 어떻겠느냐는 답을 선뜻 주셨다.

19세기 후반부터 왕실 도서관에 소장되어 있던 수많은 중세 문헌들을 전사하여 현대어로 번역하고, 비슷한 작품들을 비교하여 원전을 복원하고, 대학 강의, 학회 결성, 대중 강연을 통해 중세학이라는 학문을 확립했던 선대 중세학자들의 위업을 물려받아, 선생님 세대 석학들의 논문과 강의 노트들이 쌓여 '암흑의 시대' '중간 시대'로 낙인찍혀 잊힐 뻔했던 중세를 실로 되찾을 수 있었기에 이 책의 한국어판 제목이 더 의미 있고 선생님의 업적을 기리는 데 더할 나위 없이 적합하다고 본다.

마지막으로 이 번역 프로젝트를 처음부터 긍정적으로 검토해주시고 격려와 지원을 아끼지 않은 문학동네 고원효 부장님께 감사를 드리고, 아울러 세종 출판 지원 프로그램을 통해 이 책의 출간을 후원해주신 프랑스 문화원의 다니엘 올리비에 원장님과 래티시아 파브로 담당관께도 감사의 말씀을 올린다. 그리고 프랑스 중세 문학에 대한 연구가 한국 학계에서 활발하지 않던 시절 후학들을 위해 모험의 첫걸음을 내딛으셨던 정명교 선생님께 깊은 감사를 드린다.

2014년

김지현

찾아보기

항목에 표시된 약호 설명. /: _년과 _년 사이, c.: ~경, *fl.*:활동기.

작가·작품과 관련하여 참고할 만한 문헌과 유용한 데이터베이스.

Arlima: Archives de littérature du Moyen Âge 〈http://www.arlima.net /〉

France Peter, *The New Oxford Companion to Literature in French*, Oxford University Press, 1995.

Gauvard C., Libera A., Zink M. (sous la direction de), *Dictionnaire du Moyen Âge*, Presses Universitaires de France, 2002.

—— ㄴ

—— ㄷ

—— ㄹ

—— ㅁ

—— ㅂ

—— ㅅ

—— ㅇ

—— ㅍ

되찾은 시대 – 중세 프랑스 문학 입문

초판 인쇄 2018년 4월 27일
초판 발행 2018년 5월 10일

지은이 미셸 쟁크 | **옮긴이** 김지현 | **펴낸이** 염현숙
기획 및 책임편집 고원효 | **편집** 허정은 송지선 김영옥
디자인 장원석 | **저작권** 한문숙 김지영
마케팅 정민호 이숙재 정현민 김도윤 안남영 | **홍보** 김희숙 김상만 이천희
제작 강신은 김동욱 임현식 | **제작처** 영신사

펴낸곳 (주)문학동네
출판등록 1993년 10월 22일 제406-2003-000045호
주소 10881 경기도 파주시 회동길 210
전자우편 editor@munhak.com | **대표전화** 031)955-8888 | **팩스** 031)955-8855
문의전화 031)955-1933(마케팅) 031)955-2685(편집)
문학동네 카페 http://cafe.naver.com/mhdn | **트위터** @munhakdongne
북클럽문학동네 http://bookclubmunhak.com

ISBN 978-89-546-5087-8 93860

* 이 도서의 국립중앙도서관 출판예정도서목록(CIP)은 서지정보유통지원시스템 홈페이지 (http://seoji.nl.go.kr)와 국가자료공동목록시스템(http://www.nl.go.kr/kolisnet)에서 이용하실 수 있습니다.(CIP 제어번호: CIP2018009486)

www.munhak.com